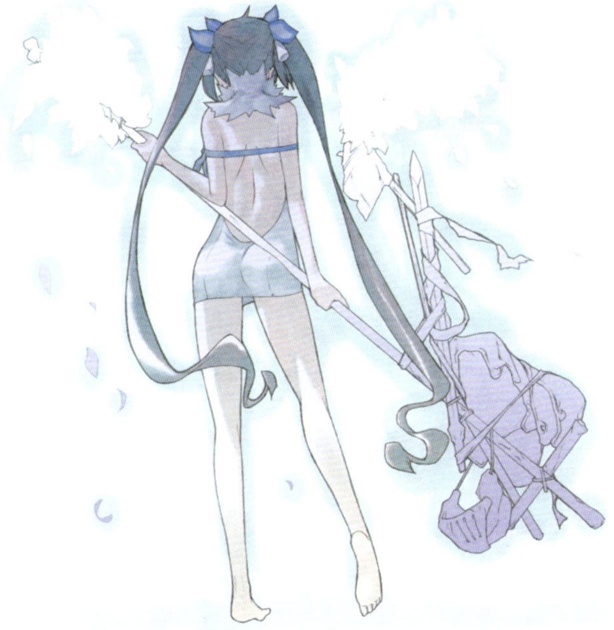

던전에서 만남을 추구하면 안 되는 걸까

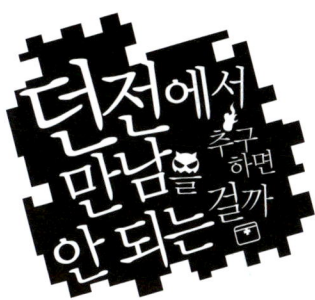

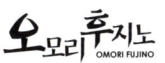

오모리 후지노
OMORI FUJINO

일러스트 야스다 스즈히토
YASUDA SUZUHITO

김완 옮김

Hestia

던전에서 만남을 추구하면 안 되는 걸까

1

오모리 후지노 지음 | **야스다 스즈히토** 일러스트 | **김완** 옮김

S NOVEL

커버 그림, 본문 일러스트 | **야스다 스즈히토**

프롤로그
던전에서 만남을 추구하면 안 되는 걸까

던전에서 만남을 추구하면 안 되는 걸까?

수많은 계층으로 이루어진 무한한 미궁. 흉악한 몬스터의 소용돌이.

부와 명성을 추구해, 목숨 아까운 줄 모르는 모험자들의 대열에 합류하여,

길드에 이름을 등록하고 진격 앞으로.

손에 든 칼 한 자루로 바닥부터 기어올라, 마침내 이룬 것은 몬스터에게 습격당하려던 미소녀와의 만남.

울려 퍼지는 비명, 괴물의 지저분한 포효, 아슬아슬하게 뛰어들어 날린 날카로운 참격 소리.

괴물은 쓰러지고, 남은 것은 바닥에 웅크린 예쁜 여자아이와, 쿨하게 서 있는 멋진 나.

살짝 달아오른 뺨, 내 모습을 비추는 눈물 젖은 아름다운 눈동자, 싹트는 풋풋한 연심.

때로는 술집의 예쁜 점원에게 그날의 모험담을 들려주며 호감을 사기도 하고.

때로는 야만스러운 동종업자에게서 엘프 소녀를 지켜주기도 하고.

때로는 성장이 벽에 부딪쳐 고민에 빠진 아마조네스 전사를 격려하고자 손을 빌려주어 파티를 맺기도 하고.

때로는 다른 여자아이와 알콩달콩 지내는 모습을 목격당해 질투를 사기도 하고.

때로는 때로는 때로는 때로는……

어린아이에서 조금 성장해, 영웅들의 모험담을 동경하는 남자라면 생각할 법한 일들.

예쁜 여자아이와 친하게 지내고 싶다. 아름다운 이종족 여성과 사귀고 싶다.

약간은 샷되며 다소 풋내 나는 생각을 품는 것은 역시 젊은 수컷의 천성이 아닐까.

던전에서 만남을, 정정, 하렘을 추구하면 안 되는 걸까?

결론.

안 된다.

『부우워어어어어어어어어어어어어어어어어어어어어어어 어얽!!』

"흐와아아아아아아아아아아아아아아아아아아아아아아아아아아 아얽?!"

약간은 샷되며 다소 풋내 나는 생각을 품고 모험자가 된 결과, 나는 지금 죽을 위기에 처했다.

구체적으로 말하자면 소머리에 인간 몸을 한 몬스터, '미노타우로스'에게 쫓기고 있다.

Lv.1인 내 공격으로는 조금도 대미지를 줄 수 없는 괴물에게 잡아먹힐 지경이다.

궁지. 틀림없는 궁지.

얄팍하고도 저열한 망상에 사로잡혔던 나의 말로. 소먹이.

나는 멍청이.

운명의 만남 같은 걸 동경했던 내가 바보였다.

일확천금, 아니, **일확미소녀** 따위 꿈속의 꿈이었다.

매일 헤아릴 수도 없는 사망자를 내뱉는 던전에 그것을 추구한 시점에서 나는 끝났던 것이다.

아아, 돌아가고 싶어. 철딱서니도 없이 눈을 반짝반짝 빛내며 길드 모험자 등록서에 사인한 나 자신을 두들겨 패기 위해 그 순간으로 돌아가고 싶어.

물리적으로도 상황적으로도 이미 불가능하지만.

『부움머어어!!』

"뜨엑?!"

미노타우로스의 발굽.

등 뒤에서 날아든 일격은 나를 맞추지는 못했지만 흙으로 된 지면을 무너뜨렸으며, 마침 내가 디디려던 흙으로 된 지면을 무너뜨렸다.

발이 꼬이는 바람에 데굴데굴 던전 바닥을 굴렀다.

『부훅— 부훅—……!』

"으아아아아아아아아아아아아아……?!"

엉덩방아를 찧은 자세로 꼴사납게 주춤주춤 물러난다.

예쁜 여자아이들이 본다면 한순간에 환멸을 품을 광경. 나에게는 처음부터 동화에 나오는 그런 영웅이 될 자격은 없었던 모양이다.

쿵. 등이 벽에 부딪쳤다. 이젠 갈 곳이 없다.

수십이나 되는 통로를 빠져나와 도달한 넓은 플로어. 나는 정사각형 공간의 한구석에 몰렸다.

'아아, 죽는구나……'

따닥따닥 이를 울리며 눈물을 줄줄.

미노타우로스의 거친 숨소리가 내 피부를 후려쳤다.

나보다도 두 배 세 배는 클 것 같은 근골 우락부락한 몸을 올려다보며, 망가진 것처럼 볼썽사나운 웃음을 지었다.

——결국, 여자아이와의 만남은 찾아오지 않았구나.

스스로 자기 자신을 죽음에 몰아넣었다는 생각을 끊임없이 떠올리며, 나의 눈은 발굽을 치켜든 몬스터의 모습을 비추었다.

다음 순간, 그 괴물의 몸을 한 줄기 선이 가로질렀다.

"엥?"

『부오?』

나와 미노타우로스의 얼빠진 목소리.

그 선은 몸통에서 그치지 않고 굵은 가슴팍, 발굽을 치켜든 위팔, 대퇴부, 정강이, 어깻죽지, 그리고 목까지 연속으로 새겨졌다.

마지막에는 은색 광채만이 보였다.

이윽고, 나는 상처 하나 입힐 수 없었던 몬스터가 고깃덩어리로 전락했다.

『그푸억?! 부, 부웅머어어어어어어어어어어어어어——!!』

단말마가 울려 퍼진다.

선을 따라 미노타우로스의 몸이었던 조각이 떨어지고, 피보라가, 검붉은 체액이 사방에 흩어졌다.

엄청난 피의 샤워를 온몸에 뒤집어쓴 나는 아연실색 시간이 멈춘 듯한 감각을 맛보았다.

"……무사한가요?"

소 괴물 대신 나타난 것은 여신님으로 착각할 만한 소녀였다.

푸른색 경장갑옷으로 감싼 가녀린 몸.

갑옷에서 뻗어 나온 나긋나긋한 팔다리는 눈부실 정도로 아름다웠다.

어딜 봐도 섬세한 몸에서 홀로 자기주장을 하는 가슴의 융기. 이를 억누르는 은색 가슴받이에는 엠블럼이 있었으며, 건틀릿과 세이버에도 같은 문양을 새겨놓았다. 땅으로 향한 칼끝에서는 피가 방울져 떨어진다.

허리까지 곧게 뻗은 금발은 그 어떤 황금의 보물도 따라오지 못할 만한 광채를 머금었다.

여성 치고도 가녀린 몸 위에, 천진난만한 소녀 같은 동안이 자리를 잡고 있다.

나를 내려다보는 눈동자의 색은 금색.

'……아.'

──푸른 경장갑옷을 입은 금안금발의 여검사.

Lv.1이며 신출내기 모험자인 나도 눈앞의 인물이 누구인지는 알 수 있었다.

【로키 파밀리아】에 속한 제1급 모험자.

휴먼, 아니, 이종족까지 포함한 여성 중에서도 최강의 일각이라 불리는 Lv.5.

【검희(劍姬)】아이즈 발렌슈타인.

"저…… 괜찮……아요?"

괜찮지 않다.

하나도 괜찮지 않다.

당장이라도 터져나가고 말 것 같은 내 심장이 괜찮을 리가 있나.

살짝 달아오른 뺨, 상대의 모습을 비추는 눈물 젖은 눈동자, 싹트는 풋풋한…… 아니, 왕성한 연심.

내 마음은 그 순간 빼앗기고 말았다.

던전에서 만남을 추구하면 안 되는 걸까?

재결론.

안 될 거 없다.

1장 세계와 현실과 동경

"에이나 누나아아아아아아아아아아아아!"

"응?"

던전을 운영하고 관리하는 '길드'의 창구 접수원 에이나 튤은 한손에 든 작은 책자에서 눈을 떼고 고개를 들었다.

가늘고 뾰족한 귀와 맑은 에메랄드 색 눈동자. 갈색 세미롱 헤어는 윤기로 넘쳐난다. 아름다운 용모는 엘프처럼 한 치의 오차도 없이 완벽한 것은 아니고 어딘가 모나지 않은 풍모였다. 가녀린 몸은 길드 제복인 까만색 슈트와 바지를 깔끔하게 소화해냈다.

전문 직업인다우면서도 성격이 서글서글하다고 평판이 좋은 묘령의 그녀는 휴먼과 엘프의 혼혈이었다.

대부분의 모험자들이 던전에 내려간 오후에 접수대를 맡아 다소 한가했던 에이나는 자신의 이름을 부르는 목소리가 누구의 것인지 금방 알아차렸다.

'오늘도 무사했구나…….'

벌써 보름 전인가. 눈동자를 요란하게 반짝이며 그 소년이 길드에서 수속을 마쳤던 것이.

던전 공략 어드바이저로서 감독을 맡게 된 소년의 나이는 열넷. 종족은 물론 남녀노소 상관없이 될 수 있는 것이 모험자라지만, 직업 특성상 희생자는 끊이질 않는다. 아직 나이도 차지 않은 어린아이가 일부러 위험한 곳에 뛰어들겠다는 데에는 물론 얼굴을 찡그리고 말았다.

담당인 만큼 그의 안전을 걱정했던 에이나는 소년——

벨 크라넬이 무사하다는 것을 알고 얼굴에서 긴장을 풀었다.

안경을 고쳐 쓰고, 자신도 말을 걸고자 소리가 들린 방향을 돌아보자,

"에이나 누나아아아아아아아아아아아아아아아아아아아아아아아아아아!!"

온몸을 거무죽죽한 피로 물들인 소년의 모습이 시야에 들어왔다.

"으아아아아아아아아아아아아아아아아악?!"

"아이즈 발렌슈타인 씨의 정보를 가르쳐 주세요——!"

"벨, 너 말이야, 피를 뒤집어썼으면 샤워 정도는 하고 왔어야지……."

"죄송합니다……."

나는 에이나 누나의 말에 고개를 숙였다.

길드 본부 로비에 마련된 조그만 방. 지금 나와 에이나 누나는 테이블 양쪽에 의자를 놓고 마주 앉아 있다.

몸을 깨끗이 씻은 내 앞에서 에이나 누나는 여봐란 듯 한숨을 쉬었다.

"그렇게 피비린내 나고 소름 끼치는 꼴로 시내를 가로질러 던전에서 여기까지 오다니, 난 네 머리가 좀 의심스

러운걸.”

“그, 그럴 수가.”

예쁜 에이나 누나에게 그런 말을 들으니 농담이 아니라 정말 마음을 칼로 도려내는 것 같았다. 눈가에 눈물이 맺힐 것 같았다.

에이나 누나는 쓴웃음을 지으며 내 콧등을 손가락으로 꾹 누르더니 다음부터는 조심하라며 미소를 지어주었다. 붕붕 붕붕. 나는 요란하게 고개를 끄덕였다.

“그래서…… 아이즈 발렌슈타인 씨의 정보를? 그건 왜?”

“어, 그게…….”

얼굴을 붉히면서, 나는 조금 전 있었던 사건을 설명했다.

평소에 드나들던 던전 제2계층에서, 큰맘 먹고 제5계층까지 내려가봤던 것.

발을 들이자마자 느닷없이 미노타우로스와 조우해 도망쳐 다녔던 것.

궁지에 몰렸을 때 【검희】 아이즈 발렌슈타인이 구해주었던 것.

동요하면서도 어떻게든 인사를 하고 싶었지만, 그녀가 손을 내민 순간 머릿속이 새하얗게 변해 ── 부끄러움과 긴장 때문에 혼란에 빠져 ── 온 힘을 다해 도망치고 말았던 것.

귀를 기울이던 에이나 누나의 표정은 내 말이 이어지는 동안 점점 험악해졌다.

"——너 정말, 왜 내 말을 안 듣는 거니! 안 그래도 솔로 니까 함부로 하층에 내려가면 안 된다고! 모험을 해선 안 된 다고! 입이 닳도록 말했지?!"

"네, 네에……!"

——"모험자는 모험을 해서는 안 된다."

에이나 누나의 말버릇이었다. 문맥만 놓고 보면 모순된 것 같지만, 요컨대 항상 보험을 들어놓으면서 안전을 제일 로 생각하라는 뜻이다.

특히 나 같은 신출내기는 뼈에 새겨놓고 명심해야만 한다 나. 막 모험자가 되었을 때 목숨을 잃는 경우가 가장 많다 니까.

제5계층에서 Lv.2에 속하는 미노타우로스와 조우하는 일 은 그 누구도 예상할 수 없다. 그 몬스터는 적어도 15계층 이하의 미궁에서 출현한다는 것이 일반적인 견해였다. 에 이나 누나의 말을 빌자면 '던전에선 무슨 일이 일어날지 알 수 없다'고 해야 하리라.

……정말, 그 사람이 없었다면 나는 지금쯤 죽었겠지.

생각만 해도 등줄기가 서늘해지고, 뒤늦게 오금이 저려 왔다.

나는 에이나 누나가 했던 말을 두 번 다시 잊지 않겠노라 마음속으로 맹세했다.

"하아……. 넌 어째 던전에 이상한 꿈을 품고 있는 것 같 던데, 오늘도 그게 원인이었던 것 아니니?"

"아하, 하하하······."

정답이다. 이성과의 만남을 추구해 조금 모험을 해보고 싶어졌다······고 바보같이 털어놨다간 분명 얻어맞겠지.

원래 내가 모험자가 되려 했던 것은 아직 보지 못한 미녀 미소녀와의 만남을 —— 그야말로 영웅담에 등장하는 운명의 해후와도 같은 —— 동경한, 불순한 동기 때문이었다. 길드 수속 때 내 수상쩍은 정열을 직접 봤던 에이나 누나는, 내 속내까진 파악하지 못했겠지만 반쯤 확신을 가지고 의심의 눈초리를 보냈다.

아니 하지만! 오늘부터는 다르다. 그런 불순한 동기는 버리고, 순수하고 한결같은 이유로 던전에 들어갈 거다.

그 사람을 만났으니까.

"저기요, 그래서, 발렌슈타인 씨에 대해······."

"으음~ 길드에서 모험자의 정보를 함부로 흘리는 건 규칙 위반이지만······."

그래도 에이나 누나는 널리 알려진 범위 내에서라면 가르쳐주겠다는 전제를 깔고 이야기를 시작했다. 이러쿵저러쿵해도 이 사람은 친절하다. 내가 신출내기라 그런 것도 있을지 모르지만.

본명 아이즈 발렌슈타인. 【로키 파밀리아】의 중추를 짊어진 여검사.

검술 실력은 틀림없이 모험자 중에서도 톱클래스. 혼자서 Lv.5 수준의 몬스터 대군을 섬멸한 적도 있어서, 모험자들

사이에서 붙은 또 다른 별명이 【검희】를 살짝 바꾼 【전희
(戰姬)】.

신들 사이에서도 이름이 널리 알려져, '아이즈 지견 무
쌍'이라는 칭송까지 듣는다고 한다.

흑심을 품고 다가갔던 남자들은 모조리 박살. 바로 얼마
전에는 마침내 그 숫자가 천 명에 달했다고⋯⋯.

"으음, 그거 말고 또 뭐가 있었더라. 예쁜 데다 강하기까
지 하니 화제가 끊이질 않아서."

"저, 저기, 모험자로서가 아니라⋯⋯ 취미나, 좋아하는 음
식이나, 아니면 지금 말한 마지막 부분 같은 정보를⋯⋯."

내가 얼굴에 열이 오르는 것을 느끼며 조심스레 묻자, 에
이나 누나는 눈을 두세 차례 깜빡였다.

"뭐야~? 벨도 발렌슈타인 씨를 좋아하게 됐어?"

"아니, 그게⋯⋯ 어, 네⋯⋯."

"아하하. 뭐, 어쩔 수 없지. 같은 여자인 내가 봐도 저절
로 한숨이 나오는 사람이니까."

쓴웃음을 지으며 에이나 누나는 홍차를 한 모금 마셨다.
동작 하나하나가 정말 우아했다.

발렌슈타인 씨를 칭찬하는 이 사람도 모험자들 사이에서
는 꽤 인기가 높다. 부드러운 라인으로 장식된 보석 같은
눈동자에 가느다란 턱, 예쁜 콧날. 미인이 갖출 조건은 착
실하게 갖추었다. 노리는 사람도 헤아릴 수 없다는 소문이
다. 나도 에이나 누나가 담당이라 들뜬 사람 중 하나였다.

혼혈이라고는 해도 아름답기로 유명한 엘프의 용모를 진하게 물려받았으며, 그러면서도 이렇게 의외로 서글서글하고 친근한 면이 있다 보니 인상과 실제 모습의 갭에 함락당한 사람도 많다고 한다.

에이나 누나는 그 후 잠깐 생각에 잠겼다가 발렌슈타인 씨와 사귀는 사람이 있다는 말은 듣지 못했다고 가르쳐주었다.

나는 나도 모르게 승리의 포즈를 지었다.

"그래도 취미 같은 사생활 이야기는 들어본 적이 없는데…… 아차차, 안 되지. 이건 직무랑 하나도 상관이 없잖아! 연애 상담은 안 받아줄 거야!"

"그, 그러지 말고 제발!"

"안~돼! 자자, 볼일 다 봤으면 집에나 가!"

자리에서 일어나서는 내쫓듯 퇴실을 채근하는 에이나 누나. 나약한 저항도 허사로 끝나고 우리는 길드 본부의 로비 앞으로 나왔다.

하얀 대리석으로 만든 훌륭한 홀은 조금 한산했으며 벽에 설치된 모험자나 신들의 조각상이 존재감을 풍겼다.

"쳇, 에이나 누나는 노랑이……."

"너 정말……. 모험자가 됐으면 그것 말고도 신경 써야 할 일이 얼마든지 있을 텐데?"

"윽……."

그건, 나도 안다.

비호해줄 존재가 없는 지금의 나는 하루하루 살아가기 위해 내 몸을 재산 삼아 던전에 내려가고 또 내려가야만 한다. 돈을 아낄 궁리도 해야지, 안 그러면 생활이 힘들다.

　공양해야 할 사람…… 아니, '신'도 있지 않은가. 발렌슈타인 씨 생각에만 빠질 여유는, 솔직히 없을 것이다.

　"넌 이미 로키 님 외의 다른 신께 은혜를 받은 몸이잖아? 【로키 파밀리아】의 간부이기도 한 발렌슈타인 씨에게 다가가는 건, 내가 보기엔 어려울 것 같아."

　"……네."

　"……포기하라고까지 하고 싶진 않지만, 현실은 보고 있어야지. 안 그러면 벨에게도 도움이 안 될 거야."

　적어도 지금은 모험자로서 노력하라고, 행간으로 그런 말을 한 것이리라. 【파밀리아】 이야기가 나오니 간접적으로 사형선고를 들은 기분이었지만.

　약간 풀이 죽은 내게 난감한 표정을 지으면서, 에이나 누나는 길드 직원으로서 사무적인 대응을 보였다.

　"환전은 안 하고 갈 거니?"

　"……해야죠. 그나마 미노타우로스랑 만나기 전에 잡은 몬스터도 있으니까."

　"그럼 환전소까지 가자. 나도 동행할게."

　신경을 써주는 것이 마음 아팠다. 안 그래도 신출내기라 아무것도 모르는 나에게 잘해주고 있는데. 이래서는 언제까지고 에이나 누나에게 고개를 들지 못할 것 같았다.

그리고 우리는 길드 본부 안에 있는 환전소로 가서 오늘의 수확을 수령했다.

　주로 고블린이나 코볼트를 쓰러뜨려 얻은 '마석 조각'이 모두 합쳐 1,200발리스 정도. 여느 때에 비해 수입이 적었지만, 이건 발렌슈타인 씨 앞에서 도망치는 바람에 평소보다 던전에서 보낸 시간이 짧았기 때문이다.

　끄응. 무기 정비며 우리 주신(主神)님과 내 식사비를 생각하면 아이템 보충은 어렵겠는걸⋯⋯.

　"⋯⋯벨."

　"아, 네. 왜요?"

　돌아가려 했을 때, 출구까지 배웅을 나와준 에이나 누나가 나를 불렀다. 잠시 망설이는 기색을 보이더니, 결심한 듯 입을 연다.

　"저기 말이야, 여자는 역시 강하고 의지할 만한 남자에게 매력을 느끼는 법이니까⋯⋯ 저기, 좌절하지 말고 노력하면, 뭐랄까, 그치?"

　"⋯⋯."

　"⋯⋯발렌슈타인 씨도, 강해진 벨을 돌아봐줄지 모르잖아?"

　움직임을 우뚝 멈추고, 그 말을 천천히 곱씹으며, 살짝 눈을 치뜨고 나를 쳐다보는 에이나 누나를 바라보았다.

　길드 직원이 아니라 한 명의 지인으로서 격려해주었음을 깨닫자 내 얼굴에는 서서히 웃음이 떠올랐다. 힘차게 발을

© Suzuhito Yasuda

내디뎌 뛰어나온 나는 휙 돌아보며 에이나 누나를 향해 외쳤다.

"에이나 누나, 좋아해요!!"

"······어읔?!"

"고마워요——!"

에이나 누나가 뺨을 새빨갛게 물들인 것을 확인하고, 나는 웃으며 시내의 인파 속으로 뛰어들었다.

미궁도시 오라리오.

통칭 '던전'이라 불리는 지하미궁을 보유한, 아니, 미궁 위에 세워진 거대도시.

도시, 나아가서는 던전을 관리하는 '길드'를 중추로 삼아 번영한 이 도시는 휴먼을 포함해 온갖 종족의 데미휴먼(亞人)이 생활하는 곳이었다.

가방끈이 짧은 내가 오라리오에 대해 설명할 수 있는 것은 이 정도. 주민으로서 좀 뭣하긴 하지만, 정말 어렴풋이 인식하는 수준이었다.

던전에 내려가 그곳에서 얻은 수입으로 생계를 꾸려나가는 사람들을 통칭 모험자라 하며, 그것이 지금 나의 직업이기도 하다.

나는 오라리오에서 조금 떨어진 시골에서 태어나 자랐다. 세상 물정 모르는 촌뜨기라 해도 과언이 아니었던 나는, 그동안 길러주신 할아버지가 1년 전에 돌아가시며 보호자를 잃은 후 남은 재산을 싸 짊어지고 마을을 뛰쳐나왔다.

두말할 것도 없이 던전에서의 만남을 갈망했기 때문이다.

"——남자라면 하렘을 추구해야지!"

어린 내게 입버릇처럼 그렇게 말하던 할아버지의 시원시원한 웃음이 지금도 뚜렷이 기억난다.

철이 들 무렵부터 할아버지가 읽어주셨던 영웅담을 정말 좋아했다. 괴물을 퇴치하고, 사람들을 도와주고, 납치당한 공주님을 구출하는, 최고로 멋진 영웅들처럼 되고 싶다고, 당시 나는 진심으로 그런 꿈을 품었다.

그리고 그때 할아버지가 가르쳐주셨던 것이다.

그런 영웅들의 기적 같은 이야기 속에서 가장 멋진 것은, 예쁜 여자와의 **만남**이라고.

그 다음부터는 일사천리였다. 어렸던 나는 영웅을 동경하는 한편 이성과의 만남에 열의를 불태웠으며, 할아버지에게서 밤낮으로 '남자의 로망'이 무엇인지를 배웠다.

세월이 지나면서 영웅 같은 위대한 존재는 되지 못할 거라고 하나의 꿈은 사그라졌으며, 그 대신 나머지 정열 하나는 너의 의지를 물려받았다는 양 부풀어오르기만 했다.

할아버지가 권해줘 몇 번이고 읽으며 완전히 성서가 되고 만 '던전 오라토리오'—— 이 미궁도시에서 업적을 남긴 수많은 영웅들의 이야기도 그런 정열을 형성하는 데 한몫을 했을지도 모른다.

영웅들이 모험을 펼쳤던 무대에 있으면…… 오라리오에

가면, 모험자가 되면, 던전에 내려가면…… 영웅담에 나오는 운명의 만남이라는 것과 조우할 수 있지 않을까 하고.

유일한 가족인 할아버지를 잃은 나는 그분이 남겨준 그 일념에 등을 떠밀린 것처럼 던전이 있는 이곳을 찾았던 것이다.

처음 왔을 때는 맹목적이었지만, 한번 목숨을 위험에 드러내고 보니 역시 바보 같은 이유로 오고 말았다고 뒤를 후회하는 마음도 생겼다. 이렇게 장난 같은 생각으로 모험자가 된 사람은 나밖에 없을지도 모른다. 하기야 재산이나 명성을 추구하는 사람들과 알맹이는 별로 다를 바 없는 것 같다는 생각도 들기는 하지만.

'살아간다'는 것은 정말 어렵다. 오늘 목숨을 잃을 뻔하면서 그 사실을 절절이 깨달았다.

던전이든 무엇이든 그리 쉽게 생각해서는 안 될 것 같다.

새로 바뀐 목적, 아이즈 발렌슈타인 씨도 포함해서.

다양한 종족으로 넘쳐나는 대로를 누비듯 뛰어간다.

드워프, 노움, 수인(獸人), 파룸…… 시민들의 차림새를 한 사람들도 있거니와 무시무시한 장비로 단단히 무장한 사람들도 있다. 휴먼에 시골뜨기인 내게 이 도시는 어느 것 하나 신선하고 이채롭지 않은 것이 없었다. 이 인파만 해도 몇 시간을 보든 질리지 않을 것 같았다. 귀가 따가운 소음을 들으면 묘하게 마음이 들떴다.

스쳐 지나가는 이지적인 인상의 엘프에게 눈길을 빼앗기면서도 목적지를 향해 나아갔다. 메인 스트리트를 벗어나 좁은 뒷골목을 지나 몇 번인가 모퉁이를 돌았다.

등 뒤로 들리던 소란이 끊어졌을 무렵, 나는 막다른 골목길에 도착했다.

"……."

눈앞의 건물을 올려다본다.

인기척 없는 뒷골목 깊은 곳에 세워진 누추한 교회였다.

신을 숭배하기 위해 세워진 그 2층 건물은 금방이라도 무너질 것 같다는 표현이 딱 어울렸다. 군데군데 석재가 부스러져 떨어진 외견에서는 정신이 아득해질 만한 세월의 연륜과, 사람들의 기억에서 밀려난 애수가 풍겼다.

정면 현관 바로 위에는 온몸이 너덜너덜해진 데다 얼굴도 반쯤 날아간 여신님의 석상이 미소를 지으며 나를 내려다본다.

"어디."

확인할 필요도 없었지만 일단 고개를 이리저리 돌려 근처에 사람이 없음을 확인한 후, 나는 문이 없는 현관을 지나 교회 안으로 들어갔다.

실내도 외견에 뒤떨어지지 않을 정도로 너덜너덜했다. 깨진 바닥 타일에서는 잡초가 무성하게 돋아났으며, 천장은 대부분 갈라지고 떨어져 커다란 구멍이 뚫렸다. 머리 위에 뚫린 그 커다란 구멍에서 내리쪼이는 따뜻한 햇살이 겨우 원형을 유지한 제단을 비춰준다.

폐허 소리를 들어도 반론할 수 없을 법한 교회 안을, 나는 익숙한 발걸음으로 가로질러 제단 너머에 있는 조그만 방으로 들어갔다. 어스름한 방에는 책이 꽂히지 않은 책장이 이어졌고, 제일 안쪽 책장 뒤쪽에는…… 지하로 이어지는 계단이 있었다.

그렇게까지 깊지는 않은 계단을 다 내려간 나는 희뿌옇게 작은 창에서 빛이 새나오는 눈앞의 문을 활짝 열었다.

"주신님, 저예요——! 다녀왔습니다——!"

한껏 소리를 지르며 발을 들이자 지하실이라는 말에서 연상되는 느낌과는 거리가 먼, 생활감 있는 작은 지하실이 나타났다. 사람이 살아가기에는 그럭저럭 괜찮은 넓이였다.

내가 부른 사람은 문을 열고 들어가자마자 보이는 보라색 소파 위에 있었다. 드러누워 책을 올려다보던 그녀는 벌떡 일어났다.

외견만 보자면 어린아이……와 소녀의 경계선을 왔다갔다하는 정도. 나보다도 키가 작아 남들에게는 '나이 차이가 적은 여동생'으로도 충분히 통한다.

앳된 얼굴에 웃음을 지은 그 여자아이가 오종종 소리를 내며 내 앞까지 달려온다.

"어서 와라. 오늘은 평소보다도 일찍 귀가했구나."

"던전에서 죽을 뻔했거든요……."

"어허, 괜찮은 거냐? 네가 죽으면 난 상당히 충격인데. 어울리지도 않게 슬퍼할지도 모른다."

조그만 두 손이 요란하게 파닥파닥 내 몸을 더듬으며 다친 곳이 없는지 확인한다.

그 마음씀씀이와 말이 기뻐 나는 뺨을 붉히며 멋쩍어했다.

"괜찮아요. 주신님이 길거리에서 헤매게 놔두진 않을 테니까."

"아, 큰소리를 쳤겠다? 그럼 두 다리 쭉 펴고 기대할 테니 각오하라고!"

"어째 말이 좀 이상하네요……."

둘이서 웃음을 나누며 안쪽으로 들어갔다.

실내는 정사각형과 직사각형을 붙인, 마치 'P' 자처럼 생긴 모양이다. 정사각형 부분에 해당하는 출입구 앞에는 소파 두 개가 있는데, 나와 그녀는 그곳에 마주 앉았다.

정면에 앉은 소녀의 모습은 누가 봐도 인정할 만한 미소녀였다. 윤기 있는 칠흑색 귀밑머리는 귀를 가렸으며 옆머리는 트윈테일을 지어 허리까지 늘어뜨렸다. 머리를 묶은 리본에는 은색 종이 달려 있다. 동그스름한 얼굴과 동그스름한 뺨은 앳된 용모에 한몫을 더하며, 그 탓이기도 하지만 옷 너머로도 알아볼 수 있을 만큼 풍만하게 성숙한 가슴에는 자꾸만 눈길이 가고 만다. 동그란 눈동자에는 투명하고도 파르스름한 빛이 깃들어 단아하기 그지없는 용모 속에서도 환상적인 분위기를 풍겼다.

장래에는 절세미인이 되리라 약속받은 외모였지만, 그녀가 지금 모습에서 더 성장하는 일은 없다.

내가 주신이라고 불렀듯, 이 사람은 '신'인 것이다.

휴먼이나 데미휴먼, 던전에 출현하는 몬스터와도 다른, 차원 하나가 높은 초월존재 '데우스데아'. 우리처럼 나이를 먹지도, 모습이 변하지도 않는다. 인간의 지식 범주를 초월해버린, 내가 동경하는 영웅들보다도 대단한 존재.

"그럼 오늘은 벌이가 별로 좋지 않으려나?"

"평소보다 적어요. 그쪽은 어땠어요?"

"훗훗훗. 이걸 봐라! 짜잔!"

"그, 그건?!"

"노점 매상에 공헌한 대가로 감자돌이를 받아왔지! 오늘 저녁은 파티다! 후후, 벨! 오늘 밤엔 널 재우지 않겠어!"

"대단하세요!"

그런 대단한 분이, 휴먼이 운영하는 가게에서 평범하게 아르바이트를 하고 계시지만.

물론 돈을 벌어 내일을 살아가기 위해.

──먼 옛날, '신'들은 우리가 사는 이 세계…… 그들이 말하는 '하계'에 해당하는 이곳으로 내려왔다. 동화 같은 데서도 자주 나오는 이야기지만, 눈앞에 있는 이분의 표현을 빌리자면 천계는 따분하기 짝이 없었다나 뭐라나.

우리가 흔히 떠올리는 그런 낙원인 '천계'에서 무한의 시간을 유유자적 보내는 하루하루에 싫증이 난 수많은 신들은,

온갖 헛수고를 겪으면서 문화와 행위를 발전시켜나가는 '아이들' —— 하계에 사는 우리를 말한다 —— 에게서 오락거리를 발견했다고 한다.

'아이들과 똑같은 지위와 똑같은 능력을 가지고, 그들의 시점에서 살아간다.'

완벽한 존재이기에, 불완전하고 군더더기투성이인 우리 세계에 흥미가 동한 것이다.

그 결과 하계는 신들에게 큰 흥분을 주었다. 전혀 생각지도 못했던 일들, 식사며 취미며 예술로 충족되는 욕구, 친교라 불리는 불특정 다수와의 교류.

웃음이 절로 나왔다고 한다.

신들에게는 마치 게임이라도 하는 듯한 감각이었다지만, 예측을 불허하는 그 한순간이 너무나도 즐거워서 참을 수 없었다나.

얼마 지나지 않아 신들은 이 하계에 눌러 살게 되었다. 많은 신들이 영주를 결심했다고 한다.

하계의 선주민인 우리 조상님들이 이를 거부할 리 없었다. 아니, 오히려 '은혜'를 내려주시는 존재인 신들을 끔찍이 아꼈다고 한다. 이런 표현은 좀 그렇지만, 서로가 이용하고 이용당하는 관계? 현대의 시스템에서 그 관계가 여실히 드러난다.

아이들 틈에 섞여, 우리가 서로에게 그러하듯, 매일매일 서로 도우며 살아간다.

무엇 하나 불편함이 없던 생활을 버리고, 신들은 부자유의 극치를 달리는 이 세계에 빠져들었던 것이다.

"그렇다 쳐도 참…… 마스코트 캐릭터가 되다시피 해 오가는 사람들은 다들 귀여워해준다만, 나의 【파밀리아】에 들어오겠다는 사람은 여전히 전혀 없구나. 나 원. 내 이름 헤스티아가 무명이라고 다들 타산적이기는."

"으음~ 어느 【파밀리아】든 내려주는 '은혜'는 다 똑같은데 말이죠……."

눈앞에 계신 이분의 이름은 '헤스티아'. 우리와 마찬가지로 신들 사이에도 호칭이 있다고 한다.

신의 권속(眷屬), 즉 【파밀리아】란 신들의 파벌이다. 【로키 파밀리아】는 【로키 신의 권속】이라는 뜻이며, 【헤스티아 파밀리아】라면 【헤스티아 신의 권속】. 로키 파, 헤스티아 파처럼 '~파'라고 부르는 사람들도 있다.

【파밀리아】에 가담한다는 것은, 내가 보기에는 신들의 가족이 되는 것과 마찬가지다.

신들도 하계에서 우리와 똑같이 살아가기로 결심한 이상 —— 신이 사용하는 만능의 힘 '아르카눔'을 하계에서 써서는 안 된다는 규칙을 신들끼리 결정했다고 한다 —— 의식주는 물론 돈도 필요할 것이다.

일을 좋아하는 신도 있지만, 역시 즐거운 것만 향유하고 싶다는 분이 훨씬 많다. 그런 신들은 자기들 마음대로 살아가기 위해 우리 하계 사람들의 힘을 빌린다.

【파밀리아】에 가담한 하계 사람들은 '은혜'를 받는다.

신은 그런 우리에게 이것저것 부탁을 하거나, 벌어오는 돈을 얻어 쓰기도 한다.

다시 말해, 이건 좀 노골적인 표현이지만, 신은 【파밀리아】 멤버들이 먹여 살리는 셈이다.

그러나 우리에게도 '은혜'가 가져다주는 이익은 무시할 수 없는 것이라, 한번 이걸 받고 나면 어떤 사람이라도 하등한 몬스터 정도는 격퇴할 수 있게 된다.

눈앞의 헤스티아 님은 이를 가리켜 '기브 앤 테이크'라고 말했다.

"하아……. 벨 혼자에게만 부담을 지우는 건 마음이 괴로운데……."

"저는 별로……. 게다가 주신님도 일을 하시잖아요."

수많은 조직원을 거느린 대형 【파밀리아】도 있거니와, 당연히 우리 같은 이른바 왜소 【파밀리아】도 있다.

이렇게 되면 신도 큰소리를 칠 수 없게 되니…… 우리 헤스티아 님처럼 일을 해야만 한다. 그렇게 좋아하는 오락을 즐길 틈도 없이, 그저 살아가기 위해.

마음만 먹으면 뭐든 할 수 있을 텐데도 어디까지나 하계의 틀 속에 머물고자 하는 신들에게 나는 나도 모르게 웃음과 친근감을 품고 만다.

아니 뭐, 개중에는 【파밀리아】를 조종해 자기가 원하는 왕국을 만드는 —— 정확하게 표현하자면 【파밀리아】 자체를 왕국으로 삼는 —— 신들도 있다지만. ……왕국 경영 게임이라나 뭐라나?

하지만 그것도 인간의 손으로 운영되고 인간의 손으로 쌓아나가는 것이니 신들의 규칙에는 위배되지 않는다고 한다. 신이 하계를 자기 마음대로 주물럭거린다고 흉을 보는 사람도 있지만, 그래도 그것은 왕족을 자청하는 일부 하계 사람들이 원했던 것이기도 하다.

신들은 인간이 자아내는 사건과 경과를 싱글싱글 웃으며 지켜보기는 하지만, 결국 그들의 힘은 인간의 촉진제 수준을 벗어나지 않는다.

"……미안하다. 이런 못난이 신과 계약을 하게 만들어서."

"주, 주신님……."

몸을 조그맣게 웅크리는 주신님을 보며 나도 힘없는 목소리를 내고 말았다.

시골에서 막 올라와 모험자가 되려 했던 나는, 마침 【파밀리아】의 조직원을 모집하고자 시내를 돌아다니던 헤스티아 님과 처음으로 마주쳤다.

유명한 【파밀리아】는 인원도 풍부하며 보통 포화상태인 곳이 많다. 중소 규모 【파밀리아】라 해도, 기대할 구석도 없고 촌티만 풀풀 나는 놈보다는 다소나마 전투나 전문직 경험이 있는 인재를 우선시했다. 수많은 【파밀리아】에게서 모조리 문전박대를 당했던 나는 헤스티아 님의 권유에 두말

없이 달려들었다.

보아하니 이분은 그 때문에 죄책감을 느끼는 것 같았다. 세상 물정 모르는 어린양을 멋지게 낚았다는, 뭐 그런.

헤스티아 님은 비교적 최근에 천계에서 내려오셔서, 나를 만나기 전까지는 친구 신의 【파밀리아】에서 신세를 졌다고 한다. 수많은 신들과 마찬가지로 방바닥을 뒹굴며 좋아하는 하계 책만 읽는 게으른 생활을 누리다 근면한 친구분의 역린을 건드려 쫓겨났다나. 교회 지하에 마련된 이 집은 그 친구분이 베풀어준 마지막 자비인 것 같았다.

하지만 실제로 신들이 내려주는 '은혜'에 본질적인 차이는 없다. 이건 사실이다.

'은혜'를 받은 사람은 모두 처음에는 같은 출발점에서 시작한다. 여기서 어떻게 발전해나갈지는 본인 하기 나름이다.

결국 【파밀리아】의 평판은 어떤 가게나 국가도 그렇듯 그곳에 속한 사람의 능력에 좌우되는 것이다. 우리 주신님에게 잘못이 있다니, 절대 그렇지 않다.

벌떡! 소파에서 일어나며 역설.

"괜찮아요, 주신님! 우리 【파밀리아】는 이제 막 시작한, 까놓고 말하자면 발전하는 중인 거라고요! 처음에야 좀 힘들지도 모르지만 이 단계만 넘어서면 훨씬 편해질 거예요! 여유도 생기면 가입하려는 사람도 나올 거구요!"

"벨, 너 정말 좋은 놈이구나……!"

나를 감동한 눈빛으로 올려다본다. 사실 이건 전부 조금 전 에이나 누나에게 들은 말을 그대로 써먹은 것이다. 양심에 찔린다.

하지만 뭐가 됐든 좋으니 우리 주신님이 기뻐해주셨으면 좋겠다.

하렘이 어쩌고 거시기한 생각도 하기는 했지만, 이분은 아무것도 모르고 이 도시에 찾아왔다가 신세를 망칠 뻔했던 내 손을 다정하게 이끌어주신 소중한 분이니까.

도와주고 싶다.

그것은 이분과 만나고부터 내 마음에 깊이 새겨진, 나 자신과 나눈 최초의 약속이었다.

"후후, 너 같은 아이와 만난 나는 행복한 놈이구나. 그렇다면 우리의 미래를 위해 너의 【스테이터스】를 갱신하자꾸나!"

"네!"

주신님도 발을 휙 휘둘러 소파에서 일어났다. 어린 소녀의 몸에는 있을 수 없는 가슴의 융기가 출렁 흔들렸다. 나는 쩌적 얼어붙은 웃음을 지은 채 슬쩍 눈을 돌렸다. 한심한 의미에서, 나에게는 자극이 강했다. 다른 신들에게는 '로리왕가슴'이라 불리며 놀림을 당한다나. 로리가 뭐지?

"그럼 여느 때처럼 옷을 벗고 침대에 올라가거라!"

"알았어요."

안쪽의 침대로 가서 모험자용 라이트아머를 벗고 이너웨어도 벗었다. 상반신을 감싼 것이 모두 사라졌을 때 나는 흘끔 뒤를 보았다.

벽에 걸린 전신거울. 그곳에 비친 것은 노인 같은 백발과 약간 색소가 희박한 피부를 가진 내 뒷모습이었다. 그중에서도 두드러지는 것은 등에 빼곡하게 새겨진 까만 문자열이었다.

모두 헤스티아 님이 내게 새겨주신 것이며, 이것이야말로 신들의 '은혜'——'팔나'였다.

"자자, 엎드려라 엎드려."

주신님의 채근에 나는 침대에 몸을 묻었다.

엎드려 있으려니, 주신님은 폴짝 뛰어올라선 내 엉덩이께에 주저앉았다.

"그러고 보니 죽을 뻔했다고 그랬는데, 대체 무슨 일이 있었던 거냐?"

"좀 길어지는데요…….."

입을 움직이는 동안 주신님은 내 등을 쓰다듬었다. 한 차례, 두 차례, 몇 번이나 같은 곳을 왕복하며 피부를 어루만진다. 찌르르하는 감각.

이윽고 잘그락 금속 소리가 울렸다. 주신님은 자신의 손가락 끝에 바늘을 찔러, 배어나온 피를 살짝 내 등에 떨어뜨렸다.

피부에 떨어진 붉은 방울은 비유가 아니라 정말로 파문을 그리며 내 등으로 스며들었다.

"만남을 찾아 아래쪽 계층까지 갔다니…… 너도 정말

던전에 이상한 꿈을 품고 있구나. 그런 뒤숭숭한 곳에 네가 생각하는 것처럼 새하얗고 나풀거리는 숫처녀 같은 아이가 있겠느냐."

"수, 숫처……! 아, 아니 하지만, 딱히 그런 사람이 없으리란 법은 없잖아요?! 엘프는 자기가 인정한 사람이 아니면 손도 못 대게 한다면서요?!"

"소리 지르지 마라, 소리. 뭐, 엘프 같은 종족도 있고, 아마조네스처럼 강한 자손을 남기기 위해 튼튼한 남자에게만 몸을 허락하는 종족도 있지. 네 과도한 기대는 몸만 망칠 것 같다만."

"……으윽."

은근슬쩍 심각한 말에 베개에 얼굴을 묻는 나를 흘끔 보며, 주신님은 피를 떨어뜨린 곳을 중심으로 손가락으로 훑어가기 시작해, 왼쪽 끝부터 천천히 **각인**을 새겨나갔다.

지금 내 등에 새겨진 것이 【스테이터스】── '팔나'라 불리는 '신의 은혜'이다.

신의 피 '이코르'를 매개로 신들이 다루는 신성문자 【히에로글리프】를 새겨 대상의 능력을 끌어올리는, 신들에게만 허락된 힘.

【엑세리아】라는 것이 있다. 다른 말로는 경험치. 다양한 사건을 통해 얻을 수 있는, 말 그대로 경험한 현상이다.

당연히 눈에 보이지 않으며, 하계 사람들에게는 직접 이용할 방법도 없다. 말하자면 자신이 걸어온 역사인 셈이니까.

신들은 그 역사 속에 파묻힌, 예를 들면 '몬스터를 쓰러뜨렸다'와 같은 하나의 궤적을 뽑아내 성장의 양식으로 바꿀 수 있다.

신들에게는 그것이 보이며, 나아가 이를 요리할 수 있는 것이다. 적과 싸워 이긴 위업을 칭송하여 축복한다는 고대의 관례와 비슷한 것일지도 모르겠다.

등에 새겼던 【히에로글리프】를 다시 새기고 덧씌워 레벨 업, 능력 향상.

이 힘 덕에 신들은 하계 사람들에게 숭배를 받는다.

"게다가, 아이즈 발렌슈타인이라고 했나? 그렇게 예쁘고 엄청나게 강하다면 다른 남자들이 가만 안 둘걸. 그 아이도 마음에 드는 남자 한둘쯤은 거느리고 있을 게 분명하다."

"그, 그렇지는……."

"흥. 자알 들어라, 벨. 그런 한순간의 방황은 내버리고, 좀 더 가까운 곳을 주의 깊게 확인해봐라. 너를 자상하게 감싸주는 포용력 있는 훌륭한 상대가 100% 확실하게 있을 거다."

생각도 하지 않으려던 점을 지적당해 눈물이 글썽거렸다. 주신님은 그 후로도 계속 발렌슈타인 씨를 트집 잡았다. 어쩐지 상당히 기분이 안 좋으신 것 같았다. 모르는 사이에 내가 뭔가 실례되는 말이라도 했던 걸까.

주신님은 저렇게 말씀하시지만, 지금 내 가까운 곳에 있는 여성이라고 해봤자 에이나 누나와 이분밖에 없다. 에이나 누나는 분명 상대도 안 해줄 테고, 주신과 영원한 사이……같은 소리는 입이 찢어져도 할 수 없으니까. 상대는 신인데, 어떻게 그런 엉뚱한 생각을 품겠어.

주신님. 현실이란 각박하다구요. 에이나 누나도 그랬어요.

"뭐, 로키네【파밀리아】에 있는 시점에서 발렌 어쩌고하는 여자와 결혼은 꿈도 못 꾸겠다만."

"……."

결정타를 맞아버렸다.

대체로【파밀리아】에 속한 사람은 같은【파밀리아】내의, 혹은 소속이 없는 이성과 결혼한다. 다른【파밀리아】에 속한 사람과 결혼해 아이가 태어나면, 그럼 그 아이는 어디 소속이 되는가 하는 문제가 생기기 때문이다.

이것은 일례일 뿐 그것만이 전부는 아니지만, 아무튼 다른 파벌과 깊은 관계를 가지면 폐해가 발생하기 쉽다. 규율을 위해서라도, 신들은【파밀리아】만큼은 엄격하게 관리한다.

게다가 신들끼리 사이가 나쁘면 상대【파밀리아】와는 그것만으로도 적대관계가 된다. 조직원은 함부로【파밀리아】를 위험에 빠뜨려서는 안 된다.

에이나 누나에게도 충고를 받았지만【헤스티아 파밀리아】의 일원인 내가【로키 파밀리아】에 속한 발렌슈타인 씨와 건전한 교제를 갖기란 매우 어려웠다.

"자, 끝! 아무튼 그런 여자는 잊고, 바로 곁에 굴러다니는 만남을 찾아보는 거다."

"……너무해요, 주신님."

에잇, 누가 포기할 줄 알고. 적어도 아직 시작한 건 없으니 벌써부터 좌절하진 않을 거다.

내가 각오를 새로이 다지며 옷을 갈아입는 동안, 주신님은 미리 준비해놓은 용지에 갱신된【스테이터스】를 옮겨 적고 있었다. 나는【히에로글리프】를 읽을 수 없으므로 주신님이 하계에서 쓰는 공통어인 코이네 어로 옮겨 적어 상세한【스테이터스】의 내역을 가르쳐 주신다.

사실 내 등에 적힌 문자를 내가 읽기도 힘들고.

"자, 너의 새로운【스테이터스】다."

고맙다고 인사하며 용지를 받아 시선을 떨구었다.

벨 크라넬

Lv.1

힘: I77→I82 내구: I13 기교: I93→I96

민첩: H148→H172 마력: I0

《마법》

【　】

《스킬》

【　】

이것이 내 등에 기록된 【스테이터스】의 개요였다.

기본 어빌리티 —— '힘', '내구', '기교', '민첩', '마력' 같은 항목 —— 는 다섯 개이며, 나아가 S에서 A, B, C, D, E, F, G, H, I까지 10단계로 능력의 고저치가 표시된다. 이 단계가 높으면 높을수록 우리의 능력은 강화된다.

I에 붙은 숫자는 숙련도. 0~99가 I, 100~199가 H 하는 식으로 기본 어빌리티의 능력 단계와 연동된다. 참고로 상한은 999. 그 분야의 능력을 혹사하면 할수록 숙련도는 올라가지만, 최대치인 999—— 레벨 평가 S에 다가갈수록 성장이 둔해진다고 한다.

Lv.은 가장 중요하다. 이것이 하나만 올라가도, 기본 어빌리티 보정 이상의 강화가 이루어진다. 몸과 마음의 **진화**라 해도 결코 과언이 아니라고 한다. 실제로 Lv.1과 Lv.2 사이에는 어마어마한 역량 차이가 있다. Lv.1인 내가 Lv.2에 속하는 미노타우로스에게 완패를 맛보았듯.

쉽게 말해 Lv.이 올라가면 **어마무지 강해진다**는 뜻이다.

신들은 그것을 【랭크 업】이라 부른다.

……응? 이번 던전 탐색에서 올라간 게 '힘'하고 '기교'하고 '민첩'……인데, '민첩' 상승폭이 좀 대단한 거 아냐?! H148에서 H172까지 올라갔으니, 플러스 24?!

미노타우로스에게 있는 대로 쫓겨다녀서 그런가……?

이 숙련도 시스템은 그 분야의 능력을 사용하지 않으면 기본 어빌리티에 전혀 변화가 나타나지 않는다. 예를 들어 '내구'

숙련도를 올리려면 적에게서 공격을 받아야만 하는데, 나는 피하기만 했으니 전혀 올라가지 않는 양상을 보인다.

방어구나 무기 같은 장비로 방어해도 올라간다지만, 아무래도 난 자꾸 도망치게 된다. 아픈 건, 좀 싫다.

"……주신님, 저는 언제쯤 돼야 마법을 쓸 수 있을까요?"

"그건 나도 모른다. 주로 지식에 관한 【엑세리아】가 반영된다던데…… 벨, 책은 안 읽지?"

"네……."

신들이 새겨주는 【스테이터스】 중에서 누구나가 관심을 기울이는 것이 '마법'을 쓸 수 있게 된다는 점일 것이다.

신들이 하계에 오기 전까지 마법은 특정 종족의 전매특허였다. 하지만 신의 '은혜'는 어떤 자든 마법을 쓸 수 있도록 해주었다.

최소 하나에서 최고 세 개까지, 마법을 쓸 수 있는 숫자는 정해져 있다. 하나 쓸 수 있는 것이 일반적이다. 마법을 두 종류 다루게 되면 그 사람은 같은 모험자들 중에서도 이리저리 불려 다닐 만큼 인기가 올라간다고 들은 적이 있다.

그만큼 마법의 존재는 중요하다. 아득한 먼 옛날에 어떤 엘프가 바람을 조종해 100명의 휴먼을 쓸어버렸다는 전설대로, 말하자면 비밀병기, 형세를 역전시킬 만한 필살기가 될 수 있다.

하기야 눈 하나 깜짝하지 않고 불바다를 만들어내는 상대에게 칼 한 자루 들고 덤벼봤자 이길 수 있을 것 같지도 않으니, 그건 그렇겠지.

【스테이터스】를 확인해도 내 마법 슬롯은 하나밖에 없으니 당연히 쓸 수 있게 될 마법도 한 종류뿐이겠지만…… 응?

"주신님, 이 스킬 슬롯은 어떻게 된 거예요? 뭔가 썼다가 지운 것 같은데……."

"……응? 아, 손이 좀 미끄러져서 말이다. 평소랑 똑같이 공란이었으니 안심해라."

"그랬겠죠～……."

조금 기대했는데.

'스킬'이란 【스테이터스】의 수치와는 별도로 몸에 일정 조건의 특수효과나 작용을 가져다주는 능력을 말한다. 【스테이터스】가 그릇 그 자체를 강화하는 것이라면 '스킬'은 그릇 속에 특수한 화학반응을 일으켜준다.

마법처럼 눈에 보이는 화려함은 없지만, 발현해서 손해 볼 것은 거의 없다고 한다. ……아주 없지는 않은 모양이다.

갱신된 【스테이터스】를 다시 한 번 확인한 나는 벽에 설치된 시계를 올려다보고 주신님을 돌아보았다.

"그럼 주신님, 슬슬 저녁 준비할까요? 감자돌이 파티를 한다고 해도 그것만 가지곤 부족하겠죠?"

"응. 벨에게 맡기마."

"네～."

생긋 웃는 주신님께 등을 돌리고 부엌으로 갔다. 간단한 요리밖에는 못하지만, 음, 에이나 누나도 말했듯 오늘부터는 가급적 돈 생각도 해야지…….

　나는 주신님의 시선을 등으로 느끼면서, 앞으로의 절약에 대해 의욕을 불태웠다.

　헤스티아는 마치 전장에 나가는 듯한 기개로 주방을 향해 걸어가는 벨을 지켜보며, 조용히 한숨을 내쉬었다.

　조금 전에 지적받은【스테이터스】용지를 손에 들고, 소년의 등과 비교해본다.

　'아이들은 정말 금방 변하는구나……. 불변의 존재인 우리와는 전혀 달라.'

　사소한 일에도 금세 영향을 받아 육체에, 정신에 전파된다.

　욕망도 문화도 아닌 '변질'이야말로 이들 하계 주민들의 본질일지도 모른다.

　'……아아, 싫다 싫어. 그가 남의 손에 바뀌고 말았다는 게 참을 수 없이 싫다. 인정하고 싶지 않아!'

　두 손으로 있는 힘껏 자신의 새까만 머리카락을 헤집어 댔다.

　젠자앙~. 헤스티아는 두 손으로 머리를 싸쥐며 끙끙대고는, 다시 한 번 벨의 등을 쳐다보았다.

　정확하게는 등에 새겨진【스테이터스】── 그중에서도 스킬 슬롯을.

벨 크라넬

Lv.1

힘: I77→I82 내구: I13 기교: I93→I96

민첩: H148→H172 마력: I0

《마법》

【　】

《스킬》

【리아리스 프레제】

- 조숙한다.
- 마음이 이어지는 한 효과 지속.
- 마음의 강도에 따라 효과 향상.

　유망해 보이는 【엑세리아】를 찾아내, 자신의 손으로 【스테이터스】에 그 스킬을 새겨넣고 말았다는 사실을 헤스티아는 뒤늦게 후회하고 있었다.

2장
그래서 나는 달린다

"우웅…….."

【헤스티아 파밀리아】의 본거지, 교회의 비밀 지하실.

지하여서 아침 햇살도 새 지저귀는 소리도 닿지 않는 곳임에도 아침을 정확히 인식한 나는 일어나기로 정한 시간에 눈을 떴다.

내가 태어나 자랐던 고향은 시골이라 이른 아침부터 들일을 나갔기 때문에 습관이 몸에 배었으며, 뱃속에는 시계가 생겨나고 말았다.

그래도 소파 위에서 고개를 돌려 벽에 걸린 시계를 확인했다.

'……5시 정각.'

마석기술로 발명된 '마석등'이 천장에서 어렴풋이 인광처럼 빛나 지하라 해도 완벽한 어둠에 휩싸이지는 않았다. 맨눈으로도 주위를 둘러볼 수 있을 만큼은 된다.

이 '마석등'을 만들어낸 휴먼의 기술을 신들은 '정말 재주도 좋다'고 평가했다. 신들조차 혀를 내두를 정도였으니, 발명됐을 당시 '세기의 대발명'이라는 평가까지 받았던 마석제품이 얼마나 대단한지는 잘 알 수 있을 것이다.

어제 소소한 파티를 연 후, 나는 여느 때처럼 침대를 주신님에게 내드리고 소파를 침상 삼아 잠들었다. 꽤 좁긴 하지만 이미 적응했다.

눈을 몇 차례 깜빡이고, 세수를 하기 위해 몸을 일으키려다…… 문득 깨달았다.

이불 외에, 뭔가 둥그스름한 것이 내 위에 기대듯 놓여 있었다. 엄청 가볍다. 답답하지도 않아서 전혀 알아차리지 못했다.

의문을 느끼며 그 둥그스름한 무언가에 손을 뻗으려다…… 한 방에 깨달았다. 주신님이다.

내 가슴에 얼굴을 묻듯 잠들어 있다. 깜짝 놀랐지만 이내 쓴웃음을 지었다.

'잠결에 이쪽으로 온…… 건가?'

별 희한한 일도 다 있다 싶었지만, 난감하게 됐다.

주신님을 깨우지 않고 소파를 빠져나갈 자신은 있지만, 어째 뭐랄까, 굉장히 따뜻하고 포근한 이 존재를 놓고 싶지가 않았다. 이 쿠션의 감촉은 최고급을 넘어선, 그야말로 신작급(神作級). 강력한 무기와 아이템을 확보한 어떤 【파밀리아】에도 이 이상의 아이템은 없으리라 단언할 수 있다. 신들은 역시 대단해.

황송무지하게도 나는 손을 감아 살짝 안아보았다. 폭신.

아아, 어떡해. 진짜 못 빠져나갈 것 같아.

좋은 향기마저 감도는 주신님에게 헤실헤실 힘이 빠져나간 표정을 짓고 있으려니,

"우웅……."

살짝 몸을 옹송그리며 갓난아기처럼 얼굴을 내 가슴에 비벼댄다.

아우, 귀여워 미치겠네……!

그렇게 마음속으로 번민하고 있으려니── 주신님의 압도적인 질량을 가진 두 언덕이 뭉클하는 감촉과 함께 내 몸 위에 눌렸다.

그 후 내가 취한 행동은 신속했다. 신(神) 아이템에서 극약 아이템으로 변모한 주신님을 즉시 해제하고, 장소를 바꿔치기하듯 눕혀 소파에서 탈출했다.

'이분이 날 죽이러 온 게 분명해…….'

처음으로 주신님에게 전율을 느낀 순간이었다. 앞으로 1초만 늦었더라면 내 호흡은 멈췄을지도 모른다.

주신님에게 이불을 덮어주고 나는 서둘러 준비를 했다. 어쩐지 안절부절 못했다. 냉정하게 생각해보니 내가 바보였다. 신에게 무슨 짓을 했단 말인가.

나는 사사삭 재빨리 문을 넘어 소리도 없이 집을 나왔다.

"……벨 바보오…… 음냐아."

'아침부터 별 해프닝이 다 있네…….'

조금 쌀쌀하게 느껴지는 아침 공기 속에 한숨을 녹인다.

나는 점심때와는 분위기가 달라진 메인 스트리트를 혼자 걷고 있었다. 소란도 인파도 없는 대로가 공연히 넓게 느껴졌다. 길 좌우로 처마를 맞대고 늘어선 석조 상점은 어느 곳이나 덧문을 단단히 닫고 있다.

아침 하늘은 이미 밝았다. 이른 아침이라 해도 사람의 모습은 드문드문했으며, 노점 준비를 하는 파룸도 있는가 하면, 나와 같은 모험자 드워프들이 무리를 지어 무언가 대화를 나누는 모습도 보였다. 이제부터 던전에 가려는 것이리라.

나도 던전에 들어갈 장비를 하고 주신님에게서 도망……이 아니라 집을 빠져나왔으니, 제삼자가 보면 그들과 비슷할지도 모른다.

"아차, 아침을 안 먹었네……."

꼬르르륵, 몸속에서 들려오는 소리에 나는 터덜터덜 걸으며 배 언저리를 문질렀다.

난감한걸. 뱃속에 아무것도 넣질 못했으니. 배고파.

아무래도 이 공복감을 어떻게든 해결하지 않고선 던전 탐색에도 집중할 수 없을 것 같다.

바로 어제 절약하기로 결심해놓고 벌써부터 무시하고 싶지는 않지만, 어쩔 수 없으니 뭔가 사서…….

"……?!"

발을 멈추고 홱 돌아섰다. 등 뒤를 돌아본다.

……이상한 느낌이었다. 살기라고 할까, 어렴풋한 기척이라고나 할까. 그런 거창한 것을 탐지할 만큼 훌륭한 모험자는 아니지만…… **누가 쳐다보는 것 같았다.**

피부를 침범하는 것 같은 감각. 마치 값어치를 가늠해보려는 듯한, 평범한 사람은 도저히 흉내도 못 낼, 너무나도 가차 없는 시선.

혼자 카페테라스를 준비하는 점원, 골목 모퉁이에 모여

있는 수인 2인조, 상점 2층 창문에서 대로를 내려다보는 여자아이…… 시야에 펼쳐진 경치 속에서 움직이는 것들에 몇 번이나 시선을 옮겼다. 반쯤 당황하면서 휘릭 주위를 둘러본다.

본격적으로 눈을 뜨기 전인 아침 상점가에 수상쩍은 그림자는 보이지 않았다. 오히려 길 한복판에 멍청히 서 있는 나에게 의문 어린 시선이 모였지만 신경을 쓸 여유는 없었다.

내가 착각했나……?

공연히 귀에 달라붙는 심장 소리를 들으며, 도저히 수긍할 수 없다는 표정을 짓고 말았다.

"저기……."

"!"

뒤에서 들린 목소리에 긴장하며 몸을 휙 돌렸다. 누가 봤으면 굉장히 오버한다고 생각했을 것이다.

말을 건 것은 나와 같은 휴먼 소녀였다.

복장은 하얀 블라우스와 무릎 아래까지 오는 떡잎색 점퍼스커트, 그 위에는 긴 살롱 에이프런. 광택이 적은 연회색 머리카락을 뒷머리에 경단 모양으로 묶어놓았으며, 그곳에서 꼬랑지 한 가닥이 삐죽 늘어져 있다. 포니테일의 아종인 것 같다.

머리와 같은 색깔의 눈동자는 순진해 보여서 귀여웠다. 우유처럼 하얗고 매끄러운 살결의 얼굴은 경계심 가득한 내 거동에 놀라고 있었다.

누가 봐도 무해한 일반 시민……에게내가지금무슨 짓을?!

"죄, 죄송합니다! 좀 놀라는 바람에……!"

"아, 아니에요, 저야말로 놀라게 해드려서……."

황급히 사과하자 상대도 고개를 숙였다. 너무 미안했다.

나이는 나보다 살짝 위인 것 같다. 한두 살 차이밖에 안 나는 것 같기도 했다.

이 사람 혹시 아까 언뜻 봤던, 카페테라스에서 준비를 하던 점원인가? 혼자 테이블을 열심히 나르고 있었는데…….

"무, 무슨 일이세요?"

"아…… 저기, 이거 떨어뜨리셨어요."

그녀가 내민 손바닥 위에는 자남색 결정이 있었다.

"어, '마석'? 어, 어라?"

고개를 꼬며 등허리 위에 걸어놓은 자루를 보았다. 나는 몬스터에게서 얻은 '마석'을 이 주먹만 한 자루 안에 회수하곤 했다.

평소에는 끈을 꽉 묶어놓는데 어쩌다 풀리기라도 한 걸까? 어제 환전 때 마석은 전부 길드에 넘겨줬다고 생각했는데, 깜빡하고 남겨됐나?

모험자가 아닌 사람이 마석을 가지고 있을 리도 없으니…… 응, 분명 그랬을 거다.

"죄, 죄송합니다. 고마워요."

"아니에요, 마음에 두지 마세요."

부드러운 미소가 돌아왔다. 미안한 마음에 눈썹을 늘어뜨리면서도 따라서 웃고 말았다. 순수한 선의를 접해 어깨에서는 힘이 완전히 빠져나갔다.

"이렇게 이른 아침부터 던전에 나가시나요?"

"네. 가볍게 다녀와볼까 하고……."

점원은 어색한 침묵을 없애려는 듯 말을 걸어주었다. 이 상황을 어떻게 무마하나 걱정하던 참이어서 솔직히 마음이 놓였다. 앞으로 한두 마디만 더 나누고 작별인사를 하자.

……라고 생각한 순간, 내 배가 꼬르륵 한심한 소리를 냈다.

"……."

"……."

어리둥절 눈을 동그랗게 뜨는 점원.

얼굴을 빨갛게 물들이는 나.

그녀는 금세 품 웃음소리를 냈다. 뼈아픈 대미지. 내 어깨는 축 늘어지고 정수리에서는 김이 나왔다.

"아하하, 배가 고프신가봐요."

"……네."

"혹시 아침을 안 드셨나요?"

부끄러워서 참을 수 없었던 나는 점원에게 눈을 맞추지 못한 채 고개를 끄덕였다.

그녀는 무언가를 생각하는 것 같더니, 갑자기 오종종 그 자리를 떠났다. 아까 그 카페테라스……를 넘어서 일단 가게 안으로 사라지더니, 금방 돌아왔다.

아까는 없었던 것—— 조그마한 광주리가 그녀의 가녀린 팔에 안겨 있었다. 안에는 조그만 빵과 치즈가 보였다.

"이거, 괜찮으면 드세요. 아직 가게를 열려면 멀어서, 제대로 된 식사는 아니지만⋯⋯."

"네에?! 아니, 그러면 제가 죄송한데⋯⋯! 게다가 이건 혹시, 그쪽 아침식사 아닌가요⋯⋯?"

점원은 조금 멋쩍은 듯 수줍어했다.

윽⋯⋯ 이 사람, 몸속에서 귀여움이 배어나오는 타입이다.

발렌슈타인 씨나 우리 주신님처럼 엉겁결에 깜짝 놀랄 만한 생김새는 아니지만⋯⋯ 보면 볼수록 매력에 끌린달까.

뭐랄까, 신들이라면 '순진무구 평민소녀 떴다—!'라고 절찬할 법한 사람.

"이대로 그냥 보내면 제 양심이 아플 것 같아서요. 그러니 모험자님, 받아주시면 안 될까요?"

"그, 그건 반칙이에요⋯⋯."

그렇게 말하면 거절할 방법이 없다. 그 미소로 그런 결정타를 날리다니, 비겁해.

잠깐 눈을 깜빡한 사이에, 이번에는 약간 짓궂은 미소를 지으며 내 눈앞까지 얼굴을 불쑥 내밀었다. 가, 가깝거든요⋯⋯?

"모험자님, 이건 이해의 일치예요. 저도 조금 손해를 보긴 했지만. 모험자님은 이걸로 배를 채울 수 있는 대신……"

"대, 대신……?"

"……오늘 저녁에는 제가 일하는 저 주점에서 식사를 하셔야만 해요."

"……."

이번에는 내가 눈을 동그랗게 뜰 차례였다.

그녀가 한 말이 무슨 뜻인지, 시간을 들여 천천히 곱씹었다.

생긋 웃는 점원을 앞에 두고 나는 초면인 사람에게 느껴야 하는 벽 같은 것을 완벽하게 허물고 말았다.

내 표정도 확 풀렸다.

"와, 정말…… 반칙이네요."

"후후후. 자자, 얼른 받으세요. 덕분에 저는 오늘 시급에 보너스를 받을 게 분명하니까 사양할 거 없어요."

이 사람, 여간내기가 아니네.

"……그럼 오늘 저녁에 찾아올게요."

"네, 기다릴게요."

점원은 마지막까지 나에게 웃음을 지어주었다. 처음부터 끝까지 꼼짝도 못한 것 같았는데, 홍차를 마시는 시간처럼 기분이 좋다. 어쩐지 갑자기 멋쩍어졌다.

광주리를 한 손에 들고 점원에게 배웅을 받는다.

긴 메인 스트리트가 뻗어나가는 저 너머로 도시의 중앙부, 마천루 시설이 맑은 아침 하늘을 꿰뚫으며 솟아나 있다.

저 아래에 던전이 있다.

새하얀 마천루를 향해 잠깐 걷던 나는 문득 생각이 나 몸을 돌렸다.

이상하다는 듯 이쪽을 바라보는 그녀에게 말했다.

"저는…… 벨 크라넬이라고 해요. 이름이 뭔가요?"

"시르 프로바예요, 벨 씨."

우리는 웃음과 이름을 나누었다.

신들이 하계에 내려오기 전부터 던전이라는 것은 존재했다.

미궁 위에는 지금처럼 거대한 규모는 아니지만 도시가 있었으며, 그때부터 길드의 전신에 해당하는 기관이 있었다고 한다.

그래서 무슨 말을 하고 싶은 거냐 하면, 고대에는 옛 길드와 연계해, 신들의 '은혜'를 받지 않은 채 몬스터와 싸우는 사람들이 있었다는 거다.

『꺄욱?!』

"하앗!"

믿을 수 없다는 마음이 절반이고, 정말 대단했으리라는 경외심이 절반.

'은혜'를 받은 후에야 겨우 이렇게 '코볼트'를 해치울 수 있게 된 나와는 반대로, 정말 자기 몸뚱이 하나만 가지고 흉악한 몬스터를 쓰러뜨렸던 사람들이 아득한 먼 옛날 이 던전에 있었던 것이다.

『샤아악!』

"흐억?!"

『꾸엑?!』

만약.

만약 그런 고대 사람들이 지금 이곳에 있다면.

순수한 자기 힘만으로 적을 물리치던 진짜 전사들이 이 자리에 있다면.

어마무지 강한 그 사람들은 이런 상황도 코를 후비며 돌파했을까?

『『『『『크르으아아앙!!』』』』』

"무리다—!!"

나에게는 불가능하다.

"젠장—! 비겁하잖아아아아아!!"

『『『『『카아아악!!!』』』』』

코볼트 떼에게 등을 돌리고 전력질주. 합계 여섯 마리의 몬스터는 집요하게 나를 쫓아왔다.

장소는 던전 제1계층.

시야를 가득 메우는 연청색으로 물든 벽과 천장. 하늘이 보이지 않는 천연의 통로는 아무리 가도 사방팔방 끊임없이 이어진다. 두 갈래길, 십자로, 완만한 내리막. 일정한 간격으로 정비된 길을 이루는 지하 공간에서 나는 팔을 휘두르며 열심히 달려갔다.

이른 아침이기도 해 다른 모험자들의 모습이 전혀 보이지 않는 던전의 제1계층. 조금 전까지만 해도 순조롭게 몬스터를 사냥하던 나는, 불운하게도 이 코볼트 집단과 맞닥뜨리고 말았던 것이다.

처음에는 무려 여덟 마리나 있었다. 에워싸이기 전에 두 마리를 물리치는 데는 성공했지만 이놈들이 아주 깔끔한 포위망을 만들고 덤벼드는 것이다. 그 자리를 벗어나는 것 말고는 선택의 여지가 없었다.

애초에 코볼트가 이렇게 무리를 지어 다니는 것 자체가 매우 드문 일이다. 날카로운 이빨이나 발톱을 무기로 삼는 이 개머리 몬스터는 한두 마리씩 던전 내를 배회하는 경우가 대부분이다. 신출내기 모험자인 내가 말하기는 뭣하지만, 이런 광경은 본 적도 없다.

어제 미노타우로스도 그렇고, 요즘은 어째 이런 일만 생기는 것 같다. 혹시 모르는 사이에 저주라도 받은 걸까.

"큭!"

직각 모퉁이를 향해 힘차게 뛰어들어 브레이크. 획 회전하며 호흡을 가다듬었다.

내가 선택한 것은 매복이었다. 코볼트들이 모퉁이를 돌아 나온 순간 단숨에 달려들려는 심산이었다.

앞으로 하려는 일에 원치 않는 긴장감이 치밀었다.

다른 모험자들이 있었다면 내 선택을 얼간이라고 말하며 코웃음을 칠까?

하지만 제1계층의 통로는 폭이 넓어, 1대 다수의 불리한 전투가 벌어지기 쉽다. 아무리 도망쳐다닌다 해도 던전의 정석인 1대 1 전투로 끌어가기가 어려운 것이다.

도망만 다니다 다른 몬스터와 협공을 당하고 말지도 모른다.

길은 속공뿐이다.

'⋯⋯!'

쿵쾅쿵쾅쿵쾅, 그저 지면을 박차기만 하는 잡스러운 발소리가 다가왔다.

아직 찾아오지 않은 그 순간을 앞두고 나는 한 차례 손에 시선을 떨궜다.

다섯 손가락이 꽉 움켜쥔 것은 한 자루의 조그만 단도(短刀).

벨 크라넬은 단도전사. 이 날길이 20C(셀티)짜리 나이프가 내 유일한 무기다.

자루를 움켜쥔 손바닥에 흥건히 땀이 고였다. 여러 겹으로 울려 퍼지는 야수의 울음소리를 들으며 필사적으로 심장 소리를 억제하고 심호흡. 스으읍 숨을 들이마셨다.

그리고 다음 순간, 눈에 핏발이 선 짐승의 얼굴이 벽 너머에서 불쑥 나타났다.

"으아아아아아아아아아아아아아아아!"

『꾸엑?!』

그놈의 눈과 내 눈이 마주친 순간, 나는 이미 지면을 박차고 있었다.

선두를 달리던 코볼트의 눈동자 안에 비친 나의 모습이 서서히 커져가고── 찌르기.

상대의 심장에 단도가 박혔다. 우선 한 마리.

그 직후 모퉁이에서 나타난 다른 코볼트들이 생각지도 못한 광경에 동요를 드러냈다. 반면 나는 돌격의 기세를 늦추지 않았다. 해치운 놈을 방패삼아 무리에게 달려들어, 두 마리의 코볼트와 얽히며 땅바닥에 나뒹굴었다.

『끄, 가악?!』

"흡!"

『꺼극?!』

등을 그대로 강타당한 두 마리와는 달리 나는 앞구르기를 하듯 재빨리 일어났다.

돌아서서, 아직까지 신음하는 코볼트 한 마리의 목덜미에 칼날을 꽂았다. 이로서 두 마리.

『끄, 끄어어억?!』

"!"

『꺽!』

기습에 몸이 굳었던 세 마리가 다시 움직였다.

달려드는 것을 옆으로 흘려보내면서, 아직까지 바닥에서 일어나지 못하던 놈의 머리에 공을 걷어차는 듯한 발차기를 꽂았다. 목이 뚝 부러지는 소리. 개머리가 이상한 각도로 돌아갔다. 이로서 세 마리.

"내가 이겼다!"

『키이익?!』

승리 선언.

남은 수의 코볼트로는 나를 포위할 수도 없다. 지능이 떨어지는 하급 몬스터는 교묘한 연계 플레이가 불가능하기 때문이다. 그러는 순간에도 네 번째 코볼트의 배를 갈라, 남은 것은 둘.

공포에 질린 눈빛을 돌리는 마지막 코볼트들을 나는 별 시간도 들이지 않고 격파했다.

"휴우~…… 이겼다."

움직이지 않는 코볼트 무리 옆에 털썩 주저앉았다.

이 숫자를 상대로 싸운 것은 처음이었지만…… 다행이다. 어떻게든 해냈다. 다친 데도 없으니 썩 괜찮은 거 아닐까.

어쩌면 더 원활한 대응법이 있었을지도 모른다. 하지만 모험자로서 지시를 내려줄 사람이 없는 나에게는 알지도 못하는 일을 하라고 해봤자 불가능하다.

【헤스티아 파밀리아】의 조직원은 나 혼자뿐이니, 선배도 동료도 없는 상태에서 나만의 스타일로 싸워나가야만 한다. 나만의 스타일이라면 듣기야 좋지만, 그냥 초짜에 불과한 지금 내게는 매우 불안한 느낌만을 주었다.

죽고 싶지 않다면 그야말로 체면 차리지 말고 다른【파밀리아】사람들에게도 전법이든 뭐든 가르침을 청하는 게 좋겠지만…… 그래도. 나만이 아니라 우리 주신님까지 우습게 보일 테고, 【파밀리아】사이의 다툼은 굉장히 성가시다고 들었으니까. ·

이것저것 저울질을 해보면, 혼자서 조금만 더 노력해보자는 생각이 든다.

그렇다. '모험을 하지 않으면' 나도 이렇게 싸울 수 있는 것이다.

던전에서는 항상 1대 1로 싸울 것을 유념한다.

도망치는 적을 결코 멀리 쫓아가지 않는다.

지형을 유리하게 활용한다.

에이나 누나에게 단단히 배운 던전의 지식도 이렇게 나의 뼈와 살이 되고 있다.

"……어영차."

자리에서 일어나 코볼트들의 시체로 다가갔다. 혀를 빼물고 무참하게 숨이 끊어진 모습에 약간 마음의 벽이 깎여나갔지만, 나는 고개를 털고 다시 단도를 뽑았다.

단숨에 내리쳐 가슴을 도려낸다. 꿈틀 뛰어오르는 몸과 솟구치는 피는 이제 무시하고, 가슴 중심에 있는 빛나는 작은 자남색 조각을 적출했다.

이것이 '마석'이다.

몬스터에게서 획득할 수 있는 마력이 깃든 결정……이라고 한다. 늘 그렇듯 자세한 것은 모른다. 주신님 말씀처럼 책을 좀 읽어야 하려나.

　아무튼 이 결정에는 신비한 힘이 있어서, 길드에 가지고 가면 돈으로 바꿔준다. 노골적으로 말하자면 이것이 던전에서 얻는 직접적인 수입원이다.

　우리 【파밀리아】의 거점에 있는 '마석등'이 좋은 예인데, '마석'은 휴면의 기술로 가공해 다양한 방면에 ── 발화장치나 식량 보존용 냉동기 등 ── 활용할 수 있기 때문에 귀중한 자원으로 취급된다. 미궁도시 오라리오는 이 마석제품을 다른 지역, 다른 나라에 수출해 막대한 이익을 거둔다고 들었다. 미궁도시라기보다는 길드라고 해야겠지만.

　코볼트에게서 얻은 이 마석은, 정확하게는 '마석 조각'이다.

　손톱 정도 크기밖에 안 되며, 내가 아는 한 1 ~ 4계층의 몬스터에게서 나오는 것은 모두 이 정도였다. 환전해도 값은 별로 안 나간다. 길드분들도 역시 마석의 사이즈가 크면 클수록 비싸게 사주는 것 같다.

　손안의 자남색 결정을 멍하니 바라보고 있으려니 마석을 파낸 코볼트의 몸에 변화가 일어났다. 갑자기 색소가 빠져나가는가 싶더니 머리가 스르르 부스러지고 마침내 온몸이 재가 되어 형체도 없이 사라져간다.

　이것이 마석을 잃은 몬스터의 말로다.

　에이나 누나의 말에 따르면, 마석은 몬스터들의 '핵'이며 그들은 이를 기반으로 활동한다고 한다. 따라서 마석을 노리는 것은 몬스터를 쓰러뜨릴 때 유효타가 될 수 있다고도 설명해주었다. 마석이 부서지면 환전도 못하지만, 생사의 갈림길에서는 이러쿵저러쿵 따질 수 없을 테니까.

나는 재가 된 코볼트를 마지막까지 지켜본 후 다시 같은 작업을 반복했다. 아까 해치웠던 두 마리가 있는 곳에도 가야 하니 넋을 놓을 틈이 없다.

단도를 쳐들고, 내리치고, 쳐들고, 내리치고.

"응……?"

마지막 시체를 처리했을 때, 모두 재가 되었어야 할 육체 중에서 코볼트의 오른손 손톱만이 동그마니 남아 있었다.

재에 파묻힌 그 날카로운 돌기를 꺼냈다. 가볍게 허공으로 던져보았지만 손톱은 사라질 기미가 없었다.

보아하니 '드롭 아이템'인 것 같았다.

마석이 제거된 몬스터는 이따금 이렇게 몸의 원형 일부를 남길 때가 있다. 그 몬스터에게서 이상 발달한 부위인지, 마석을 잃고도 독립적으로 남을 수 있는 힘 —— 이 경우에는 마력이겠지 —— 을 갖춘 것이라고 한다. 살아있을 때는 그 몬스터의 강력한 무기가 되어 자못 활약했겠지.

이것도 환전 대상이 될 수 있다. 구체적으로는 무기나 방어구의 재료로 쓰인다고 한다. 경우에 따라 다르긴 하지만 거의 대부분 마석 조각보다도 비싸게 거래해준다.

"아자~."

마석 조각을 허리의 자루에, '코볼트의 손톱'을 등에 짊어진 까만 백팩에 집어넣었다.

이 백팩은 특수한 제법으로 만들어 겉보기보다도 훨씬 많은 아이템을 수납할 수 있다. 마법의 자루……는 물론 아니다.

일단 중량은 그대로다. 원단에 한계가 오면 찢어져 쏟아지기도 한다. 꿈처럼 편리한 아이템만은 아닌 것이다.

원래 마석이나 드롭 아이템은 '서포터'라 불리는 비전투원이 회수하고 확보해주지만, 【헤스티아 파밀리아】의 조직원은 나 하나뿐이니 이하생략. 솔로로 던전에 내려오는 나는 돈으로 바꿀 무거운 짐을 짊어지고 싸워야만 한다.

무소속 서포터를 고용할까? 에이나 누나도 지금 내 상황을 그리 좋게 보지 않으니.

하지만 우리 【파밀리아】에 그럴 만한 금전 여유는 없고…….

『우워어어어어어어억!』

『카아악!!』

"……연속 전투?"

에잇, 나 좀 쉬자!

마석의 존재도 포함해 던전에는 신기한 일이 가득하다.

세계에 단 하나뿐이라는 이 지하미궁은 조금 전에도 언급

했듯 신들이 강림하기 전부터 이미 하계에 있었다.

일설에 따르면 던전 최하층은 지옥이니 마계니 하는 곳과 이어져 있다나 뭐라나. 신들은 무언가 안다고도 하지만, 딱히 아무것도 가르쳐주려 하지 않는다.

"던전은 던전이지. 던전에 뭘 바라는거냐던전."

신들의 명언 중에 이런 것이 있다고 한다. 던전을 대체 얼마나 좋아하는 거람.

처음 던전 이야기를 듣고 가장 놀란 것이, **던전은 살아 있다**는 것이었다.

살아 있다고 해서 딱히 살덩어리 벽이 혼자 사람을 공격하는 건 아니고, 계층별로 지형이 바뀌는 것도 아니다. 그 증거로 모험자가 답파해 매핑한 계층의 지도는 길드에 팔 수 있다(다만 아래 계층으로 갈수록 면적이 말도 안 될 정도로 넓어지므로 매핑이 다 되지 않은 계층도 드문드문 있다고 한다).

살아 있다는 것은 쉽게 말해 수복된다는 것이다. 파괴된 던전의 구조가, 저절로.

던전은 마석의 하위, 혹은 상위 물질로 이루어졌다고 한다. 미궁의 조성만큼은 학자들도 아직까지 해명하지 못했으며, 그저 발생하는 현상을 보는 데서 그치고 있다.

또한 마석에 가까운 물질이기 때문에 던전 내부는 햇빛이 닿지 않는데도 밝다. 제1계층은 천장에 해당하는 부분이 조명처럼 점점이 인광을 발해, 때와 장소를 가리지 않고 말도 안 되게 밝을 정도다.

그리고 몬스터. 그놈들은 던전 안에서 태어난다.

농담 같지만, 병아리가 알껍질을 깨고 나오듯 미궁 벽에서 기어 나오는 것이다. 실제로 본 사람도 많다. 모험자가 아무리 몬스터를 쓰러뜨려도 수가 줄지 않는 것은 그런 이유 때문이다.

또한 계층별로 벽면에서 태어나는 몬스터는 정해져 있다. 가끔씩 몬스터가 아래 계층에서 올라오거나 반대로 내려가는 드문 일도 있기는 하지만, 대체로 등장하는 몬스터는 계층별로 고정이라고 생각하면 된다. 참고로 하층으로 가면 갈수록 몬스터의 힘은 강해지는 것이 보통이다.

계층과 계층을 잇는 포인트는 계단이기도 하고 거대한 내리막길이기도 하고, 뭐 여러 종류가 있다. 아무리 그래도 워프, 그러니까 순간이동 같은 말도 안 되는 행위는 일어나지 않는다. 신도 아니니 당연하지만. 몬스터든 우리든 던전을 돌아다니려면 자신의 다리에만 의지해야 한다.

몬스터는 던전 안에서만 태어난다.

그러니 던전을 관리하면 몬스터의 위협에는 노출되지 않는다.

그런 경위로 미궁을 관리하는 기구인 길드가 태고 시절부터 존재했던 것이다. 이제는 미궁에서 나오는 이익도 크게 얽혀 있겠지만.

나는 어렸을 때 고블린에게 목숨을 잃을 뻔한 적이 있는데, 그놈들은 길드가 만들어지기 전에 지상으로 진출한 몬스터들의 자손일 것이다. 이곳 오라리오 주변 지역만이 아니라 멀리 떨어진 세계 각지에서도 몬스터는 드문드문 볼 수 있다.

다시 말해 몬스터들도 생식 행위가 가능하다는 뜻이다.

종족의 번영이 충분히 가능할 정도로 수많은 몬스터를 낳는 던전은 그야말로 신비 그 자체다.

무서운 상상이지만, 나에게는 자꾸만 이 던전이 하계에 휴먼과 데미휴먼을 창조한 신들과 동등한 존재가 아닌가 하는 생각이 들었다.

입이 찢어져도 우리 주신님은 물론 그 누구에게도 할 수 없는 말이었지만……

"——타앗!"

『고블략?!』

통로 한복판에 서 있던 '고블린'에게 발길질을 날렸다.

배때기 한복판에 명중. 투실투실한 몸을 90도로 꺾고, 고블린은 안구가 튀어나올 정도로 눈을 크게 뜨며 뒤로 날아갔다.

나에게 트라우마를 주었던 이 밉살스런 녹색 괴물들도 주신님에게 '은혜'를 받은 지금은 순식간에 해치울 수 있다. 세상 참.

던전에 들어와 처음 만났을 때는 눈 뜨고 볼 수 없을 정도로 벌벌 떨었던 것이 먼 옛날 일처럼 여겨졌다.

"아, 또 드롭 아이템이네."

이번에는 '고블린의 송곳니'였다.

손을 뒤로 돌려 회수를 마치자, 아주 묵직해진 백팩이 몸을 지면으로 끌어당기는 것 같았다. 등에서 삐걱삐걱 소리가 들릴 것 같았다.

으음, 백팩의 허용량에는 아직 여유가 있지만…… 내 움직임에 지장이 생기지 않으려나?

아니, 하지만 지금처럼 고블린 정도가 상대라면 이 정도는 아무렇지도——

『키샤아아아아악!!』

"어?! 아, 아야야!"

——정정. 일단 돌아가는 게 좋겠다!

기습이라고는 하지만 피하지 못할 공격은 아니었다. 모퉁이에 숨어 있기라도 했는지 이빨을 드러내고 위협하는 고블린에게 시선을 고정한 채, 나는 백팩을 지면에 내려놓았다.

그렇다. 방심해서는 안 된다. 모험을 하지 않더라도 던전은 수많은 위험을 내포하고 있다. '괜찮겠지'가 쌓이는 것이 가장 위험하다고 에이나 누나도 말하지 않았던가.

일단 지상으로 돌아가자. 손에 넣은 전리품을 환전한 다음 또 오면 된다. 귀찮다는 생각은 하지 말자.

발렌슈타인 씨와 친해질 거잖아? 뭘 해야 좋을지 구체적인 것은 전혀 모르겠지만, 적어도 지금 이대로는 안 될 테니까!

자신을 구해주었던 금발금안의 얼굴을 떠올려보았다.

그리운 사람에 대한 연모가 내 몸을 활활 태워주는 것 같았다.

오늘은 시르 씨네 가게에도 갈 예정이니까, 평소보다 더 많이 벌어야만 한다.

약속 시간까지 이렇게 반복해서, 오늘은 한나절 정도 버텨볼 테다.

신나게 설쳐줄 테다.

"일단은…… 두 배로 갚아주고 나서!!"

『뿌에엑?!』

분쇄!

벨 크라넬

Lv. 1

힘: I82→H120 내구: I13→I42 기교: I96→H139

민첩: H172→G225 마력: I0

《마법》

【 】

《스킬》

【 】

"……엑."

저녁.

오늘의 던전 탐색을 마치고 교회의 비밀 지하실로 돌아온 나는 눈을 의심했다.

주신님이 갱신해 건네주신 【스테이터스】 용지에 기록된 숙련도의 성장폭이 어마어마했기 때문이다.

"주, 주신님? 이거, 잘못 적으신 건 아닌가요……?"

"……너는 내가 간단한 받아적기도 못 한다고 생각하느냐?"

"아, 아뇨! 그런 건 아니고……그냥……."

그냥…… 좀 있을 수 없는 숫자가 적혀 있는 것 같은데.

어쩐지 가시가 느껴지는 주신님의 말에는 일단 부정을 한 다음, 나는 뚫어지게 용지를 쳐다보았다.

오늘 좀 열심히 했던 것은 사실이다. 어제까지하고는 달리 분투했다는 자신감은 분명 있었다.

하지만 이 숫자는 암만 그래도…… 숙련도 상승 합계 160 이상이라니?

이래서야 지난 보름 동안 내가 했던 노력은 대체 뭐였단 말인가…….

"하, 하지만 역시 좀 이상한걸요?! 보세요, 여기! '내구' 항목! 저 오늘은 공격을 맞은 게 딱 한 번뿐이라고요!"

"……."

내가 오늘 입은 대미지는 그때 고블린에게 받은 일격이 전부였다. 그 후에는 전혀 어려움을 겪지 않고 해치웠다.

그런데 '내구'가 플러스 29라니…… 단숨에 숫자가 세 배 이상이 되지 않았는가.

이제까지는 수많은 몬스터들에게 맞고 또 맞아 겨우 13이었는데, 암만 노력했다 쳐도 딱 한 번 피격당해 이렇게까지 숙련도가 상승하는 것은 말이 안 된다.

"그러니까 역시 뭔가가! ……저, 저기, 주신님?"

"……."

이상하다.

주신님의 기분이 좋지 못한 것 같다. 영 아니다. 아니, 무서울 정도다.

앳된 얼굴은 부루퉁했으며, 눈을 치뜨고 나를 노려보신다. 물어보지 않아도 나 지금 언짢다는 말이 들리는 것 같았다. 뭐지? 왜? 제가 뭐 잘못이라도 저질렀나요?

주신님의 이런 모습은 처음 보는 만큼 어떻게 해야 좋을지 알 수가 없었다. 나는 이마에 땀을 흘리며 무력한 고블린처럼 오들오들 떨고 말았다.

"주, 주신님……."

"……."

"저기, 그게, 그러니까……."

"……."

"어, 왜 제가, 이렇게 느닷없이 성장한 걸까~ 해서……."

"내가 알겠냐."

뾰로통 뺨을 부풀린 주신님은 고개를 획 돌려버렸다.

어떡해, 귀여워. 이런 상황에서 그런 생각을 하는 나도 좀 이상하려나.

주신님 첫 반항기.

"흥!"

주신님은 내게 등을 돌리곤 말없이 실내 안쪽 옷장으로 걸어갔다. 까닥까닥 움직이는 트윈테일이 나를 위협한다.

옷장을 열고, 부들부들 떨면서 열심히 발돋움해 주신님 전용으로 재단된 특별 주문 코트를 꺼낸다. 조그만 몸에 어울리지 않을 정도로 큰 가슴도 다 가리는 코트를 걸치고, 흠칫거리며 가만히 서 있는 내 앞을 휙 지나간다.

"나는 알바하는 곳에서 뒤풀이가 있으니까 그곳에 다녀오겠다. 너도 가끔은 **혼자서** 긴장 풀고 **쓸쓸하게** 호화로운 식사라도 하고 오려무나!"

쾅! 소리를 내며 문이 닫혔다.

주신님은 마지막까지 나와 시선을 맞추려 하지 않았다. 그리고 알바하는 곳에서 무슨 뒤풀이를 하느냐는 수수께끼만이 남았다.

……대체 뭐였담. 내가 잘못한 게 있었는지 어떤지 돌이켜봤지만, 알 리 만무했다.

그저 주신님을 화나게 만들고 말았다는 사실에 풀이 죽은 채 집을 나올 수밖에 없었다. 한숨과 함께.

시르 씨네 가게에 갈 때까지 어떻게든 기운을 차려야지…….

해는 이미 서쪽 하늘로 기울어지려 했다.

사라져가는 붉은색 잔조 대신 모습을 드러낸 것은 푸른 어둠과 어렴풋이 빛나는 보름달, 그리고 헤아릴 수 없는 활달한 웃음소리.

일을 마친 노동자가, 던전에서 무사히 돌아온 모험자들이, 오늘도 하루의 마무리를 하려는 양 술잔을 기울였다. 술집마다 기세 좋은 목소리들이 터져 나오고, 노성이며 웃음소리가 그 뒤를 따른다. 활짝 열린 가게 창문에서 새어나오는 오렌지색 불빛에 어울려 수많은 사람들의 모습이 포장된 길 위에서 춤을 추었다.

'아침에 시르 씨랑 만났던 게 이 부근일 텐데…….'

사람들의 왕래가 끊이지 않는 메인 스트리트를 걸으며 나는 미아처럼 고개를 이리저리 돌렸다.

주위의 광경은 인적이 없었던 이른 아침과는 확 달라지는 바람에, 기억 속에 있던 그 가게를 찾는 것은 상당히 힘들었다. 정말 여기가 아까 그 거리인지 확신이 들지 않았다.

주로 주점이 발달한 대로에는 열기가 떠돌았으며, 길을 가던 데미휴먼들도 여기에 이끌린 듯 명랑한 표정이었다. 소인족의 대표라고도 할 수 있는 파룸과 노움은 길거리에서도 어깨동무를 한 채 노래를 불렀으며, 다부지고 굴강한 전사로 유명한 드워프들도 이미 한 잔 거나하게 걸쳤는지 호쾌하게 웃으며 그 무리에 끼어들었다.

짐승의 귀와 꼬리가 난 수인 여성이 대담한 복장으로 호객행위를 하는가 하면, 그보다도 훨씬 과격한 차림을 한 아마조네스 일행이 주위의 시선도 아랑곳 않고 담소를 나누며 활보했다. 나는 황급히 그녀들에게서 시선을 돌렸다.

현악기며 관악기가 자아내는 대중적인 선율이 어디서랄 것도 없이 흘러나와 소란의 틈을 헤엄치며 길을 가는 사람의 마음을 들뜨게 했다.

메인 스트리트는 완전히 밤의 얼굴로 바뀐 후였다.

"······여기, 맞지?"

기억에 남은 카페테라스를 겨우 발견하고, 나는 가게 앞에서 발을 멈추었다.

다른 상점과 같은 석조. 2층 건물이며 안쪽이 상당히 깊은 구조를 가진 건물은 주위의 다른 술집보다도 더 큰 것 같았다.

시르 씨가 일하는 주점, '풍요의 여주인'.

참 대담한 이름이라고 간판을 올려다보고, 우선 입구에서 가게 안을 살짝 엿보았다.

처음 눈에 들어온 것은 카운터 안에서 요리며 술을 꺼내오는 풍채 좋은 드워프 여성 —— 분명 주인일 것이다 —— 이었으며, 언뜻 보인 주방에서는 고양이 귀가 달린 수인 '캣피플' 소녀들이 야단법석을 떨며 움직였고, 손님들에게 주문을 받는 급사들도 마치 당연하다는 것처럼 전부 웨이트리스였다.

결론이 뭐냐 하면, 가게 스태프가 전부 여성이라는 거다.

……술집 이름의 유래도 대충 짐작이 갔다.

'아니, 하지만 이거, 나한테는 난이도가 상당히 높은 거 아닌가……?'

점원 중에 자존심 강한 것으로 유명한 엘프까지 있다는 데 놀라며 나는 꼴깍 침을 삼켰다. 어제까지 망상했던 미녀 미소녀의 꽃밭이 가상으로나마 재현된 것이다. 참고로 주인아주머니는 제외한다.

딱히, 그 뭐냐, 요사스럽다거나 그런 수상쩍은 공간은 아니지만…… 이런 데에 면역이 전혀 없는 나는 여자들뿐인 가게라는 것만으로도 얼굴이 붉어진단 말이다.

가게 안은 정말 밝은 분위기였다. 점원들은 다들 싹싹하고 기운이 넘쳤으며, 오가는 것은 웃음소리뿐이다. 손님들은 거의 남자 모험자이며 점원들에게 추파를 던지는 사람도 한둘이 아니었지만, 다들 순수하게 술을 마시며 즐기는 것 같았다. 요리도 맛있어 보였다.

인테리어는 다른 가게에 비하면 운치가 있는데, 그럼에도 주점 특유의 이미지는 깨지지 않았다. 입구 옆에 카페 테라스가 설치된 것으로도 알 수 있듯 어쩐지 세련된 느낌이다. 그러고 보니 아까부터 테라스 손님들의 시선이 따갑다.

이 정도면 남자들만이 아니라 여자 손님들에게도 인기가

있을 것 같다.

하지만 나는 지금 당장 도망치고 싶은 기분…….

"벨 씨!"

"……."

어느새 나타났는지 시르 씨가 내 옆에 서 있었다.

나는 경련할 것 같은 입술에 힘을 꽉 주며 억지로 서툰 웃음을 지어보였다.

포기하자…….

"……저 왔어요."

"네, 어서 오세요."

시르 씨는 아침과 같은 복장으로 나를 맞아주었다.

활짝 열린 입구를 지나, 맑은 목소리로 안쪽을 향해 외친다.

"손님 한 분 안내할게요—!"

'……주점에선 원래 이런 걸 일일이 말하나?'

괜히 눈에 뜨이는 짓은 하지 말아달라고 마음속으로만 중얼거리며, 가게 안을 나아가는 시르 씨의 뒤를 따라갔다.

쭈뼛거리며 몸을 웅크린 자세. 스스로 생각해도 헛웃음이 나왔다.

난 왜 이렇게 소심한 걸까.

"그럼 여기 앉으세요."

"어, 네……."

안내를 받은 곳은 카운터 자리였다.

일직선으로 자리가 늘어선 카운터 중에서 마침 딱 꺾어지는 모퉁이 자리. 바로 뒤에는 벽이 있어서 거의 주점 구석이었다. 모퉁이 자리다 보니 옆에 의자도 없고, 따라서 누가 앉을 일도 없다. 혼자서 카운터 안쪽에 있는 주인아주머니와 마주보는 기분?

시르 씨가 가게에 처음 와보는 나를 생각해준 걸까?

여기라면 다른 사람들에게 방해를 받지 않고 나만의 페이스로 식사를 할 수 있겠다. 상당히 배려해준 것일지도 모른다.

"너냐? 시르가 데려온 손님이. 하하, 모험자 주제에 얼굴 곱상하구먼!"

냅두세요.

카운터에서 몸을 불쑥 내민 드워프 아줌마를, 나는 어울리지도 않게 반쯤 어두운 시선으로 쳐다보았다. 나도 신경 쓰고 있다고…….

"듣자하니 우리가 비명을 지를 정도로 대식가라며? 팍팍 가져올 테니까, 돈도 팍팍 쓰고 가라고!"

"?!"

아줌마의 말에 간담이 서늘해졌다. 휙 뒤를 돌아보니 곁에 서 있던 시르 씨가 눈을 재빨리 피했다.

피했어! 눈 피했어, 이 사람!

"저기요?! 제가 언제부터 대식가가 된 거예요?! 저도 금시초문인데요?!"

"……에헤헤."

"에헤헤가 아니거든?!"

어디서 어물어물 넘어가려고! 이 사람 완전 마녀 아냐?!

"그게요, 미아 엄마에게, 아는 사람을 부르고 싶으니까 많이 대접해주세요, 그랬더니…… 말에 살이 붙어서 그렇게 됐지 뭐예요."

"일부러 그런 거 아니고요?!"

"저 응원할게요!"

"일단 오해부터 풀어주고요!"

악녀다! 누구야, 순진무구 평민소녀라고 했던 게!

"나 절대 그렇게 많이 못 먹거든요?! 안 그래도 우리 【파밀리아】는 가난하단 말예요!"

"……와— 배가 고파서 힘이 안 나네—. 아침을 못 먹어서 그런가 봐—."

"국어책 읽듯이 그러지 말고요! 아니 그보다 그 말은 치사하잖아!"

자기가 억지로 떠넘겨놓고는 한 끼의 은혜를 갚으라느니, 이거 혹시 사기?!

"후후, 농담이에요. 조금만 분발해주시면 되니까, 천천히 드시다 가세요."

"……조금만, 말이죠."

챙길 건 야무지게 챙기는구나…….

나는 한숨을 쉬고 싶었지만 꾹 참으며 카운터를 향해

돌아앉았다. 정중하게 준비해준 메뉴를 손에 들고, 요리의 내용보다도 우선 가격에 중점을 두었다.

오늘 내가 환전해온 돈은 4,400발리스. 모험을 시작한 이래 최고의 몬스터 격파 스코어에 더해 운 좋게도 드롭 아이템이 잇달아 나와준 덕에 평소보다 큰 수입을 얻었다. 여느 때는 2,000발리스 전후였는데.

한 끼 식사로 50발리스면 충분히 배를 채울 수 있지만…… 모험자가 사용하는 장비나 아이템의 가격은 상당히 비싸다. 체력을 회복하는 포션도 최소 500발리스는 하다보니, 나는 이제까지 새로운 무기를 구입하지도 못했다. 장비를 정비하는 비용도 든다.

지금 사용하는 단도에도 3,600발리스나 지불했다. 그것도 길드에서 대출을 받는 형식으로. 방어구까지 합쳐서 얼마 전에야 겨우 상환이 끝났는데, 아무리 봐도 모험자들의 약한 구석에 파고드는 상술인 것 같다.

아무튼 이런저런 사정에 따라 돈은 최대한 아끼고 싶었다. 저금도 좀 해야겠고.

무난하게 파스타를 주문했다. 그래도 300발리스나 했지만. 어이구.

요리는 꽤 세련된 것들이 많았다. 주점에서 식사를 하는 경험은 이번이 처음이었는데, 수고를 들이는 만큼 다른 곳보다 비싼 것일지도 모르겠다.

"술은?"

주인아주머니의 물음에, 잠시 생각했다가 사양하겠다고 대답했다. 아직 어려서 안 마시겠다는 얼빠진 소리를 할 마음은 없지만, 돈도 더 들 테니까. 하지만 아주머니는 내 말을 무시하고 에일주 잔을 카운터에 쿵 내려놓았다. 그럴 거면 왜 물어봤는데……

파스타를 절반쯤 먹었을 때 시르 씨가 찾아왔다.

"재미있으세요?"

"……압도당하고 있어요."

나는 약간의 가시를 담아 솔직한 심정을 토로했다. 그녀는 연회색 머리카락을 찰랑거리며 에이프런을 벗더니 벽 쪽에 놔두었던 동그란 의자를 가져와 내 옆에 앉았다.

"어, 일은 괜찮아요?"

"주방은 바쁘지만 급사 쪽은 괜찮거든요. 지금은 여유도 있고."

괜찮죠? 라고 묻듯 시르 씨는 아주머니를 쳐다보았다. 아주머니도 입을 씨익 틀어 올리며 턱짓으로 허락의 뜻을 보였다.

"음 뭐, 아무튼, 오늘 아침에는 고마웠어요. 빵 맛있었어요."

"아뇨, 뭘요. 열심히 건네드린 보람이 있었는걸요."

"……열심히 팔아치웠다고 말하는 게 정확하지 않나요?"

생각했던 것보다 비싼 저녁 식사비에 나도 모르게 불평이 나왔다.

"미안해요."

시르 씨는 쓴웃음을 지으며 사과했다. 그 말이 진심이길 빌었다.

그 후로 시르 씨와 이 가게에 대해 조금 이야기를 나누었다.

이 '풍요의 여주인'은 주인인 미아 씨(점원들은 엄마라고 부른다고 한다)가 혼자 세운 것으로, 그녀는 전에 모험자였다고 한다. 소속 【파밀리아】에서는 반 탈퇴 상태이며 주신의 허락도 받아났다나. 그런 사람도 있구나 싶어 나도 모르게 감탄했다.

종업원은 철저하게 여성만 받는다. 이래저래 사정이 있는 사람들이 모였다는데, 그런 사람이라 해도 미아 씨는 호탕하게 받아주셨다나.

"그럼 시르 씨도?"

큰맘 먹고 물어봤더니, 그녀는 업무 환경이 좋아보여서 왔다고만 대답했다. 여자들끼리라면 그만큼 편한 건가 싶어 수긍했다.

"이 가게는 모험자들에게 인기가 있어서 꽤 장사가 잘되거든요. 시급도 좋고."

"……시르 씨는 혹시, 돈 밝히는 사람?"

"조크예요, 조크. 게다가 여기엔 많은 사람이 모이니까요……."

시르 씨는 그렇게 말하며 카운터에서 고개를 들더니 가게 안을 스윽 둘러보았다.

주문을 받으러 온 점원에게 추파를 던지는 드워프 손님, 이를 가볍게 흘려 넘기는 휴먼 웨이트리스. 눈앞에 차려진 요리가 만족스러웠는지 입맛을 다시는 엘프도 있는가 하면, 테이블 여러 개를 붙여놓고 잔치처럼 소란을 떨어대는 파룸들도 있다.

다들 하나같이 불콰해진 얼굴로 잔을 들고 부딪쳐댄다.

"많은 사람들이 있으면 많은 발견이 있어서…… 저도 눈을 빛내게 돼요."

눈을 가늘게 뜨며 시르 씨는 그렇게 중얼거렸다.

옆에서 가만히 주시하는 내 시선을 느끼고 흠칫한 그녀는 뺨을 붉히더니 짐짓 헛기침을 했다.

"아무튼 그런 거예요. 모르는 사람들과 만나는 게 조금 취미가 됐달까…… 가슴이 달아오르거든요."

"……뭔가 무서운 말이네요. 하지만 그건 저도 이해할 것 같아요."

나도 오라리오에 와서 흥분만 했던 사람이니까.

언제나 새로운 발견을 한다는 것은 이 도시에 있는 사람들의 특권일지도 모른다.

그런 시르 씨의 말에 공감하고 있으려니, 갑자기 십여 명 규모의 단체 손님이 주점으로 우르르 들어왔다. 미리 예약을 해두었는지, 내 위치와 마침 대각선 상에 있는, 자리가 뻥 뚫린 한곳으로 안내를 받았다.

그들은 종족이 전혀 통일되지 않은 모험자들로, 척 보기에도 모두 엄청난 실력을 풍기는 듯한……

'어──.'

심장이 벌컥 뛰었다.

기습처럼 시야에 들어온 것은, 사금 같은 광채를 두른 금색 머리카락.

건드리면 부서지고 말 듯 가녀린 윤곽은 치밀하면서도 아름다웠으며, 잘 만든 인형이라기보다는 그야말로 동화에서 튀어나온 정령이나 요정이라고 하는 편이 더 어울렸다. 크고 돋보이는 금색 눈동자는 공연히 침을 삼키고 싶어질 정도로 투명하고 맑다.

가게 안으로 들어온 수많은 실력자들 중에, 동경을 금할 수 없는 그 사람이 섞여 있었다.

잘못 봤을 리가 없다.

아이즈 발렌슈타인 씨……!

"야, 저거……."

"오오, 완전 미녀."

"멍청아, 그게 아니고 엠블럼을 봐."

"……허걱."

주위의 손님들도 그들이 【로키 파밀리아】임을 깨닫자마자 이제까지와는 다른 술렁임을 퍼뜨렸다.

서로 얼굴을 모으며 밀담을 나누듯 소곤거리는 목소리.

"저게 바로……."

"……자이언트 슬레이어 【파밀리아】."

"제1급 모험자 올스타구만."

"소문 자자한 【검희】가 누구야?"

들려오는 잔물결 같은 목소리에는 하나같이 외경심이 담겨 있었다. 개중에는 발렌슈타인 씨나 다른 여성 멤버들을 보고 휘파람을 부는 사람도 있었다.

한편, 나도 침착함을 유지할 수가 없었다.

동경하는 상대와 설마 이런 식으로 재회할 줄은 생각도 못했다.

어, 어쩌지?

"……벨 씨?"

도와줘서 고맙다고 말을…… 아니아니아니, 이런 상황에 나섰다간 완전히 구경거리가 될걸. 게다가 저 사람 앞에 나가서 뭘 어쩌려고. 좋아해요 사귀어주세요 말하게? 냉정해져, 멍청아. 우리는 생판 남일 뿐 그 이상도 그 이하도 아니라고.

결심했다. 탐색전이다.

……라기보다는 뭘 해야 좋을지 전혀 모르겠다. 머릿속이 새하얗게 변해서.

"……벨 씨~?"

새빨개졌다가 홍조를 띠었다가 열을 뿜었다가 하는 얼굴을 카운터에 묻은 채, 나는 【로키 파밀리아】의 동향을 살폈다. 풀숲에 매복해 숨죽이고 함정을 지켜보는 사냥꾼 같다.

기이한 짓을 시작하는 나에게 시르 씨가 난감한 표정으로 말을 걸었지만, 애석하게도 신경 쓸 여력은 없었다.

발렌슈타인 씨의 자리는 마침 이쪽에서 정면으로 보이는 곳이었다. 나는 두쿵두쿵 울리는 고동 소리를 들으며 시선 너머의 그녀만을 똑바로 바라보았다.

"다들 이리 바라~! 던전 원정하느라 수고 많았데이! 오늘은 잔치다! 마시라!!"

한 사람이 일어나서 운을 띄웠다. 이쪽에는 등을 돌리고 있어 얼굴은 보이지 않았다.

그리고 【로키 파밀리아】 사람들은 와자지껄 떠들어대기 시작했다. 째앵! 잔을 서로 부딪쳐대고 요리며 술을 호쾌하게 입으로 가져간다. 발렌슈타인 씨는 소식파에 마이페이스였다. 【로키 파밀리아】가 잔치 분위기에 돌입하자 다른 손님들도 생각났다는 듯 자신들의 술잔을 기울이기 시작했다.

"【로키 파밀리아】는 우리 단골이에요. 주신이신 로키 님이 우리 가게를 마음에 들어하셔서요."

나의 온 관심이 【로키 파밀리아】에 쏠렸다는 것을 알아차린 시르 씨가 얼굴을 가져다대고 손으로 벽을 만들며 슬쩍 귀띔해주었다.

알았어. 절대 안 잊어버린다.

여기 오면 발렌슈타인 씨를 만날 확률이 높아진다.

번들번들 크게 뜬 내 두 눈은 발렌슈타인 씨의 일거수일

투족에 희롱당하고 있었다. 마시라고 여기저기서 술을 권하는 통에 난감한 듯 살짝 쓴웃음을 짓기도 하고, 곁에 있는 싹싹한 여성 동료와 대화를 나누기도 하고, 작은 동물 같은 몸짓으로 입가를 냅킨으로 닦기도 하고……

이렇게 숨어서 훔쳐보는 짓은 더할 나위 없이 징그럽겠지만, 이제까지는 알 방법조차 몰랐던 발렌슈타인 씨의 수많은 표정이 내 두 눈을 못박아놓았다.

저렇게 이야기를 나누고, 저렇게 웃는구나.

심장까지 새빨갛게 물들어가는 영문 모를 감각을 나는 처음으로 맛보게 되었다.

"맞다, 아이즈! 너 그 이야기 좀 해봐!"

"그 이야기……?"

그들 사이에서 아이즈라는 이름이 들릴 때마다 내 몸이 뻣뻣해졌다.

보아하니 발렌슈타인 씨에게서 두 자리쯤 떨어진 대각선 맞은편의 수인 청년이 그녀에게 무언가 이야기를 시키려는 것 같았다. 얼굴은 미형이면서도 남자다워서…… 같은 남자인 내가 봐도 굉장히 멋있었다.

"그거 말야, 돌아오는 길에 몇 마리 놓쳤던 미노타우로스! 마지막 한 마리, 네가 5계층에서 해치웠잖아? 그때 그 토마토 자식 얘기 말야!"

──이제까지와는 다른 의미에서 심장이 평정을 잃었다. 머릿속은 이제 완전히 얼어붙은 것처럼 움직임을 멈추었다.

"미노타우로스라면, 17계층에서 우릴 습격했다가 되레 당하자 떼로 도망쳤던 그놈들?"

"그거그거! 기적처럼 꾸역꾸역 상층으로 올라가선, 우리가 허겁지겁 쫓아갔던 그놈들! 우린 돌아오는 길이라 피곤했는데 말이지~."

던전은 갈 때도 자신의 발로, 올 때도 자신의 발로 계층을 오르내려야 한다. 원하는 계층까지 직행할 수 있는 편리한 방법은 없으므로 우리 모험자들은 도달 계층이 늘어날 때마다 몇 번이고 몇 번이고 같은 장소를 왕복하게 된다.

그러니 깊은 계층까지 갈 때는 내려갈 때 준비와 올라올 때 준비 양쪽을 모두 착실하게 해놔야만 한다. 갈 데까지 가서 힘이 빠지는 바람에 돌아오지 못하게 된다면 그런 꼴불견이 없다. 던전 심층부까지 가는 【파밀리아】에서는 풍부한 인원과 물자, 그리고 귀환 타이밍을 가늠할 수 있는 리더의 존재가 중요해진다.

이제까지 들어온 정보를 종합하자면.

심층까지 '원정'을 갔던 그들 【로키 파밀리아】는.

돌아오는 길에 조우한 미노타우로스의 무리를 모두 해치우는 데 실패하고.

어찌어찌 그놈들을 쫓아가, 마지막 한 마리를 제5계층까지 몰아넣은 후.

발렌슈타인 씨가, 숨통을 끊었다.

그리고 그 자리에 있던 것이——.

"그때 말이지, 뭐가 있었는지 알아? 암만 봐도 신출내기 인 것 같은 비실이 꼬맹이였어!"

——그게, 나다.

"배꼽 빠지는 줄 알았다니깐. 토끼처럼 벽에 몰려가지고 말야! 불쌍할 정도로 바들바들 떨면서, 표정은 바짝 얼어붙 어갖곤!"

온몸이 불을 뿜는 것 같았다.

뜨겁지 않은 곳을 찾을 수 없을 정도로, 몸속이 타들어 갔다.

"흐음? 그래서? 가는 어케 됐는데? 살았나?"

"아이즈가 아슬아슬하게 미노를 썰어버린 덕에. 그치?"

"……"

이와 이가 서로 맞닿지 않는 가운데, 신경이 갈기갈기 찢 겨나갈 것처럼 목의 근육을 혹사해 그 사람이 있는 쪽을 보 았다.

그 사람은, 살짝 눈살을 찡그리고 있었다.

"그래서 그 자식, 그 냄새나는 소 피를 온몸에 뒤집어쓰 고…… 시뻘건 토마토가 돼버렸단 말이야! 킥킥킥, 흐아~ 배 아파……!"

"우와……."

"아이즈, 그거 노리고 했던 거지? 그치? 부탁이니 그렇다고 해줘……!"

"……그렇지 않아요."

수인 청년은 눈가에 눈물을 글썽거리며 웃음을 참고, 다른 멤버들은 실소했으며, 다른 테이블에서 그 이야기를 듣던 외부인들은 덩달아 나오는 웃음을 열심히 참았다.

"게다가 말이지? 그 토마토 자식, 소리를 지르며 어디로 가버렸다니깐…… 푸크큭! 우리 공주님, 도와준 사람에게 차였대요!"

"……큭."

"아하하하하하! 그거 걸작이구마! 모험자 겁먹게 만드는 우리 아이쭈 진짜 귀여워~!!"

"후, 후후…… 미, 미안, 아이즈, 역시 못 참겠어……!"

"……."

"아아앙~ 야야, 그래 무시무시한 표정 짓지 말고오! 이쁜 얼굴 다 망가지삔다 아이가~"

왁자한 웃음소리에 싸이는 【로키 파밀리아】 사람들.

반대로 내가 있는 곳은 커다란 구멍이 뻥 뚫려버린 것 같았다.

마치 이곳과 저곳을 기준으로 세계가 나뉘어버린 것 같았다.

"베, 벨 씨……?"

곁에서 여자 목소리가 들렸지만 머리를 그냥 지나갈 뿐이었다.

그리고 그들은 다시 소란을 피워대기 시작했다.

"하지만 진짜. 오랜만에 그딴 한심한 놈을 봤더니 내 속이 다 부글거리네. 남자 주제에 질질 짜고 말이지."

"……어머~."

"진짜 꼴불견이었다니깐. 나 원, 울며불며 난리를 피우느니 처음부터 모험자가 되지 말았어야지. 완전 짜증나더만. 안 그래, 아이즈?"

"……."

머리 한구석이 깎여나가는 소리가 들렸다.

"그딴 놈이 있으니 우리 품위까지 떨어지는 거 아냐? 진짜 작작 좀 하지."

"그 시끄러운 입 다물어라, 베이트. 미노타우로스를 놓쳤던 것은 우리의 불찰이었다. 거기에 휘말려든 그 소년에게 사과는 못할지언정, 술안주로 삼을 권리가 어디 있나. 부끄러운 줄을 알아야지."

"오~ 오~? 역시 엘프님은 긍지가 남다르셔? 하지만 그딴 구제할 길 없는 놈을 옹호한다고 뭐가 달라지는데? 자기 실수를 스스로 얼버무리기 위한 그냥 자기만족 아냐? 쓰레기를 쓰레기라고 하는 게 뭐 잘못인데?"

"느그 고마 몬하나? 베이트도, 리베리아도. 술맛 떨찐다."

──뿌득뿌득뿌득.

"아이즈는 어떻게 생각해? 네 눈앞에서 발발 떨던 그 한심한 자식. 그딴 게 우리랑 같은 모험자를 자청한다고."

"……그런 상황에서는, 어쩔 수가 없었다고 생각해요."

──뿌득뿌득뿌득, 뿌득뿌득뿌득.

"뭐야, 착한 척하고 앉았네. ……그럼 질문을 바꿔볼까? 그 꼬마랑 나랑, 반려로 삼는다면 어느 쪽이 좋겠어?"

"……베이트, 너 취했어?"

"시꺼. 응? 아이즈. 골라보라고. 암컷인 넌 어느 수컷에게 꼬리를 흔들고, 어느 수컷에게 몸을 맡기고 싶으냐고?"

──뿌득뿌득뿌득뿌득뿌득뿌득뿌득뿌득뿌득.

"……저는, 그런 말을 하는 베이트 씨만은 사양하고 싶군요."

"박살났네."

"시끄러, 할망구. ……그럼 뭔데. 넌 그 꼬맹이가 좋아한다느니 사랑한다느니 눈앞에서 지껄이면, 받아들여주겠다 이거야?"

"……큭."

──뿌득뿌득뿌득뿌득뿌득뿌득뿌득뿌득뿌득뿌득뿌득뿌득뿌득뿌득뿌득뿌득뿌득뿌득.

"헹, 그럴 리가 없지. 자기보다도 약하고 나약하고 구제할 길 없는, 마음만 헛도는 피라미 자식에게, 네 곁에 설 자격이 어디 있다고. **그 누구도 아닌 네가 그걸 인정하지 못할걸.**"

"피라미는 아이즈 발렌슈타인에게 어울리지 않아."

의자를 쓰러뜨리며 일어났다.

쇄도하는 시선을 뿌리치고 나는 밖으로 뛰쳐나갔다.

"벨 씨?!"

길 가는 사람들을 추월하며, 주위의 풍경을 뒤로 하며, 나를 부르는 목소리도 등 뒤로 밀어내버렸다.

나는 한밤의 거리를 달려나갔다.

"벨 씨?!"

그림자 하나가 맹렬한 기세로 가게 밖으로 사라지고, 점원 소녀가 이를 뒤쫓는다.

눈 깜빡할 사이에 일어난 일에 주점에 있던 자들 대부분은 무슨 일이 일어났는지 파악하질 못했다.

곤혹스러워하는 술렁임이 여기저기서 피어났다.

"뭐야, 먹튀야?"

"우와, 미아 엄마네 가게에서 먹튀라니…… 목숨 아까운 줄 모르는구만."

주위와 비슷한 반응을 보이는 베이트나 다른 동료들을 시야 밖으로 밀어내며 아이즈는 혼자 일어났다.

잘 발달된 동체시력은 탄환처럼 질주하던 그림자의 정체를 상세히 포착한 상태였다.

하얀 머리카락에 가녀린 몸.

고개를 푹 숙였던 앞머리 안쪽에서 빛나던, 어제 본 것과 같은 심홍색 눈동자.

'그때 그…….'

가게 출입구까지 나가 기둥에 손을 대고 밖을 둘러보았다.

오른쪽 방향, 메인 스트리트 너머로 점원 소녀의 등이 멀어져갔다.

소녀의 모습은 이미 보이지 않았다.

'벨…….'

소녀가 외쳤던 이름을 조그마한 입술에 실어보았다.

등을 두드려대는 동료들의 목소리보다도, 그 이름이 공연히 자신의 가슴에 더 크게 울려 퍼졌다.

"바라, 아~이즈~. 뭐 하고 있노~?"

"……."

조금 전 연회가 시작되기 전에 운을 띄웠던 여성이 뒤에 서선 두 팔을 아이즈의 배에 감았다. 숨결이 느껴질 만큼 몸을 밀착시키고 치골을 아이즈의 둔부에 비벼댄다.

이 인물, 아니, 신물(神物)──【로키 파밀리아】의 주신이 아니었다면, 아니, 여자가 아니었다면 이미 오래 전에 두들겨 팼겠지만, 아무리 그래도 그녀에게 난폭 한 짓을 할 수는 없지 않은가.

──고 한순간 생각이 치밀기는 했지만 아이즈는 난감한

© Suzuhito Yasuda

표정으로 배에 감긴 손을 잡아 비틀며 팔꿈치지르기를 날리고 상대가 후퇴하자 뺨을 있는 힘껏 후려쳤다.

"뭐꼬, 와일케 난폭하노! 표정하고 행동이 하나도 안 맞는다카이, 우리 아이쭈?!"

"이상한 짓하지 마세요."

단풍잎 자국이 생긴 뺨을 부여잡고 눈물을 글썽이던 상대는 파르르 떠는가 싶더니, 금방 부활해 "쿨데레 아이쭈 모에~!!"라고 외쳐댔다.

아이즈는 이 **작자**에게서 매우 눈을 돌리고 싶어졌다.

"자자, 그런 얼굴 하지 말고. 베이트랑 술 마시기 싫으면 미아 어매한테 부탁해서 가게 밖에 매달아달라 카께."

아이즈가 출구로 나온 원인을 착각한 모양이었다.

"쿠워어어어어어어어어?!"

베이트의 목소리였다. 쳐다보니 수인 청년이 동료들에게 바닥에 붙들린 채 밧줄에 꽁꽁 묶이는 참이었다. 조금 전에 말다툼을 벌이던 엘프는 머리를 밟고 있었다. 다른 손님들도 부추겨대니 소란도 이런 소란이 없었다.

"바라, 가재이. 아이쭈, 내한테 한 잔 따라도."

"……."

어깨를 안겨 끌려 들어가는 가운데, 아이즈는 다시 한 번 밖을 보았다.

마석등 빛이 띄엄띄엄 비추는 대로에서 소년의 모습을 찾을 수는 없었다.

완전히 어두워진 밤하늘 위에, 당장이라도 눈물을 쏟을 것 같은 구름이 달에 걸려 있었다.

🐾

'빌어먹을, 빌어먹을, 빌어먹을!'

벨은 뛰었다. 잔뜩 일그러진 눈가에서 물방울이 솟아났다가는 뒤로 흘러갔다.

머릿속을 지나가는 것은 조금 전의 사건.

꼴사나운 자신이 부끄럽고 부끄럽고 부끄러워서, 웃음거리가 되고 모멸을 당하고 실소의 대상이 된 끝에 좋아하는 여자에게 비호까지 받은 이런 자신을 없애버리고 싶다는 생각이 처음으로 들었다.

'바보야? 나 바보 아냐?!'

청년이 내뱉은 모든 말이 가슴을 도려냈다.

나약, 빈약, 허약, 연약, 겁약, 소약, 암약, 유약, 열약, 취약.

그녀와 친밀해지기 위해 '무엇을 해야 좋을지 알 수 없다'고? 그게 아니다.

'아무것도 하지 않고선', 자신은 한 소녀의 앞에 나타나는 것조차 용납되지 않는다.

살기를 품은 대상은 자신을 경멸했던 청년도, 주위에서 바보 취급하던 타인도 아니다.

아무것도 하지 않은 주제에 대가 없이 무언가를 기대만 하던 어리석은 자신이었다.

'분해. 분해, 분해!!'

청년의 말을 긍정하고 말았던 약한 자신이 분했다.

한 마디도 되받아칠 수 없었던 무력한 자신이 분했다.

그녀에게는 길거리의 돌맹이에 지나지 않는 우스꽝스러운 자신이 분했다.

그녀의 곁에 설 자격을 한 조각도 갖지 못한 자신이, 참을수 없이 분했다.

"……크윽!"

루벨라이트 같은 심홍색 눈동자가 아득한 전방을 노려보았다.

미궁 위에 우뚝 솟은 마천루 시설이 지하로 가는 입을 열고 벨을 기다렸다.

가야 할 곳은 던전. 가야 할 곳은 높은 경지.

부릅뜬 눈에 눈물을 머금고, 벨은 어둠 속에 우뚝 솟은 탑을 향해 하염없이 달렸다.

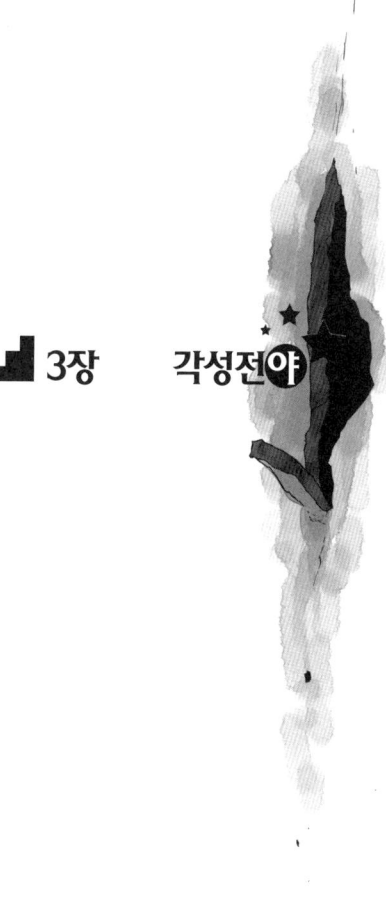

3장 　각성전야

하늘에서 떨어지는 빗방울이 몇 차례나 창을 두드렸다.

작업 책상에 앉은 에이나는 천천히 고개를 들고 실외의 광경에 눈을 돌렸다.

'비가 오네…….'

바로 조금 전까지 금색 달이 떠 있던 밤하늘은 두꺼운 구름에 뒤덮여 요란한 빗방울을 지상에 떨어뜨렸다. 건물 밖에서는 길을 오가던 사람들이 처마 밑을 찾아 열심히 뛰어다녔으며, 거리에서는 금세 인기척이 사라지기 시작했다.

길드 본부에서 배정받은 사무 작업을 하던 에이나는 잠시 손을 멈추고 끊임없는 빗소리에 귀를 기울이며 한동안 그 광경을 바라보았다.

서류 더미를 끌어안고 휘청휘청 에이나의 곁으로 다가오던 동료가 강한 빗발을 보며 탄식했다.

"으엑~ 잔업에다가 퇴근길에는 폭우라니. 재수도 없지~."

"……아마 소나기일 테니까 돌아갈 때쯤이면 그칠 거야."

밤 아홉 시가 넘어가려는 시간. 로비에 인접한 창구와 사무실은 아직 잔업과 격투하는 길드 직원들로 넘쳐났다. 라스트 스퍼트를 가하겠다는 양 귀기 어린 표정으로 서류를 처리해나가는 상사들을 곁눈질하며, 에이나의 친구 겸 동료인 휴먼 소녀는 이젠 지긋지긋하다고 그녀의 등에 몸을 기댔다.

"축제를 앞둔 이 시기가 바쁘다는 건 알지만 말야아, 윗분들도 우리 생각 좀 해줬으면 좋겠어~. 다들 에이나처럼 요령이 좋은 게 아니라구~."

"저기, 미샤? 무겁다니깐. 일에 방해돼!"

"근데, 어? 혹시 에이나, 축제 안건까지 벌써 다 해치운 거야?"

에이나의 항의를 가볍게 무시한 동료는 책상에 펼쳐진 서류를 보고 눈을 동그랗게 떴다. 자기 서류더미를 옆에 내려놓은 그녀는 에이나가 무언가 말하기도 전에 그중 한 장을 홱 빼앗았다.

"담당 모험자 소개 자료…… 아! 에이나가 새로 맡게 된 그 신인 아이구나!"

"……팀장님이 제출하라고 해서, 현재 시점의 자료를 간추린 거야."

이젠 무슨 소리를 해도 소용없다는 것을 깨달은 에이나는 한숨을 참으며 대답했다.

동료가 든 용지에는 그 인물의 간소한 프로필이 적혀 있었다. 종족이며 출신지, 경력, 소속【파밀리아】등 이곳 오라리오에서 모험자로서 생활하기 위해 필요한 최소한도의 정보가 망라되어 있다.

종이 제일 위에 적힌 이름은【벨 크라넬】.

"에엑~?! 솔로인데 겨우 보름 만에 제5계층까지 갔네?! 얘 대단하다!"

"전혀! 그 앞의 계층을 착실하게 공략한 게 아닌걸. 들떠서 내려가고 또 내려가다가 운 좋게 5계층까지 갔던 거지.

거기서 죽을 뻔하기까지 하고! 내 말은 듣지도 않고!"

에이나는 버들잎처럼 모양 좋은 눈썹을 치켜세웠다.

소년의 몸을 진지하게 걱정한 나머지 자연스레 언동이 엄격해지는 그녀의 모습에 휴먼 동료는 어리둥절한 표정을 짓더니 이내 쓴웃음을 보였다.

"그치마안, 그건 【로키 파밀리아】가 잡다가 놓친 미노타우로스 탓이었잖아? 그 몬스터하고 맞닥뜨렸으면 신출내기 모험자가 아니더라도 당했을 거야."

"그야 미노타우로스는 상정하지 못한 사태였지만…… 그 아이에게는, 벨에게는 5계층 탐색은 아직 무리야."

에이나는 동료의 손에서 벨의 자료를 빼앗아 그녀 자신이 기록한 소년의 비고란에 눈을 돌렸다.

"5계층부터는 출현 몬스터가 바뀌고 던전 구조도 복잡해지잖아. 지금 벨이 그 계층에서 얼쩡거렸다간…… 분명 죽을 거야."

현재 시점에서는 빈약한 무장. 동료가 한 명도 없는 단독미궁 탐색, 이른바 '솔로 플레이' 환경.

무엇보다 신출내기의 영역을 벗어나지 못해 성숙되지 않은 【스테이터스】.

겨우 보름이라는 기간을 겪은 모험자의 힘이 쉽게 통할만큼 던전은 만만한 곳이 아니다. 모든 요소를 가늠해 벨이제5계층 밑으로 진출하는 것은 아직 너무 이르다고 에이나는 확실한 결론을 내렸다.

"아무튼. 내 눈에 흙이 들어가기 전까지는 절대 다음 계층으로 보내지 않을 거야."

"과보호다아~. 혹시 에이나, 걔한테 마음 있는 거 아냐?"

"——뭐."

마치 허를 찔린 듯.

별것 아닌 친구의 한 마디가 무방비했던 에이나의 심장을 기습했다.

즉시 뇌리를 스치고 지나간 것은 바로 며칠 전, 헤어질 때 소년이 에이나에게 날렸던 '좋아해요' 한 마디였다. 반 이상 놀림이 섞인 고백과 그 무구한 웃음을 떠올린 에이나는 조건반사처럼 뺨을 붉히고 말았다.

하프엘프인 자신의 가늘고 뾰족한 귀가 열기를 띠는 것을 자각하면서 에이나는 냉정하게, 냉정하게 큰 심호흡을 한 다음 동료를 째릿 노려보았다.

"……미샤~?"

"우와~ 무셔~!"

방치해두었던 서류 더미를 다시 끌어안고 웃으며 도망치는 동료의 뒷모습에, 에이나는 치켜세웠던 눈동자에서 힘을 빼고 의자에 깊이 몸을 기댔다.

'놀림까지 받잖아, 나 참……'

사태의 원인을 제공한 소년에게 에이나는 입술을 비죽거렸다.

어디까지나 귀여운 동생 같은 그 소년은 그녀의 머릿속

에서 야단을 맞아 열심히 꾸벅꾸벅 고개를 숙여댔다. 너무나도 현실감 있는 상상에, 에이나는 가슴이 후련해지기 전에 웃음이 터져나올 것만 같았다.

'······지금쯤 뭘 하고 있을까, 벨은.'

한층 빗발이 기세를 더해가는 바깥 경치에 시선을 돌렸다.

좀처럼 눈물을 그칠 줄 모르는 어두운 하늘은 감정을 터뜨리듯 요란하게 비를 쏟고 있었다.

🔥

한 걸음.

지면을, 박찬다.

『이이약?!』

스쳐지나가며 휘두른 검신.

등 뒤에 두고 온 몬스터가 짧게 울부짖더니 털썩 지면에 허물어지는 소리가 들렸다.

돌아보니 거대한 외눈을 가진 개구리 몬스터가 갈라진 부위에서 검붉은 체액을 뿌리며 숨이 끊어지고 있었다. 긴 혀를 날려 모험자를 공격하는 개구리 몬스터, '프로그 슈터'.

움푹 들어간 눈으로 몬스터의 주검을 무미건조하게 바라보던 나는 등을 돌리고 그 자리를 떴다.

피로를 호소하는 팔다리는 신경도 쓰지 않고, 시야 속에서 움직이는 것들에만 신경을 곤두세우며 복잡한 미로 안으로 안으로 들어갔다.

　평평한 바닥과 벽과 천장으로 이루어진 질서 잡힌 미로의 구조.

　정처 없이 헤매는 내 앞길에는 획일적이며 무미건조한 공간이 한없이 이어졌다.

　낮에 했던 탐색과는 완전히 달리, 던전은 으스스할 정도로 정적에 사로잡혀 있었다. 몬스터는 고사하고 모험자의 기척조차 전혀 느껴지지 않았다.

　내 발이 흙을 밟는 소리만이 구불구불한 통로에 울려 퍼졌다.

　"……."

　유령 같은 발걸음으로 던전을 나아가며 내 몸을 내려다본다.

　방어구 하나 걸치지 않은 평범한 사복 차림. 몸 여기저기에 몬스터의 발톱이, 이빨이 스치고 지나간 흔적이 남아 있다. 너덜너덜한 옷은 마치 강도라도 만난 것 같았다.

　오른손에 쥐고 있는, 만에 하나의 상황에 대비해 가져왔던 호신용 단도는 무수한 괴물의 피에 물들어 축축했다.

　'엉망이네…….'

　장비도 제대로 갖추지 않아 상처투성이가 된 자신의 몸을 남의 일처럼 느끼며, 나는 걸음을 멈추지 않고 아주 잠깐 눈을 감았다.

뛰고 뛰고 뛰고 또 뛰었다.

주점에서 뛰쳐나와 시내를 가로질러, 던전에 뛰어들었다.

그저 오로지 몬스터를 찾아 미궁 안을 뛰고 또 뛰었다.

휘두르고 휘두르고 휘두르고 또 휘둘렀다.

약하고 꼴사나운 자신의 능력을 인식하고, 자포자기해서.

끊임없이 샘솟는 분함을 양식 삼아 손안에 있는 단 한 자루의 무기를 휘둘러댔다.

아득히 먼 곳에 있는 그 사람과의 거리를 좁히고자, 얼마나 어렵고 곤란한지조차 알 수 없는 높은 곳에 이르고자, 그저 필사적으로.

바보처럼 열기를 피운 가슴속의 의지에 온몸을 맡겼다.

'……여기가 어디람.'

그리고 지금.

이성을 내팽개쳤던 정점은 지나가고, 몸을 태우던 열기도 어느 정도 가시기 시작했다.

연신 사냥해대던 몬스터와의 조우가 끊어지고 만 상황이기도 해서, 내 머리는 겨우 현실을 파악하고자 희뿌연 두뇌를 열심히 굴리기 시작했다.

나를 에워싼 던전의 벽면은 이제까지 보아 눈에 익었던 연청색이 아닌 엷은 녹색이었다. 통로 폭도 매우 좁아 미로의 구조 자체가 더욱 복잡해졌다.

조금 전까지 맞닥뜨렸던 몬스터의 종류도 이제까지 교전했던 저급 몬스터와는 달랐다.

'5계층…… 아니, **6계층.**'

애매한 기억을 더듬어 긁어모아, 내가 내려온 계단의 수를 계산하고, 결론을 내렸다.

아무래도 나는 이제까지 들어온 적이 없던 새로운 계층에 있는 것 같았다.

전혀 실감을 품지 못한 채, 처음 와보는 6계층을 배회했다. 거의 감각이 마비된 머리로는 돌아간다는 생각을 전혀 떠올리지 못했다.

희박해진 의식으로, 무언가에 떠밀리듯 다음 표적을 찾아 헤매고 있었다.

"헉, 헉……."

입에서 새나오는 호흡이 얕고 가빴다. 생각보다 피로가 쌓인 걸까.

던전에 내려온 후로 시간이 얼마나 지났는지도 알 수 없었다. 미궁 내부는 천장에서 발하는 인광 덕에 광원이 충분한 대신, 밤이 되어도 해가 떠도 눈부신 빛이 끊이지 않는다. 시계가 없는 나는 현재 시각을 확인할 방법이 전혀 없었다.

'……여긴.'

한동안 나아가던 나는 홀처럼 넓은 공간에 도달했다.

홀은 정사각형을 이루었으며 시야를 차단하는 것이라고는

무엇 하나 없었다. 연녹색 벽면만이 펼쳐진 공간은 살풍경하고 한산했다.

나는 플로어 한가운데쯤으로 걸어가 멈췄다. 대충 주위를 둘러봐도 이 홀 다음으로 이어지는 길은 찾을 수가 없었다. 아무래도 내가 왔던 길이 이 홀로 이어지는 유일한 출입구였던 모양이다.

그리고 이곳이 막다른 공간임을 이해한 내가 돌아가고자 휑한 눈을 뒤로 돌린── 그 직후였다.

쩌적.

"──."

쩌적, 쩌적.

조용하기 그지없는 홀에 무언가가 깨지는 듯한 정체 모를 소리가 울려 퍼졌다.

발을 우뚝 멈춘 나는 용수철처럼 번쩍 고개를 들고 주위를 휙 둘러보았다.

엄폐물이 없는 홀에 몬스터의 모습은 아무 데서도 보이지 않았다. 그저 불온한 소리만이 간헐적으로 고막을 두드렸다.

처음 직면하는 사태에 머릿속 한구석에서 제시된 것은 한 가지 가능성이었다.

나는 【스테이터스】 덕에 강화된 오감── 이번에는 청각에 의지해 소리의 출처를 찾고, 여기에 끌려가듯 시선을 옮겼다.

연녹색으로 물든 던전 벽면.

정면에 위치한 그 벽의 일부에서 소리의 규모는 서서히 커져갔다.

그리고 시선 너머에서 던전 벽이 **찢어졌다.**

『......!』

몬스터는 던전 안에서 태어난다.

지금 바로 눈앞에서 일어난 것처럼, 미궁 벽을 안쪽에서 찢고 하나의 생명이 되어 탄생하는 것이다. 성장 과정을 건너뛰고, 즉시 전투에 임할 수 있는 강인한 성체가 되어.

이 거대한 지하미궁은 인류를 위협하는 몬스터의 모태임이 분명하다.

갈라진 벽 틈에서 튀어나온 괴물의 손이 허공을 긁었다. 있는 힘껏 벽면에 균열을 새기고는 하나, 또 하나씩 팔다리를 바깥 공기 속으로 드러낸다. 후둑후둑 지면에 떨어지는 던전의 파편.

마지막으로 한층 커다란 파쇄음을 울리더니 몬스터는 지면에 발을 디뎠다.

한 마디로 표현하자면 '그림자'였다.

키는 160C 정도. 나하고 거의 비슷한 체구는 팔다리 끝부터 머리 꼭대기까지 온통 검은색이었으며, 두 팔다리의 실루엣은 한없이 인간에 가까웠다. 그러나 털이나 가죽처럼 동물다운 조직은 무엇 하나 없었으며, 마치 온몸을 까만 페인트로 칠해놓은 것 같았다.

유일하게 십자 모양을 그리는 머리에는 얼굴로 짐작되는, 손거울처럼 동그란 부위가 있다.

그림자가 그대로 일어난 것 같은 기이한 괴물.

6계층 출현 몬스터, '워섀도'.

"윽······!"

덜그럭. 뒤에서 들린 소리에 돌아보니 또 다른 워섀도가 마찬가지로 던전 벽에서 태어나는 참이었다.

협공.

아니, 2대 1. 형세 불리.

그렇게 조용하던 상황에서 느닷없이 —— 마치 함정에 빠뜨리듯 —— 던전이 본성을 드러냈다.

『······.』

발성기관이 없는 워섀도는 말없이 몸을 일으키더니 조용히 전투태세를 취했다.

불가사의한 광택을 발하는 거울 얼굴로, 사냥감을 똑바로 노려본다.

"······하아!"

호흡을 한 차례 토해내며 붉은색으로 지저분해진 단도를 고쳐쥐었다.

아마 이제는, 돌이킬 수 없을 정도로 자포자기에 빠진 것이리라.

뇌리에 비치는 것은 술집에서 일어났던 그 광경뿐. 다시 머리를 후려친 현실은 식어가던 몸을 다시 불태우기에 충분한 열량을 가진 것이었다.

　본능이 울려대는 경종을 무시하고, 나는 눈앞의 무모한
전투에 몸을 던졌다.

　워섀도는 예리한 '손가락'을 가졌다.

　기이할 정도로 긴 두 팔 끝에는 세 개의 손가락이 있으며,
끄트머리는 날카로워 형상은 나이프 그 자체다. 고블린이
나 코볼트와는 비교도 안 되는 이동속도로 기어와서는 두
손을 무기 삼아 공격을 퍼부어댄다.

　워섀도의 순수한 전투 능력은 6계층 몬스터 중 최고라 해
도 과언이 아니다.

　'상층'으로 규정된 던전 1계층에서 12계층을 통틀어, 신
참 모험자는 당해낼 수 없는 몬스터의 선두주자이다.

　"크윽?!"

　실제로도 그랬다.

　일방적으로 공격을 당해 부상을 입었다.

　두 마리의 워섀도가 내뻗는 공격은 단조로우면서도 눈이
휘둥그레질 만한 위력과 속도를 가진 것이었다. 이제까지
체험한 적도 없는 속도로 까만 손이 휙휙 날아들어 옷과 함
께 살점을 조금씩 도려내갔다.

　긴 사정거리를 자랑하는 팔은 어디서나 뻗어왔다. 결정

적인 사정거리 차이 때문에 나는 상대를 내 간격으로 끌어들일 수가 없었다. 놈들은 내가 다가가도록 내버려두질 않았다.

이제까지 보았던 몬스터와는 모든 것이 달랐다.

마음대로 반격할 수 없을 정도로, 파고들 틈을 찾을 수 없을 정도로, 도망치는 것도 불가능할 정도로.

그저 단순히, 강했다.

『……』

"크윽——!!"

말 한 마디 없이 날리는 치명상 수준의 공격.

갈고리처럼 구부러진 세 개의 손가락이 시야 한구석에서 육박해와 심장이 덜컥 뛰는 것을 느끼며 간신히 회피하나 싶으면, 이번에는 시야 밖에서 다른 일격이 날아들어 아슬아슬한 위치를 스치고 지나간다.

앞에서 옆에서 뒤에서.

나를 중심으로 도합 네 개의 까만 팔이 끊임없이 날아들어서는 왕복을 반복한다.

나는 몸을 팽이처럼 연속으로 돌려 몬스터의 동시 공격을 버텨냈다. 흔들리는 시야 속에서 땀과 피의 입자가 사방으로 요란하게 흩어졌고, 마치 낭떠러지 끝에서 목숨을 걸고 춤을 추는 착각에 사로잡혔다.

그때까지 괴사 상태였던 위기의식이 급속도로 되살아났다.

정신을 차리고 보니 내 호흡은 완전히 평정을 잃고 있었다.

'——어떻게.'

새삼스레 엄청난 조바심을 느끼는 한편, 동시에 얻은 것은 강렬한 위화감이었다.

저하된 사고력이 위기감을 계기로 아주 미미하게나마 냉정함을 되찾아, 이 이해할 수 없는 상태에 가차 없이 눈을 돌리게 해 주었다.

——어떻게 내가 아직 살아 있지?

가장 먼저 깨달았어야 하는 것이었다.

어떻게 내가, 6계층에 있으면서도 아직까지 사지가 멀쩡하단 말인가.

어떻게 이 몬스터들과 그럭저럭 맞붙을 수 있단 말인가.

생각해보면 이상했다. 던전에 내려온 지 보름도 안 지난 모험자가 이 계층을 제대로 탐색하고도 살아남을 리가 없다. 워섀도와 조우해 끈덕지게 목숨을 부지할 리가 없다.

분명 에이나 누나에게 배우지 않았던가. 경고를 받지 않았던가.

신출내기의 어정쩡한 【스테이터스】로는 이 계층의 몬스터를 당해낼 수 없다고——.

'——스테이, 터스?'

뇌리를 한순간 가로지른 것은 단 한 차례 갱신해 크게 상승했던, 스테이터스의 기이한 수치였다.

수많은 설마가 머리가 가득 메우고 있을 때.

등에 새겨진 【히에로글리프】가 열기를 띠는 것 같았다.

"아으윽?!"

갑자기 몸을 꿰뚫은 진동이 의식을 눈앞의 현실로 돌려주었다.

쓸데없는 생각에 사로잡혔던 허점을 찔려 워새도의 공격이 내 몸에 직격했다. 그리고 휙 돌아온 백너클 같은 일격이 어깨를 후려쳤다. 온몸이 옆으로 날아가는 가운데, 강한 충격 때문에 단도를 손에서 놓치고 말았다.

단 하나뿐인 무기가 메마른 소리를 내며 땅바닥에 굴렀다.

『!』

기회를 놓칠세라 옆으로 쓰러진 내 몸 위에 드리워지는, 말 그대로 검은 그림자.

조금 전 공격을 날렸던 워새도와는 다른 놈이 숨통을 끊겠다는 양 오른팔을 치켜들었다.

동공이 한껏 오그라들었다.

눈앞의 광경에서 시간의 흐름이 한없이 느려졌다.

어마어마한 기세로 과거의 기억이 머릿속에 흘러갔다. 이게 주마등이란 건가? 이제까지 보았던 정경이 하나하나 재생되었다.

그중에서도 가장 선명한 빛을 뿜어내는 동경의 대상, 그 사람과의 만남.

'──.'

그리고 지금도 은혜를 베풀어주고 있는…… 소중한 누군가의 웃음.

"크윽!!"

다음 순간, 나는 온 힘을 다해 몸을 재기동시켰다.

던전 바닥에서 벌떡 일어나, 지금 막 오른팔을 내리치려던 워셰도를 향해 달려들었다. 시커먼 긴 팔이 바로 옆을 지나가며 피부를 깎아냈지만, 아랑곳 않고 단단히 쥔 오른손 주먹을 적의 안면에 꽂았다.

울려 퍼지는 둔중한 파쇄음.

『……, ……?!』

혼신의 카운터는 적의 거울 얼굴을 깨뜨리며 머리를 그대로 관통했다.

꿰뚫린 뒷머리에서 넘쳐나는 구정물처럼 시커먼 액체. 서로 팔을 교차시킨 채 짧게 경련하던 워셰도는 온몸에서 힘이 빠져나가 무릎을 꿇었다.

"──흐읍!"

멈추지 않는다. 몬스터의 안면에서 팔을 뽑고, 동료가 쓰러진 모습에 굳어버린 기색을 보이는 나머지 한 마리에게 전광석화의 기세로 육박했다.

속도를 늦추지 않고 바닥에 떨어진 단도를 주워 재장비.

대지를 질주하는 토끼처럼 내달려 적의 품으로 뛰어든다.

워셰도는 몸을 젖혀 반격하려 했지만 내 행동이 한 발

빨랐다.

번뜩이는 단도.

비스듬히 올려 벤 참격이 적의 가슴을 갈랐다.

갈라진 가슴 속에서 두 조각으로 쪼개진 '마석'이 덧없이 빛나더니 부스스 허물어졌다.

『━━━━!!』

소리 없는 단말마를 지르며 몬스터의 새까만 몸이 재로 변했다.

나이프를 휘두른 자세 그대로 굳었던 나는 대량의 재가 사라져가는 광경을 마지막까지 지켜보고, 그 순간 힘이 빠져 요란하게 숨을 토해냈다.

"허억! 헉, 헉……!"

헐떡이는 폐를 그대로 내버려두고 천장을 올려다본다.

긴장의 끈이 끊어져 피로가 왈칵 몰려왔다. 아슬아슬했던 전투에 마침내 몸이 비명을 질러댔다. 눈을 가늘게 뜬 채, 지나치게 빠른 고동 소리를 멍하니 들었다.

내 몸이 어떻게 된 걸까.

당해낼 리가 없었던 강력한 몬스터를 격파했다. 그동안 배운 상식을 뒤엎었던 것은 【스테이터스】의 급격한 '성장' 덕이었을까.

내 몸에 대체 무슨 일이 일어난 것인지 알 수 없었다.

잇달아 솟아나는 의문에 한동안 희롱당했던 나는, 갑자기 무릎이 꺾일 것만 같아 한계가 다가왔음을 깨달았다. 멈추지 않는 자문은 잠시 눌러두고, 만신창이 직전의 몸을 움직이기 시작했다.

지금은 한시라도 빨리 탈출해야 한다.

그렇게 울부짖는 이성에 등을 떠밀려 홀 입구를 향해 걸었다.

하지만 '놓치지 않겠다'고 선언하듯……

쩌적.

"——."

숨이 멎을 것 같았다. 고개를 들자 오른쪽과 왼쪽의 벽에서 거미집처럼 균열이 일어나고 있었다. 눈 깜짝할 사이에 도합 네 마리, 조금 전의 두 배나 되는 워섀도가 던전에서 태어나고 있었다.

……에이나 누나가 함부로 아래 계층에 다가가지 말라고 엄명을 내렸던 이유 중 하나.

6계층, 아니, 5계층부터는 몬스터의 탄생 빈도가 확 올라간다.

나는 아무 말도 못한 채 멍하니 서 있었으나, 여기에 결정타를 가하려는 듯 수많은 울음소리가 귀에 들렸다.

고개를 돌려보니 한 곳뿐인 출입구 너머로 수많은 짐승의 눈동자가 보였다.

'——……아아.'

한 마리, 또 한 마리. 6계층의 몬스터가 홀을 향해 들어온다.

유일한 출입구가 막혀 퇴로를 차단당한 상태. 궁지. 워섀도를 포함한 몬스터의 무리는 나를 에워싸기 시작했다.

그럼에도 내 머리는 놀라울 정도로 싸늘했다.

"……."

천천히 걸어나와, 조금 전 해치웠던 워섀도의 잔해로 몸을 굽혔다.

재로 변했을 때 나타난 드롭 아이템, '워섀도의 손가락 칼'에 손을 뻗는다.

세 개 남은 것 중 하나를 잡아, 즉석 무기를 왼손에 장비했다. 그립도 없는, 말하자면 검신뿐인 나이프를 쥐는 바람에 손바닥은 금세 찢어져 핏방울이 배나오기 시작했다.

──해내고 말겠어.

두 자루의 무기를 쥔 나는 눈을 한껏 부릅떴다.

의심할 여지도 없는 궁지에서 품은 것은 체념이 아니라, 내가 죽을까보냐 하는 결의와 오기였다.

도달하고 싶은 높은 경지가 있다.

이런 곳에서 무릎을 꿇을 때가 아니다.

나를 포위한 몬스터의 무리에서 위협하는 목소리가 터져나오는 가운데, 마음을 새로이 다졌다.

화악 열기를 띠는 각인에 떠밀리듯, 나는 자세를 잡고.

잠시 후, 육박하는 몬스터들과 격돌했다.

4장
그래서
나는 힘이 되고 싶다

시간을 더해가는 소리가 실내에 무기질적으로 울려 퍼지고 있다.

벽에 걸린 시계의 바늘이 가리킨 시각은 아침 다섯 시.

헤스티아는 【파밀리아】의 홈인 교회의 비밀 지하실에서 같은 장소를 계속 왔다갔다하고 있었다.

'아무리 그래도 너무 늦는 거 아냐……!'

팔짱을 끼고 눈썹을 있는 힘껏 세운 채 얼굴에 조바심을 드러낸다.

벨의 【스테이터스】에는 아이즈에 대한 연모가 더할 나위 없이 반영되어 있었다. 그것 때문에 속이 끓었던 것이 어젯밤.

심통이 나 아르바이트하는 곳의 회식에 참석했던 헤스티아가 돌아와보니, 그녀를 맞이했던 것은 휑뎅그렁한 정적뿐 벨은 온데간데없었다.

혼자 밥이나 먹고 오라고 자기 입으로 말해놓고는, 사람이 아무도 없다는 데에 한층 기분이 나빠진 헤스티아는 샤워도 하지 않은 채 침대에 풀썩 뛰어들어 잠을 청했으나…… 열 시, 열한 시, 열두 시, 심야가 지나도록 돌아오지 않는 벨에게 드디어 위기감을 품기 시작했다.

벨에 대한 불평불만으로 밤을 지새우며 침대에 누워 있다가, 결국 이불을 박차고 일어나 집을 뛰쳐나와선 근처로 찾으러 가 보았다.

"어디로 간 거냐, 넌……!"

수확은 제로.

표적으로 삼았던 하얀 머리카락의 그림자도 찾지 못했던 헤스티아는 일말의 희망을 머금고 조금 전 집으로 돌아온 참이었으나, 역시 소년의 모습은 없었다.

한숨도 못 잔 채 밤거리를 분주히 쏘다니는 바람에 소모의 기색이 짙은 얼굴. 그 위로 긴장의 빛이 덧씌워졌다.

'내가 그런 소리를 해서? 하지만 그 아이는 남에게 걱정을 끼치느니 자기가 꾹 참고 마는 아이인데……. 평소 같았으면 나에게 굽신굽신 사과를 해도 이상하지 않을 상황이거늘…….'

마지막으로 헤어졌을 때, 버림받은 새끼 토끼 같은 눈을 했던 벨의 모습을 떠올렸다.

그때도 느꼈던 죄책감이 다시 가슴에 밀려들었으나 이내 헤스티아는 고개를 획획 저었다.

지금은 감상에 빠질 때가 아니라고 후회를 밀어놓고, 어디까지나 냉정하게 생각하려 했다.

'하지만 나 때문이 아니라면, 벨이 돌아오지 않는 것은 역시……!'

냉정함 따위 모래성처럼 무너지고 금세 식은땀이 솟아났다. 안절부절못한 헤스티아는 다시 벨을 찾고자 문 쪽을 향해 달려갔다.

"——우구욱?!"

헤스티아가 문손잡이를 잡으려던 그때였다. 마치 타이밍을

잰 것처럼 문이 그녀에게 돌진했던 것은.

헤스티아의 안면을 강타!

같은 타이밍에 가슴이 '물컹!' 비명을 지르며 압축!

헤스티아의 신앙치가 100 올랐다!

얼굴을 문지르며 주저앉은 헤스티아는 목소리가 나지 않는 비명을 질렀다.

"주, 주신님…… 죄, 죄송해요……."

헤스티아는 생각지도 못한 습격에 신음하고 있었으나, 머리 위에서 들려온 목소리에 두 손으로 가렸던 눈을 크게 떴다. 목소리의 주인이 무사를 바라 마지않았던 인물임을 깨달은 헤스티아는 벌떡 일어났다.

"벨?!"

그녀의 예상대로 눈앞에 서 있던 것은 벨이었다.

가슴에 퍼져가는 커다란 안도감. 벨을 올려다본 헤스티아는 자신도 모르게 눈물을 글썽였으나…… 벨의 얼굴과 모습을 보자마자 말을 잃었다.

헤스티아에게 미안하다는 듯 눈썹을 늘어뜨린 얼굴. 붉은색과 갈색으로 범벅이 된 것은 베인 상처와 흙으로 지저분해졌기 때문인 것 같았으며, 초췌한 기색을 지우지 못했다.

상반신. 간소한 얇은 사복은 눈을 가리고 싶을 정도로 손상을 입었고 찢어진 곳에서 엿보이는 피부는 푸르뎅뎅하게 부었다.

그리고 하반신. 바닥에서 튄 진흙에 변색된 바지는 끝자

락이 너덜거렸으며, 무엇보다 오른쪽 무릎 부분은 날카로운 발톱에 찢긴 것처럼 세 가닥의 열상을 입었다. 거무죽죽하게 변했으며 이미 유혈이 굳어가는 이 무릎의 상처가 끔찍하게 변한 온몸 중에서 가장 심했다.

낯빛을 바꾼 헤스티아는 벨에게 확 다가갔다.

"이게 어떻게 된 거냐! 설마 누구에게 습격이라도 당했느냐?!"

"아뇨, 그런 건, 아니고요…….."

"그럼 대체 어쩌다가?!"

"……던전에, 들어갔었어요."

툭 날아든 말에 헤스티아는 한순간 분노도 잊고 아연실색했다.

"이, 이 바보가! 무슨 생각이었더냐?! 그런 차림으로 던전에 가다니…… 그것도 밤새도록?!"

"……죄송합니다."

지금 벨은 방어구를 전혀 걸치지 않았다. 던전 안에서 이런 차림은 알몸이나 마찬가지다.

흉포한 몬스터가 단 한 번만 공격해도 그대로 치명상을 입을 수 있다. 보는 사람이 아플 지경인 온몸의 상처가 그것을 웅변해준다.

아마 호신용 단도 한 자루는 가지고 있었던 모양이지만…… 얄팍한 생각, 어리석은 행동이라고밖에 할 수 없었다.

이런 장비로 던전에 밤새도록 들어가 있었다니. 목숨 아까운 줄 모르는 정도가 아니라 얼간이 천치가 아닌가.

"……왜 그런 무모한 짓을 했지? 그런 자포자기 같은 짓은, 너답지 않다."

"……."

지금 벨의 모습과, 나아가서는 어딘가 어두운 분위기에 야단을 칠 생각도 잃어버린 헤스티아는 타이르듯 부드러운 어조로 물었다.

그러나 벨은 입을 열려 하질 않았다. 앞머리로 눈을 가린 채, 거절하는 의사를 행간으로 드러낼 뿐이었다.

헤스티아가 살짝 한숨을 쉬었다.

"알았다. 아무것도 묻지 않겠다. 너는 의외로 고집이 세니까, 내가 억지로 물어보려 해도 소용없겠지."

"죄송합니다……."

"됐다. 그럼 먼저 샤워하고 와라. 피는 이미 굳은 것 같지만 지저분한 것들은 씻어내야지. 그 다음에 치료하자."

"……네. 고맙습니다."

그제야 겨우 살짝 웃는 벨에게, 마음이 아팠지만 헤스티아도 쓴웃음을 지어주었다.

문 앞에서 길을 터주자 벨은 비척거리며 걸어갔다. 보아하니 오른쪽 무릎의 부상이 생각보다 몸에 영향을 미치는 모양이었다. 보다 못한 헤스티아는 자신의 작달막한 키를 원망하면서 한껏 발돋움을 해가며 부축했다.

"죄, 죄송합니다."

"오늘 넌 사과만 하는구나. 미안하다고 생각하면 확실하게 반성하거라."

"어, 네…… 죄송합니다."

"또 그런다."

밀착한 상태로 샤워실까지 갔다. 홈 제일 안쪽의 침대 바로 옆, 다른 데서 갖다 붙인 듯한 하얀색 나무문이 샤워실이다. 경첩이 떨어져나가기 직전이라 문의 각도가 살짝 삐딱하다.

끙끙 힘을 주며 벨의 몸을 지탱하던 헤스티아는 문득 생각났다는 듯 입을 열었다.

"벨, 오늘은 네가 침대에서 자는 거다. 알겠느냐?"

"그래도 괜찮겠어요……?"

"당연하지. 이런 상황에 널 소파에 내팽개칠 만큼 내가 썩어 빠진 줄 아느냐?"

이 부상자에게 필요한 것은 깊은 휴식이다. 조금이라도 좋은 환경을 제공해주고자 헤스티아는 자신의 침상을 양보하기로 했다.

그리고 그 말을 다 마쳤을 때, 그녀는 어떤 장난을 떠올렸다.

벨을 보며 씨익 웃음을 짓는다.

"그 대신 나도 같이 침대에서 자도록 할까? 너를 찾느라 한참 뛰어다니는 바람에 나도 지쳤으니. ……후후, 설마 거절하지는 않겠지?"

"음, 그러게요. 주신님도 피곤하시겠네. 그럼 같이 자요."

"……무어라?!"

킬러패스와도 같은 농담이 화려하게 똥볼로 끝난 데다 강렬한 반격까지 허용한 헤스티아는 입을 다물지 못했다. 이럴 때는 허둥대야지! 마음속으로 딴죽을 걸면서. 내가 허둥대면 어떡해!

젠장, 벨 주제에……!

이를 갈던 헤스티아는, 뺨을 붉히며 앞으로 기다리고 있을 전개에 가슴을 두근거렸다.

안을 테다. 안고 말 테다.

가슴에다 얼굴을 부비부비 문대고 몸을 마음껏 탐닉할 테다.

허락은 받아났다. 이제 벨은 도망칠 수 없어. 침이 주르릅.

"주신님……."

"……! 뮤, 뮤슨 일이냐?!"

갑자기 부르는 바람에 이상한 목소리로 대답하고 말았다. 설마 자신의 생각을 꿰뚫어본 것은 아닐까 하고 일말의 의구심을 품으며 헤스티아는 다음 말을 기다렸다.

"……저요, 강해지고 싶어요."

"!"

흠칫 소년의 얼굴을 보았다.

그의 눈빛은 이곳에는 없는 무언가를 똑바로 바라보고

있었다.

　헤스티아는 벨의 그런 옆모습에 숨을 삼켰다가,

　"응......."

　이윽고 눈을 내리깔며 진지하게 받아들이고 있었다.

　벨 크라넬

　Lv.1

　힘: H120→G221 내구: I42→H101

　기교: H139→G232 민첩: G225→F313 마력: I0

　《마법》

　【　】

　《스킬》

　【리아리스 프레제】

　・조숙한다.

　・마음이 이어지는 한 효과 지속.

　・마음의 강도에 따라 효과 향상.

　"──컥."

　흠칫. 헤스티아는 손을 멈추고 말았다.

　자신의 눈 아래에 있는 가녀린 등. 그곳에 질서정연하게 새겨진, 마치 고대서의 한 페이지를 방불케 하는【히에로글리프】의 전체도—— 【스테이터스】.

한 휴먼에게 주어진 '팔나'가 보여준 성장 과정을 그녀는 전율의 눈빛으로 응시했다.

벨이 돌아오고 나서 하루가 지났다.

극도의 피로로 꼬박 하루를 수면으로 보내고 —— 벨은 헤스티아가 함께 자고 있었던 것을 깨달은 순간 절규했다 —— 이른 시간에 일어난 두 사람은 현재, 일단 【스테이터스】를 갱신하기로 했다.

여느 때처럼 벨의 등에 헤스티아가 올라타고, 여느 때처럼 이코르를 사용해 【히에로글리프】를 새겨나가는 작업…… 그것이 여느 때와 달라진 것은 벨의 등에 서서히 떠오르는 【스테이터스】가 믿을 수 없는 전모를 그려내기 시작했을 때부터였다.

——너무 빠르잖아.

헤스티아가 '팔나'를 내려준 것은 자신의 【파밀리아】에 가담한 벨이 처음이었다. 그녀도 '은혜'의 진보에 대한 정보는 전해들은 지식밖에 없었다. 어떤 방법을 쓰면 숙련도가 플러스되기 쉽고 어떤 규칙성으로 마법이나 스킬이 발현되는지, 그런 깊은 노하우가 있을 리 만무했다.

그러나 아이들에게 새겨진 【스테이터스】가 **이런 것**이 아니라는 사실은 잘 안다.

너무 빠르다. 숙련도의 성장이. 이상할 정도로.

이것은 성장이 아니라 '비약'이다.

'다른 모험자들과 비교할 필요도 없지……'

만일 모험자가 모두 벨과 같은 속도로 성장한다면 그들의 대부분은 이미 옛날에 '제3급 모험자'의 최저 수준으로 규정된 Lv.2에 도달했을 것이다.

Lv.2── 모험자의 중견 클래스에 몸을 담은 자들은 대부분 규모가 큰 【파밀리아】의 조직원들이다. 그 외에, 다시 말해 모험자의 반수 이상은 아직까지 Lv.1에 머무르고 있다.

벨은 자신보다도 몇 배나 되는 경력을 가진 그들을 능가하는 맹렬한 기세로 성장하고 발전했다.

숙련도가 10 이상 쑥쑥 오르는 것은 처음뿐이다. 금방 벽에 부딪혀 고민하게 된다고, 친분이 있는 신의 푸념을 들은 적이 있다.

대부분이 하나의 벽을 경계로 고민에 빠지는 것이다.

'이렇게까지 단숨에 성장한 원인은……!'

벨의 안에서 무언가가 부풀어 오른 것일까.

【리아리스 프레제】라는 스킬의 특성을 혼자만 알고 있는 헤스티아는 무의식중에 입술을 깨물었다.

신들의 표현을 빌자면 아이들 같은 감정── 질투로 마음이 이리저리 흔들렸다.

"주신님?"

"!"

바늘을 든 손을 멈춘 헤스티아를 의아하게 여겼는지 벨이 살짝 고개를 돌려 쳐다보았다.

"미안미안."

헤스티아는 웃으며 얼버무리고 작업을 재개했다. 아니, 재개하는 척했다. 이미 【스테이터스】갱신은 거의 끝난 것이다.

'어떡할까……? 벨에게 이 【스테이터스】를 그대로 알려줄까……?'

쉽게 얻은 자신감, 쉽게 얻은 강함은 오만을 불러온다.

헤스티아는 잘 안다. 그것이 휴먼만이 아니라 모든 아이들의 성질임을. 오만은 방심을 일으키고, 방심은 죽음을 부른다.

벨은 그런 오만을 품을 사람이 아니라고 믿고 싶은 한편, 소년을 과보호하려는 헤스티아의 심정이 '만약'이라는 가능성을 떨쳐내질 못했다. 벨을 잃을지도 모른다는 '만약'을.

'하지만 있는 그대로 알려주지 않는 것은 이 아이를 속이는 일인데…….'

그리고 그것은 벨의 성장을 저해하는 일이 될 수도 있다.

자신에게 깃든 힘의 실체를 알지도 못한 채, 본래 실력과 맞지 않는 상대하고만 싸워봤자 대체 얼마나 성장할까. 사실 【엑세리아】의 특성상 숙련도도 실력이 동등하거나 그 이상인 몬스터와 교전하는 편이 잘 오른다고 들었다.

여기서 거짓말을 한다면, 설령 선의 때문이라고는 해도, 헤스티아의 손으로 벨의 소망을 망치는 결과로 이어질 것이다.

그녀의 마음속에 한순간의 침묵이 태어났다.

'……강해지고 싶다고 했지.'

이윽고 헤스티아가 선택한 것은 신뢰였다.

자제심으로 불안을 억누르고, 억지로 저울을 기울였다.

'강해지고 싶다'는 말이 소년의 연심에서 발단한 것이라 해도, 하나의 각오를 넘어서 한 꺼풀 벗으려 하는 —— 완전한 존재인 자신들에게는 불가능한 것을 이루려 하는 —— 벨의 등을 밀어주고 싶다고, 헤스티아는 그렇게 생각했다.

"벨, 오늘은 【스테이터스】의 내용을 직접 들려주어도 될까?"

"어, 네. 저는 상관없지만요……."

올려다보는 벨의 눈동자를 쳐다보며, 헤스티아는 말했다. 이 심상찮은 성장 속도를.

다만 【리아리스 프레제】라는 스킬의 존재만은 감춰둔 채.

'역시 '레어 스킬'이겠지.'

발현된 스킬의 효과나 효용은 모험자들 사이에서 공유되는 경우가 많다.

스킬을 입수하는 것 자체가 드문 일이기는 하지만, 그중에서도 확인된 것을 보면 명칭에 차이는 있을지언정 능력이 비슷비슷한 경우가 의외로 많았다.

같은 종족 사이에서는 그럴 가능성이 더 높아진다. 아마 각 종족별로 보편적인 스킬의 종자가 잠재된 것 같았다.

엘프라면 마법효과 보조. 드워프라면 힘 강화 같은 식으로.

그렇게 중복되는 스킬 효과가 여러 가지 존재하는 가운데, 유일하거나 혹은 수가 매우 적은 것들을 통틀어 '레어 스킬'이라고── 신들이 맘대로 그렇게 부른다.

'들키면 위험해. 완전 위험해.'

스킬의 존재를 벨에게 가르쳐주지 않는 것은, 딱히 심술을 부려서가 아니다.

진심을 말하자면 발렌 아무개라는 여자에 대한 질투가 70퍼센트라고는 못하더라도 대충 90퍼센트 정도는 관계가 있지만, 아무튼 들통이 나면 이것저것 귀찮아지는 것이다.

오락에 굶주린 탓인지 다른 신들은 '레어 스킬'이니 '오리지널'이니 그런 특별한 단어에 바보처럼 쉽게 반응한다. 정말 아이들처럼 온 힘을 다해 관심을 품고 온 힘을 다해 건드려보는 것이다. 싱글싱글 웃으며.

개중에는 이미 계약이 됐는데도 자기 【파밀리아】에 권유하는 바보들도 있다. 게이머 근성의 극치이다.

'이 아이는 거짓말이 서툴러. 추궁당하면 오히려 깊은 의심을 살걸. 미안하지만 이것만은 양보할 수 없다.'

특정 조건을 만족했을 때의 성장 속도 초 강화.

【리아리스 프레제】는 틀림없이 미확인 스킬 중 하나일 것이다.

벨을 신의 마수에서 지키기 위해 헤스티아는 이 스킬의 존재를 자신의 가슴속에만 묻어두기로 했다.

그녀가 들려준 【스테이터스】의 내용에 놀라는 벨을 바라보며, 헤스티아는 나머지 【히에로글리프】를 갱신해 자신이 해야 할 일을 마쳤다.

"아무튼 숙련도가 엄청난 기세로 성장하고 있다는 거다. 뭐 짐작 가는 거 없느냐?"

"어, 아뇨, 전혀…… 아."

"뭐지?"

"그, 그게요…… 그저께는 6계층까지 가봤는데……."

"푸웁?! 머, 멍청아——!! 방어구도 안 차고서 가본 적도 없는 곳에 내려가면 어떡해!!"

"자, 잘못했어요!!"

훌쩍 등에서 내려온 헤스티아는 한동안 일방적으로 주워섬겨댔다. 벨은 옷도 못 입은 채 반라 상태로 때로는 야단을 맞고 때로는 설교를 들으며 몸을 웅크려야 했다.

"하아……. 본론으로 들어가자. **지금 너는, 이유는 확실히 알 수 없지만** 엄청나게 성장 속도가 빠르다. 어디까지 이어질지는 몰라도, 말하자면 성장기인 셈이지."

"어, 네."

"……이건 내 개인적인 견해일 뿐이다만, 너에게는 재능이 있는 것 같구나. 모험자로서 갖추어야 할 기량도, 소질도 겸비한 거다."

벨의 현재 상태가 과연 스킬에만 기인한 것일까?

급격한 비약의 원인은 정말 스킬뿐일까?

돌이켜 생각해보면, 편린은 있었다.

한 번 죽을 위기를 겪기는 했다지만, 그때까지는 일개 농민이었던 소년이 아무의 가르침도 받지 않고, 오직 혼자서 던전에 내려가 착실하게 성과를 거두던 하루하루.

【리아리스 프레제】―― 조숙의 특성을 가진 스킬을 얻었다고는 해도, 전투에 활용하는 몸놀림이나 기술은 벨이 실전에서 생각해야 하는 것이다. 어디를 공격할지, 혹은 어디를 방어할지, 이판사판으로 밀어붙일지 회피할지. 스킬이 있든 없든 전투 속에서 판단을 내릴 사람은 다른 그 누구도 아닌 벨이다. 그것은 그의 '힘'이다.

오늘까지 혼자서 싸워왔던 벨에게는 모험자의 센스가 있다는 생각이 들었다.

"……너는 분명 강해질 거다. 그리고 너 자신도 지금보다 강해지기를 바라고."

"……네."

침대에 앉은 자세로 눈을 피하지 않는 벨을 보며, 헤스티아는 자신의 두 손을 가슴 앞에 모았다.

불안해서 눈을 자꾸 내리깔며, 토로한다.

"……약속해라. 무리하지 않겠다고. 엊그저께 같은 짓은 절대 하지 않겠다고, 맹세해라."

"저, 저는……"

"강해지고 싶다는 너의 의지는 나도 반대하지 않는다. 존중도 한다. 응원도 하고, 도와주기도 하겠다. 힘도 빌려주마.

……그러니."

젖어들 것 같은 눈에 힘을 주면서, 헤스티아는 벨에게 진심으로 빌었다.

"……부탁이니, 나를 혼자 두지 마라."

그 효과는 곧바로 나타났다.

흠칫 어깨를 떨며 눈을 크게 뜬 벨은 무언가를 떠올린 것처럼, 자신에게 내려진 약속을 되새겨보듯, 고개를 숙이고 눈을 감은 채 자신의 내면으로 잠겨들었다.

정적이 헤스티아의 귀를 간질였다. 둘에게는 매우 긴 침묵이 찾아왔다.

"……네."

벨이 고개를 들었다.

미안한 것 같기도, 당장이라도 눈물을 흘릴 것 같기도 했으며, 기쁜 것 같기도, 그러면서도 어딘가 홀가분해진 것 같기도 한 얼굴이었다.

거짓 없는 미소가 수많은 말로 장식한 것보다도 훨씬 신뢰를 가져다주었다.

눈앞의 소년은 약속을 지켜주리라고 헤스티아는 확신할 수 있었다.

"무리하지, 않을게요. 열심히 노력해서, 필사적으로 강해지겠지만…… 절대로, 주신님을 혼자 두지 않을게요. 걱정 끼치지 않을게요."

"그 말을 들으니 마음이 놓이는구나."

벨의 가슴에 뛰어들고 싶은 충동을 억누르며 헤스티아도 싱긋 웃었다.

잠시 후, 옷을 집어 벨에게 건네주었다. 멋쩍은 듯 고맙다고 인사하며 옷을 갈아입기 시작하는 벨에게 등을 돌리고, 헤스티아는 천장을 올려다보았다.

'······좋아.'

당장 벨을 위해 움직이기로 했다.

규칙성 없이 비뚤비뚤한 바닥 위를 오종종 달려가 식기 선반에 달라붙었다. 중단 정도에 있는 서랍을 열어 안쪽을 뒤지기 시작했다. 찾으려던 것은 금방 나왔다.

'가네샤 주최　신의 연회'라고 적힌, 어떤 이벤트의 초대장이었다.

'헤파이스토스도 오겠지······?'

이 집을 적선해주었던 친구의 얼굴을 떠올렸다.

자기 일에 성실해 항상 넓은 도시 안을 바쁘게 뛰어다니는 그녀와 연락을 하기란 그리 쉽지 않다.

만나려면 이 이벤트를 이용할 수밖에 없다고 생각했다.

개최 일시는······ 오늘 밤.

허걱.

자신도 모르게 중얼거린 헤스티아는 바쁘게 움직이기 시작했다.

"벨! 나는 오늘 밤······ 아니, 며칠쯤 집을 비울 거다! 괜찮겠느냐?!"

"네? 어, 알겠습니다. 아르바이트 때문에요?"

"아니, 갈 마음은 없었다만 친구가 주최하는 파티에 참석할까 해서 말이다. 오랜만에 친구들 얼굴도 보고 싶고."

"그럼 사양하지 말고 다녀오세요."

벨은 고개를 끄덕였다. 친구는 중요하다면서 오히려 웃으며 권해주었다.

제멋대로라 미안하다는 생각을 하면서도 헤스티아는 고개를 끄덕이고 옷장을 물색했다. 몇 벌 없는 옷 중에서 그나마 나은 것을 골라 백에 넣고 그 외의 짐도 챙겼다. 다음으로는 아르바이트 근무시간을 조정해 달라고 부탁해야 하니 집을 나가야 한다.

문에 손을 대려다가, 다시 한 번 벨을 돌아보았다.

"벨, 혹시 오늘도 던전에 가느냐?"

"그럴 생각이었지만…… 역시, 안 될까요?"

바로 조금 전에 약속을 했으니 역시 자중해야 하지 않을까, 벨은 조심스레 눈치를 살폈다.

헤스티아는 고개를 가로저으며 웃었다.

"아니, 괜찮다. 다녀오거라. 다만 물러날 때를 잘 생각해야 한다. 너는 아직 부상을 입은 몸이니."

"네, 고맙습니다!"

기뻐하며 고개를 숙이는 벨에게 볼우물을 파며 미소를 지어주고, 헤스티아는 집을 나왔다.

태양이 찬란하게 빛난다.

시간은 아직 오전. 나는 인파로 북적이는 메인 스트리트를 종종걸음으로 나아갔다.

주신님이 출발하신 후, 나는 모험자용 장비 세트를 착용하고 뒤를 따르듯 집을 나왔다. 이대로 던전에 갈 생각이었다.

주신님 말씀대로 무릎은 아직 욱신거렸다. 6계층에서 만난 몬스터의 공격은 통렬했다. 완치까지는 아직도 시간이 좀 더 걸릴 것 같았다.

그러니 무리는 하지 않는다. 모험도 하지 않는다. 하늘이 무너져도 무모한 짓은 삼간다. 다만 할 수 있는 일을 끊임없이 쌓아나갈 뿐.

명확한 목표가 생겼다. 내가 가야 할 곳이 아득히 멀리 보였다. 그저께까지는 그곳으로 끊임없이 뛰어가야만 한다고, 조바심에 사로잡힌 채 그저 등을 떠밀리기만 했지만, 지금은 그렇지 않다.

주신님께 설교를 들어 머리도 식었다. 나는 내가 지속할 수 있는 최고 속도로 나아갈 것이다.

시간이 아깝다고 생각하는 마음은 솔직히 씻을 수 없었지만, 발렌슈타인 씨를 따라잡으려면 분명 이것이 가장 빠른 길일 것이다. 무리하면 무리할수록 대가는 언젠가 반드시 치러야 한다.

내 몸을 진지하게 걱정해주시는 주신님의 얼굴을 떠올리고, 무리는 금물 무리는 금물 조그맣게 입속으로 되뇌며, 이윽고 어떤 장소에 도착해 발을 멈추었다.

던전에 가기 전에 들를 곳이 있었다.

"좀 민망한데……."

'CLOSED' 안내판이 걸린 문 앞에서 머리를 긁는다.

나는 그곳에서 잠깐 고민한 다음, 마음을 굳게 먹고 주점 '풍요의 여주인'으로 발을 들였다. 딸랑딸랑, 문을 들어선 내 머리 위에서 방울이 울렸다.

"죄송합니다, 손님. 가게가 아직 준비 중이오니, 저녁에 다시 찾아주시겠습니까?"

"아직 우리 가게 문 안 열었냥!"

가게 안에서 테이블에 식탁보를 깔던 엘프와 캣 피플 점원이 금방 날 쳐다보며 말해주었다.

두 사람 모두 굉장히 예쁘다. 시르 씨와 같은 제복을 입은 두 사람은 하나는 미목수려, 하나는 천진난만해 상당히 대조적이었다. 최근 엘프 선호 경향이 있음을 자각한 나는 귀가 긴 점원의 목소리에 이유도 없이 긴장하고 말았다.

"죄송합니다, 전 손님이 아니고…… 그 뭐냐, 시르 씨…… 시르 프로바 씨는 안 계신가요? 그리고 주인아주머니도……."

내 말에 잠시 눈을 동그랗게 떴던 두 사람은 무언가를 깨달았는지 나를 보는 눈빛을 바꾸었다.

"아아아! 그때 그 먹튀냥! 시르한테 뜯어먹을 대로 뜯어먹곤 단물 다 빠지니깐 냐몰라라 버렸던 그 망할 백발 냥자냥!"

"당신은 좀 닥치세요."

"뿌냐?!"

……지금 캣 피플 점원에게 날린 일격, 전혀 보이지 않았어?!

"실례했습니다. 즉시 시르와 미아 어머니에게 알리겠습니다."

"어, 네……."

수인 소녀의 목덜미를 붙잡아 질질 끌고가는 엘프 점원을 식은땀과 함께 지켜보던 나는 하릴없이 가게 안으로 이리저리 시선을 돌렸다.

전에 왔을 때와는 분위기가 달라져 지금은 마치 카페 같았다. 많은 모험자가 던전에 들어가 있는 점심 무렵과 그렇지 않은 밤은 노리는 고객층이 다른 건가? 그러고 보니 카페테라스도 있었지. 그거 좋은 생각인데…….

"벨 씨?!"

계단을 서둘러 내려오는 발소리가 들리더니 금세 가게 안쪽에서 시르 씨가 나타났다.

마지막으로 헤어졌을 때를 떠올리니 구멍을 파고 들어가고 싶었지만, 나는 배에 힘을 꽉 주고 그녀에게 다가갔다.

"그저께는, 정말 죄송해요. 돈도 안 내고 맘대로……."

"……아니에요, 괜찮아요. 이렇게 돌아와주셔서 기쁜 걸요."

고개를 숙이며 사과하자 시르 씨는 여느 때처럼 웃어주었다.

사정을 물어보려고도 하지 않고 따뜻하게 감싸주는 모습에 나도 모르게 눈물이 날 것 같았다. 나는 짐짓 먼지라도 들어간 척하며 눈가를 문지른 후, 마련해왔던 돈을 건네주었다.

"이거, 못 드렸던 식사비예요. 부족하다고 하시면, 보태서 가져올게요……."

"저는 그런 말 못해요. 마음만으로도 충분한걸요……. 저야말로 미안해요."

그 말에 나는 황급히 시르 씨가 죄책감을 품을 이유가 없다고 대답했다. 휙휙 요란하게 손짓 발짓을 섞어가며. 시르 씨는 내 기세에 눌린 것처럼 어리둥절한 표정을 짓더니, 어깨를 흔들며 쿡쿡 웃음을 흘렸다. 안도의 한숨.

그리고는 흐뭇한 표정으로 눈을 가늘게 뜨고 날 바라보는가 싶더니, 무언가 생각이 난 것처럼 두 손을 짝 울렸다.

"잠시만 기다리세요."

그리고 주방으로 사라진다.

돌아온 시르 씨는 큼지막한 광주리를 들고 있었다.

"던전에 가시려는 거죠? 괜찮으시면 이거 받아주시겠어요?"

"네에?"

"오늘은 저희 주방장이 만든 요리라 맛은 보장할 수 있어요. 아, 제가 거든 것도 조금 있긴 하지만······."

"아니, 하지만, 왜······."

"그냥 드리고 싶어서······는 안 될까요?"

살짝 고개를 갸웃한 시르 씨는 멋쩍은 듯 웃음을 지었다.

어딘가 다정한 그 표정을 보고 둔감한 나도 눈치를 챌 수 있었다.

기운을 북돋워주는······ 아니, 응원해주는 거다.

"······고맙습니다. 그러면, 잘 먹을게요."

그녀의 마음을 깨달은 나는 싱글벙글 웃으며 광주리를 받았다.

내 눈을 바라보는 시르 씨도 뺨을 살짝 붉히며 따뜻한 미소를 지어주었다.

"꼬마가 왔다고?"

불쑥 카운터 바 안쪽 문에서 나온 것은 주인아주머니──미아 씨였다.

갑작스럽게 나타난 이루 말할 수 없는 존재감에 나는 조금 뒷걸음질을 치고 말았다. 아니, 드워프 중에서도 유달리 커다란 사람일 것이다. 가로로도 세로로도 거의 나랑 비슷하다.

"아, 그랬군. 돈 돌려주러 온 거였어? 기특하구먼."

"고, 고맙습니다······."

"시르, 넌 그만 들어가봐라. 일 놔두고 왔지?"

"아, 네. 알겠습니다."

시르 씨가 꾸벅 인사하고 돌아가는 가운데, 미아 씨는 호걸 같은(잘못 말한 것이 아니다) 미소를 지으며 내 가슴을 그 굵은 손가락으로 꾸욱 찔렀다.

말하기를, "계속 안 왔으면 내가 담판을 지으러 갈 생각이었지"라느니 "앞으로 하루만 늦었으면 오랜만에 내 삽이 불을 뿜었을걸" 등등. 뒤늦게나마 생명의 위기가 코앞까지 왔다 갔음을 깨닫고 말았다. 오늘 와서 정말 다행이다⋯⋯!

"시르, 그걸 주면 당신이 먹을 점심이 없어지잖습니까."

"아, 응. 점심 정도는 참을 수 있는걸?"

"왜 꾹꾹 참으면서 그 녀석한테 밥을 주냥? 모험자면 밥값 정도는 있을 거냥."

"아니, 그건⋯⋯."

"어허~ 거기 둘, 너무 노골적으로 물어보지 마라옹. 다시 말해 저 소년이 시르에게⋯⋯ 이거라는 거다옹!"

"아니에요!!"

주방 쪽이 시끄러워진 것 같았지만 신경 쓸 여유는 없었다. 나는 미아 씨 앞에서 서툰 짓은 하지 않겠노라고 마음속으로 맹세했다.

"시르에게는 나중에 정식으로 고맙다고 해라. 우리 애들은 나까지 포함해 다혈질뿐이라, 걔가 설득해주지 않았으면 너 지금쯤 호수 밑바닥에 가라앉았을걸."

"……."

못 웃겠다.

"네가 뛰어나간 다음에 시르가 쫓아갔지만 결국 못 만났
다며? 풀이 죽어서 돌아온 시르를 보고 아까 그 엘프, 류가
진검 들고 뛰어나가려 했지. 말리느라 고생했다."

엘프 선호 경향이 있는 나는 아무래도 엘프를 오해하고
있었던 모양이다.

'하지만, 그랬구나……. 그런 날, 쫓아와줬구나…….'

그 말을 들으니 가슴 언저리가 따뜻해지는 것을 느꼈다.

정말로 언젠가는 은혜를 갚고 싶다는 생각이 들었다.

"……꼬마."

"네?"

"모험자는 멋부려봤자 소용없는 직업이야. 처음에는 살
아가는 데에만 필사적이면 돼. 애써 발돋움해봤자 좋을 거
하나도 없다고."

나는 눈을 크게 떴다.

미아 씨도 그때 카운터에 있었으니, 혹시 내 사정을 간파
했던 걸까?

그녀는 씨익 웃었다.

"마지막까지 두 다리로 서 있는 놈이 제일이라고. 꼴불견
이 됐든 뭐가 됐든. 그럼 돌아온 놈에게 내가 술을 잔뜩 대
접해주지. 이런 게 승리자 아냐?"

미, 미아 어머님……!

"징그러운 얼굴 집어치워. 자, 넌 이제 가게 준비하는 데 방해돼. 얼른 가, 얼른."

그러더니 내 몸을 휙 돌려 문을 향해 퍼억 떠민다. 호흡이 반쯤 멈췄지만 감사하는 마음은 그치질 않았다.

이제야 겨우 내 마음 한구석에 끈덕지게 남아 있던 그림자가 사라지는 것 같았다. 【로키 파밀리아】의 그 수인 청년이 했던 말이 이제는 순수하게 연소제로 바뀌었다.

지금 할 수 있는 일을, 최선을 다해 최고속으로, 무리하지 않고, 그리고 필사적으로 살아간다.

방침이 완벽하게 굳어졌다.

"꼬마, 내가 이런 말까지 해줬는데 뒈졌다간 가만 안 둘 줄 알아."

"괜찮아요. 고맙습니다!"

힘차게 뛰어 가게를 나오면서 나도 모르게 "다녀오겠습니다!"라고 외쳐, 대로를 뛰는 동안 내내 얼굴을 붉히고 말았다.

밤.

달이 하늘에 떠오르고 주위에는 어둠의 장막이 드리워졌다. 달빛을 엷게 치장한 삼림 일각에서는 부엉이 울음소리가 나직하게 들려왔으며 나뭇잎끼리 쓸리는 소리가 조용히 겹쳐졌다.

숲을 빠져나온 조용한 새 울음소리는 밤바람에 실려 초원의 머리 위를 서늘하게 맴돌았지만, 어떤 지점을 경계로 그 흐름은 가로막혔다.

거대한 벽이었다.

성벽이라 해도 과언이 아닐 정도로 거대하고 높고 견고한 '시벽(市壁)'이었다.

거대한 석재로 구축된 성벽 안쪽에서는 어둠을 밀어내는 빛이 새나왔으며 넘쳐나는 소란의 파도는 외부의 소리를 쉽게 덮어버리고 말았다.

미궁도시 오라리오.

신들이 강림하기 이전의 '고대'라 불리던 시대부터 존재한 세계에서도 손꼽히는 대도시이며, 동시에 세계에서 **유일한** 미궁도시다.

주위가 시벽으로 에워싸인 도시의 형체는 완벽한 원형. 바깥쪽에는 비교적 높은 탑이며 고층건물이 눈에 뜨이고, 중심지로 가면 갈수록 건물의 높이는 낮아져가는 경향이 있다. 화분 모양의 도시는 어딜 가나 빛의 입자—— 마석등의 빛을 뿌려 마치 별의 바다처럼 번쩍였다.

광대한 도시의 중앙에는 하늘을 찌르는 새하얀 마천루가 있다.

오라리오 전체를 둘러보아도 이것보다 높은 건축물은 존재하지 않으며, 어둠을 가르고 우뚝 솟은 거대한 그림자는 압도적인 위용을 뿜어낸다. 오라리오를 찾아온 사람이 제일 먼저 보게 되는 것이 이 탑이며, 한동안 의식을 빼앗기는 것도 이 탑이다.

던전의 '뚜껑' 기능을 하는 이 마천루 시설 '바벨'을 중심으로 —— 다시 말해 도시의 명칭대로 미궁을 기점 삼아 —— 이 오라리오는 번영했다.

오라리오는 던전을 가진 특성 때문에 다른 어느 도시, 어느 나라보다도 모험자가 많이 존재한다. 온 대륙에 뿔뿔이 흩어져 맹위를 떨치는 몬스터들의 근원이며, 세계 3대 비경이라고도 불리는 던전에는 아직까지 아무도 접한 적이 없는 '미지'가 잠들어 있다. 그리고 '미지'는 수많은 겁 없는 자들, 질릴 줄 모르는 탐구심을 가진 모험자를 끌어들이는 것이다.

물론 사리사욕에 집착하는 모험자도 많다. 무한히 태어나는 몬스터에게서 무한히 획득할 수 있는 마석과 드롭 아이템은 거액의 부를 낳으며, 이야기 속의 영웅처럼 강대한 괴물을 물리친다는 명성도 파생된다. 오라리오의 변덕스러운 신들은 재미 삼아 그 영예를 칭송하며, 모험자의 의사와는 상관없이 그들의 이름은 눈 깜짝할 사이에 세계로 퍼져나가는 것이다.

미지라는 이름의 흥분, 찬란한 명예, 그리고 권위.

이 도시에는 그 모든 것이 있다.

그리고 그런 꿈에 사로잡힌 수많은 이가 이곳에 모여들고 있다── 개중에는 운명적인 만남을 추구하는 유별난 사람도 있을지 모른다.

'세계에서 가장 뜨거운 도시'.

이제 오라리오는 그렇게 불린다.

"앗, 저기 있는 건 가난뱅이 【파밀리아】의 대표주자 타케미카즈치 아냐? 이봐～ 흐히히."

"앗, 저 1년 내내 불행해 보이는 우울한 얼굴은 타케미카즈치 씨 아닌가요? 이봐요～ 흐히히."

"이 빌어먹을 신놈들아!!"

따라서, 필연적으로.

모험자들보다도 더 미지의 존재에 굶주렸으며, 항상 오락을 추구하는 '신'들이 세계에서 가장 뜨거운 이 도시에 앞장서서 살려 하는 것도 당연한 이치.

그런 오라리오의 어떤 저택 부지.

평소에는 생각조차 할 수 없을 정도로 수많은 신들이 마치 군중처럼 커다란 집단을 이루고 있었다.

"엽."

"오, 간만～. 몇백년만?"

"나흘만."

"아～ 그렇게 오랜만이야? 너도 그동안 많이 변했다."

"서로 동문서답하는데 미안하지만, 연회장이 여기 맞아?"

어딘가 수상쩍은 오라를 풍기는, 어딘가 수상쩍은 그들을 내려다보는 건물은 하나.

점점이 수많은 빛을 드리운 거대한 도시 오라리오 내에서도 그 건물은 이채를 뿜고 있었다. 아니, 기괴하기 짝이 없다고 해야 하리라.

한 겹의 새하얀 담장에 에워싸인 그저 넓기만 한 부지 안에, 코끼리의 머리를 가진 거인상이 책상다리를 하고 덩그러니 앉아 있다.

거인상의 크기는 아무리 낮게 봐도 30M(메들) 이상. 나를 봐달라는 듯 위풍당당하게 가슴을 편 그 모습은 보는 이들에게 조금 괴상한 감정을 불러일으키는 것으로 유명했다. 지금은 무수한 대형 마석등의 업라이트를 받고 있다.

놀라지 말라. 이것은 어엿한 건물이다.

거무스름한 피부에 다부진 육체를 가진 미남 신 가네샤가, 무슨 생각을 했는지, 이제까지 【파밀리아】에서 모은 돈을 탈탈 털어 세운 거대 시설.

【가네샤 파밀리아】의 본거지, '아이 앰 가네샤'였다.

조직원들 사이에서도 불평이 자자해, 그들은 울며 겨자 먹기로 이 건물에 드나들었다. 참고로 입구는 책상다리를 하고 앉은 가랑이 중심부에 있다.

"가네샤님 대체 뭔 생각이래."

"가네샤님 완전 쩔어주시네요."

귀족처럼 정장을 빼입은 미목수려한 미남미녀들이 웃으며

가랑이 사이로 들어간다.

그들은 모두가 신이다.

오늘 가네샤의 주최로 열린 '신의 연회'에 참석하는 내빈들이다.

'신의 연회'란 쉽게 말해 하계에 내려온 신들이 얼굴을 비치기 위해 마련하는 모임이다. 어느 신이 주최하는지, 일정은 언제인지, 그런 내용을 정한 적은 없다. 그저 연회를 열고 싶은 신이 열고, 가고 싶은 신이 간다. 신들의 변덕과 분방함을 나타내는 일면이 여기 있다.

"오늘 모여주신 여러분! 내가 가네샤다! 오늘 연회에도 동향 친구들이 이렇게나 많이 모여주어 가네샤 완전 감격했다! 사랑한다 얘들아! 그러면 쌓인 이야기도 많겠지만, 올해도 예년과 같이 사흘 후 필리아 축제를 개최할 예정이니 너희들의 【파밀리아】에도 협력을 부탁하고자——"

건물의 외견과는 달리 차분한 인테리어를 가진 대형 홀.

가설 스테이지 위에선 거대한 코끼리 가면을 쓴 인물이—— 바깥의 건물과 완전히 같은 차림을 한 가네샤가 쩌렁쩌렁한 육성으로 연회 인사를 했다. 주위의 신들은 당연하다는 듯 가네샤의 연설을 흘려들으며 각자 담소를 나눈다.

연회장은 뷔페 형식이었다. 순백색 테이블보가 깔린 원탁에는 가지각색의 요리가 쌓였으며 생생한 탄력을 머금은 과일의 향이 시원하게 맴돌았다. 발소리가 끊이지 않는 홀에는 바삐 움직이는 급사들의 모습도 보였으며, 무도회 예정도 있는지 벽 쪽에는 악단이 대기했다.

사람들로 넘쳐나는 연회장에는 언뜻 둘러보아도 오라리오의 거의 모든 신들이 모여 있었다.

'신의 연회'에 초청하는 초대장은 개최한 【파밀리아】가 동원할 수 있는 범위에 뿌리므로, 참가 인원은 주최측의 규모에 따라 달라졌다.

【가네샤 파밀리아】는 오라리오에서도 손꼽히는 【파밀리아】이므로 이 미궁도시에 살아가는 신들에게는 모두 초대장이 배포되었다.

헤스티아도 그중 하나였다.

"우윰! 급사, 발판을 가져와라. 어서!"

"아, 네!"

와글와글 소음이 끊이질 않는 가운데, 헤스티아는 웨이터를 맡은 【가네샤 파밀리아】의 조직원을 부려먹으며 다종다양한 요리와 격투하는 중이었다.

그녀의 체격으로는 테이블 안쪽에 있는 요리에는 손이 닿지 않는 것이다.

"(샥! 샥! 샥!)"

"......."

미리 준비해온 타파웨어에 유통기한이 길 법한 요리를 잇달아 쟁여넣는 헤스티아. 그 모습을 지켜봐야 하는 급사 청년은 뭐라 형언할 수 없는 표정을 지었다.

뷔페라 쓰고 공짜밥이라 읽는 이 자리에서 그녀에게는 사양할 마음이 조금도 없었다. 【헤스티아 파밀리아】는 이곳에 있는 어떤 신의 파벌보다도 빼어나게 가난한 【파밀리아】이다. 벨의 부담을 줄여주기 위해서라면 헤스티아는 체면 따위 전혀 신경 쓰지 않고 모든 절약에 발 벗고 나설 생각이었다.

가만 보니 그녀만 화려한 의상이나 드레스가 아니라 약간 점잖은 느낌으로 얼버무린 평상복이었다.

"저기 로리 왕가슴 왔다."

"근데 살아 있었네?"

"아냐, 저 녀석 북쪽 상점가에서 열심히 알바 뛰던데? 가게 앞에서 손님이 머리 쓰다듬어주더라."

"과·연·로리신……!!"

당연히 그런 태도를 보이면 눈에 뜨인다. 어느 참석자와도 어울리지 않고 요리만 먹어치우니, 외견 특징과 맞물려 일찌감치 신들의 눈에 들어왔다.

자신이 놀림을 받는다는 사실은 뻔했으므로 헤스티아는 누군가 직접적으로 건드리지 않는 이상 무시할 생각이었다. 입 안에도 가득 요리를 욱여넣으면서 동그란 뺨을 오물오물 움직였다.

"넌 뭐 하는 거야……."

"우움? 웁!"

힘이 빠진 듯한 목소리가 헤스티아의 곁에서 들려왔다.

돌아보니 눈동자에 비친 것은 타오르는 듯한 붉은 머리카락과 진홍 드레스.

선이 가늘면서도 날카로운 이목구비는 내면의 강인한 의지를 드러내는 듯하다. 귀금속 귀걸이가 오히려 그 불꽃 같은 미모에 눌리는 것 같았다.

그리고 그런 미모 속에서도 눈길을 끄는 것이 얼굴 절반을 가려버린 까만색 가죽이었다. 오른쪽 눈에 커다란 안대를 한 미인이 질렸다는 빛을 띤 왼쪽 눈으로 헤스티아를 내려다보고 있었다.

"헤파이스토스!"

"그래. 오랜만이야, 헤스티아. 건강한 것 같아 다행이네. ……좀 더 괜찮은 모습을 보여주었다면 더 기뻤겠지만."

헤파이스토스가 한 차례 탄식하고 천장을 올려다보자 허리까지 오는 장발이 반짝였다. 천장의 마석등 조명을 받은 그 붉은색의 섬세한 다발은 설탕을 빚어넣은 것처럼 빛을 냈다.

언제 봐도 아름다운 머리라고 생각하면서 헤스티아는 얼굴에 기쁨을 띠고 그녀에게 달려갔다.

"야아, 다행이다. 역시 왔구나. 와보길 잘했어."

"뭔데? 미리 말해두겠지만 돈은 앞으로 1발리스도 빌려주지 않을 거야."

"시, 실례다!"

반대로 헤파이스토스는 우호적이지 못한 눈빛을 띠며 헤스티아에게 신랄한 말을 퍼부었다.

헤스티아가 벨과 만나기 전에 신세를 졌던 신이 바로 헤파이스토스였다.

오랫동안 알고 지내 이제는 절친이라고도 부를 만한 사이지만, 헤스티아는 이곳 오라리오에 살기 시작한 후로【파밀리아】도 만들지 않은 채 전혀 일할 기색을 보이지 않다가 헤파이스토스의 신뢰를 바닥까지 떨어뜨렸다.

결국 인내의 한계에 달한 헤파이스토스는 그녀를【파밀리아】홈에서 쫓아냈다. 그 후로도 헤스티아는 헤파이스토스에게 의존하기만 해서, 돈이 없다느니 일을 못 찾겠다느니 비를 피할 집을 구할 수 없다느니, 사사건건 그녀의 손을 빌려댔던 것이다.

원래 남을 챙겨주기 좋아하는 헤파이스토스도 이 조그만 절친신의 응석을 모두 받아줄 수는 없었으며, 그렇다고 매몰차게 내쳤다가 객사하게 만들 수도 없었으므로 당시에는 대응에 골머리를 썩었다.

결국 교회의 비밀 지하실 하나를 주고 현재의 아르바이트를 찾아준 것도 헤파이스토스의 수배였다. 헤스티아가 혼자 해낸 것이라고는【파밀리아】에 벨을 가입시킨 것뿐이었다.

사실 헤스티아는 벨 앞에서는 어른인 척하지만 혼자서는 아무것도 못하는 서툰――이라기보다는 못난이 신의 대표 주자였다.

"내가 그런 짓을 할 신으로 보이냐! 그야 헤파이스토스에게는 몇 번이나 도움을 받았지만, 지금은 덕분에 잘해나가고 있다! 이제는 절친의 쌈짓돈을 뜯어먹는 그런 짓은 절대 안 한다!"

"지금도 태연하게 공짜밥 뜯어먹고 있잖아."

"윽…… 아니, 이건, 어차피 남을 테니까…… 함부로 버리느니 내가 유용하게 활용해줄까 해서……."

"호오~ 그거 훌륭한 수전노 정신인걸. 네 그런 모습에 감동해 눈물이 그치질 않네."

"크윽……!"

콧방귀를 뀌는 헤파이스토스에게 헤스티아는 분한 듯 끙끙거렸다.

그런 가운데,

또각, 또각. 초초히 신발 굽을 울리는 소리가 헤파이스토스의 뒤에서 다가왔다.

"후후…… 여전히 친하구나."

"어…… 프, 프레이야?"

헤스티아의 시야에 나타난 그 여신은 용모가 뛰어난 신들 중에서도 특히 발군이었다. 선을 넘었다고 해도 과언이 아니었다.

갓 쌓인 눈을 연상케 하는 섬세한 피부. 가녀린 팔다리는 허공에서 움직이기만 해도 보는 이들을 매혹시키는 미색을 풍겼으며, 조그맣고 부드러운 둔부와 그 위에 얹힌 잘록한 허리는 직시했다간 이성에 위험을 초래할 것 같았다. 황금

자수가 놓인 드레스는 가슴께가 벌어져 충분한 용량을 자랑하는 모양 좋은 가슴이 엿보였다. 더위 탓인지 원단 한 장에 갇힌 계곡은 핑크색으로 물들어 있었다.

황금률이라는 개념의 원천인 것 같은 완벽한 몸매.

속눈썹은 가녀리고 길었으며 눈동자는 날카롭고도 시원시원하고, 용모는 후광을 발하듯 당당하다.

그야말로 초월했다고 형용해도 과언이 아닌, 비할 데 없는 미모.

미(美)에게 사랑받는 신 프레이야가 긴 은발을 찰랑거리며 헤스티아의 앞으로 다가왔다.

"네, 네가 여긴 무슨 일로……."

그 물음에는 헤파이스토스가 대답했다.

"아, 바로 요 앞에서 만났거든. 오랜만이라고 인사했더니, 그럼 연회장에서도 같이 다니자고 그러길래."

"너, 너무 가벼운 거 아냐, 헤파이스토스……?"

항상 엷은 미소를 머금는 미신(美神)이 물었다.

"내가 방해가 됐어, 헤스티아?"

"그런 건 아니지만……"

헤스티아는 입술을 비죽거리며 말했다.

"나는 네가 영 어려워."

"후후후. 나는 너의 그런 점을 좋아하는걸?"

"관둬."

헤스티아는 손을 휘휘 내저었다.

다른 신들보다도 훨씬 뛰어난 용모를 가진 프레이야는 '미의 신'이라 불리는, 신들 중에서도 특히 미목수려한 자들 중 하나였다. 변덕스러운 신들도 침을 흘리며 빠져들고 말 정도의 힘을── '미'를 가진 자들이다. 하계 사람이라면 한 번 보는 것만으로도 그 순간 뼛속까지 포로가 될 것이다.

그러나 '미의 신'들은 하나같이 보통이 아니었다.

그것도, 다른 신들의 존재감이 흐려질 정도로.

정도의 차이는 있을지언정 별로 얽히고 싶지 않다는 것이 헤스티아의 본심이었다.

"여~! 헤파잉~, 프레이야~, 땅꼬마!!"

"……하기야 너보다도 훠어어얼씬 질색팔색하는 놈이 따로 있긴 하지만."

"어머, 그거 무서운걸."

기품 있게 미소를 짓는 프레이야에게서 시선을 끊고 고개를 돌리자, 크게 손을 흔들며 다가오는 여신이 있었다.

주황색 머리카락과 주황색 눈동자. 평소에는 끈으로 한데 묶어놓는 간단한 헤어스타일을 오늘은 파티에 맞춰 틀어 올리고 왔다. 가녀린 몸에는 까만 드레스를 맵시 있게 입었다.

프레이야가 나타난 후인지라 약간 빛이 바래는 느낌은 지울 수 없지만, 그녀도 당연히 헤스티아나 헤파이스토스 못잖게 수려한 미모를 가졌다.

"아, 로키."

"뭐 하러 온 거야 넌 또……!"

"뭐꼬, 이유 없음 몬 오는 데가? '오늘은 잔치다!' 하는 분위기구마, 이란 데서 이유를 따지는 게 진짜 멋없는 짓인기라. 하아, 진짜 분위기 파악 몬하네, 이 땅꼬마는."

"……! ……!!"

"헤스티아, 표정 관리 좀 해."

자신보다 머리 두 개는 큰 신, 로키에게 놀림을 당한 헤스티아는 얼굴을 한껏 일그러뜨렸다.

헤스티아가 그녀에게 할 말은 이제 아무것도 없었다.

이 여자는, 적이다.

"정말 오랜만이네, 로키. 헤스티아랑 프레이야도 만나고, 오늘은 희한한 일들만 일어나는걸."

"아~ 참말로 올만이데이……. 마 그래, 올만 아닌 얼굴도 있지만서도."

실눈이 되기 쉬운 눈을 가늘게 뜨며 로키는 은발 여신에게 싱글싱글 시선을 보냈다.

프레이야는 자신의 미모에 넋이 나간 급사에게서 받은 잔을 입가에 가져가며, 눈을 감은 채 미소를 지우지 않았다.

"그래? 너희 어디서 만난 적 있어?"

"얼마 전에 잠깐 만났어. 그렇다고는 해도 대화다운 대화는 별로 못 나누었지만."

"그기 말이가? 말 걸면 직이뿔 거 같은 분위기 풀풀 풍겨놓고선."

"흐음……. 아, 로키. 너희 【파밀리아】 명성은 자주 들었어. 요즘 잘나가는 것 같던데."

"와~ 성공한 헤파잉한테 그런 말 들으니 내도 출세했구나 싶다. ……캐도 마, 우리 얼라들은 쫌 자랑거리긴 하다."

머리에 손을 가져가며 멋쩍은 듯 【파밀리아】의 조직원을 들먹이는 로키에게서 그들에 대한 정이 엿보였다.

부루퉁했던 헤스티아는 그 대화를 듣고 마침 좋은 기회다 싶어 로키에게 물었다.

"로키, 너희 【파밀리아】에 속한 발렌 어쩌고에 대해 묻고 싶은 게 있는데."

"아, 【검희】 말이지? 그건 나도 궁금한걸."

"앙? 땅꼬마가 내한테 부탁이라니, 내일은 용암비라도 쏟아지려나? 하르마게돈! 라그나뢰크! 뭐 그런 거."

물어뜯어버릴까보다 이 자식.

"……아무튼, 그 소문 자자한 【검희】에겐 사귀는 남자나 반려가 있냐?"

"문디자슥, 아이쭈는 내가 아끼는 애다. 절대 시집도 안 보내고, 아무한테도 안 줄 기다. 내 말고 다른 놈이 걔한테 손댔다간 갈기갈기 찢어삔다."

"쳇!"

"왜 그 타이밍에 혀를 차는데……."

아이즈 발렌슈타인이 로키의 비호 아래 소중한 대접을 받는다는 사실은 알았다.

분명 자신이 벨에게 하듯, 그렇게 해주겠지. 아예 마음에

둔 상대가 있었다면 좋았을 텐데.

헤스티아는 의외로 시커먼 생각을 품고 있었다.

그런 그녀의 곁에서 어이없다는 표정으로 쳐다보던 헤파이스토스는 문득 떠올랐다는 듯 로키에게 물었다.

"새삼스럽지만 로키가 드레스를 입은 것도 드문 일 아니야? 평소에는 남자 옷만 입으면서."

"──흐히히, 그 뻔한 거 아이가, 헤파잉. 어데서 땅꼬마가 파티 올 끼라고 싸게싸게 차리입고 있다는 말을 들었거든."

흘끔 헤스티아를 곁눈질한 로키는 키가 작은 그녀의 얼굴 바로 앞까지 고개를 숙였다.

"드레스도 몬 입는 걸배이 신을 놀리주삐까 하고 말이제."

'아오 빡쳐어어어어어어어어어어어어어어어어어어어어어어어어어어어어어어어어어어어어!!'

눈앞에서 씨이익 입술을 틀어 올리는 로키를 보며 헤스티아는 폭발할 것 같았다.

언제나 이 모양이다. 로키와는 전부터 별다른 친분도 없었으며, 처음 만난 후로 아직 100년도 지나지 않았다. 그런데도 이 신은 얼굴을 마주할 때마다 장난질을 친다. ……아니, 놀려대기 위해 일부러 자신을 찾아온다.

사실 이유는 이미 다 알고 있다. 그것은 그녀에게 없는 것을 헤스티아가 가지고 있기 때문이다.

가슴에 두둥 열매를 맺은 이 거봉을.

"흥!! 이거 웃기는군! 나를 비웃기 위해 자신의 콤플렉스를 주위에 드러내다니. 로키, 너에게는 개그의 재능이 있구나!"

"머라꼬?!"

"아아, 미안미안. 개그가 아니라 구멍을 파는 재능이었구나! ……무덤이라는 이름의 구멍을!!"

분노로 얼굴을 새빨갛게 물들였던 헤스티아 대신 이번에는 로키가 화악 얼굴을 붉힐 차례였다.

지금 로키가 입은 드레스는 어느 정도 노출도가 있었다. 슬플 정도로 평원 같은 가슴이 원단 안에서 헐렁헐렁 소리를 냈다.

팔짱을 낀 헤파이스토스는 또 시작했다면서 눈을 흘기며 두 신을 관망하는 자세를 취했다.

과일주를 즐기던 프레이야는 여전히 기품 있게 쿡쿡 웃음을 흘렸다.

표준 이상의 용량을 가진 두 사람의 가슴이 화려한 드레스 안에서 모습을 바꾸었다.

"모성이라곤 요만큼도 없는 그 가슴으로 그동안 얼마나 남자들을 실망시켰을까? 절벽이라 절망이냐? 바보 아냐? 아! 나 지금 재미난 말 한 것 같아!"

"하나도 재미없다 문디 가시나야아아아아아아아아아아아아아아아아아!!"

로키가 눈물을 글썽이면서 마침내 헤스티아에게 달려들

었다. 그 부드러운 뺨을 두 손으로 붙잡고 힘껏 잡아당긴다.

"흐미우구구구구구구구구구구구구구구?!"

가로로 세로로 대각선으로 늘리며 주물주물 유린한다. 똑같이 눈물을 머금으면서도 눈을 치뜬 헤스티아는 열심히 응전했지만 그녀의 짧은 팔다리로는 나긋나긋하고 긴 사지를 가진 로키에게 닿지 않아 모조리 허공을 가를 뿐이었다.

"어라, 또 시작이네."

"로리 왕가슴과 로키 무가슴이다……!"

"로리 왕가슴이 이기는 데 1만 발리스 걸었다."

"무가슴이 마지막 순간에 무덤을 판다는 데 엘릭서 열 개."

"혼쭐이 난 로킹을 내가 최대한 위로한다는 데 스타 칩 전부."

"내기가 성립이 안 되잖아."

구경났다 구경났다며 주위를 에워싸는 신들 일동.

이 자식들……. 헤파이스토스가 진저리를 치는 동안에도 치열한 싸움은 이어지고 있었다.

포동포동한 뺨을 단단히 붙잡은 로키의 손이 종횡무진 움직일 때마다 헤스티아의 조그만 몸도 함께 이리저리 흔들렸다.

흔들리고 흔들리고, 흔들린다.

출렁출렁, 흔들린다.

"……흐, 흥. 오, 오늘은 이쯤 해주지……."

"······"완전 동요한다······.""""""

도저히 못 참겠다는 듯 눈을 돌린 로키의 손에서 빠져나온 헤스티아가 바닥에 털썩 떨어졌다. 데굴데굴 몸부림치는 소녀에게는 눈길도 주지 않고, 로키는 몸을 부르르 떨며 그 자리를 떠나갔다. 시합에는 이기고 승부에는 진 자의 모습이었다.

"흥······! 다음에 나타날 때는 그 빈약한 걸 내 눈앞에 들이대지 마라, 이 패배자야!"

"시끄럽다 문디 가시나야—! 니 두고바라아아아아아아아아아아아아아아아아!"

마침내 눈물을 흩뿌리며, 로키는 연회장을 뛰쳐나갔다.

역시나 하는 감상과 함께 다른 신들이 헤스티아 일행의 주위에서 발을 돌렸다.

"정말 둥글둥글해졌구나, 로키······."

"둥글둥글하다······? 소인배 같다는 생각밖에 안 드는데?"

조용히 중얼거린 프레이야의 말에 헤스티아는 진심으로 당혹감을 보일 수밖에 없었다.

프레이야는 쿡쿡 웃으며 자신의 머리를 쓸어 넘겼다.

"하계에 오기 전까지는 심심하면 다른 신들하고 목숨 걸고 싸우곤 했는걸? 지금이 훨씬 귀여워. 무엇보다 위험하지도 않고."

"그건 그러네. 그러고 보니 너하고 로키는 꽤 오래 알고 지냈지?"

"응. 너희들과 비슷할 정도로."

"우린 그냥 인연이 질긴 거고."

헤파이스토스는 쓴웃음을 지으며, 비척비척 일어나는 헤스티아를 뒤에서 받쳐주었다. 프레이야가 말했다.

"로키는 아이들을 정말 좋아하는 것 같아. 그래서 그렇게 변한 걸지도 모르지."

그 말에는 헤스티아가 대답했다.

"……지극히 유감이지만, 뭐, 아이들이 좋다는 건 나도 로키에게 찬성해주지."

"흐응? 얼마 전까진 '【파밀리아】에 들어오지 않다니 아이들은 눈이 삐었어!'라고 그랬던 주제에……. 너희 【파밀리아】에 들어온 벨이라는 애 덕이야?"

"흐흥, 그렇다. 나에게는 아까울 정도로 아주 좋은 애라구."

"내 기억이 맞다면 백발에 눈이 빨간 휴먼이었지? 【파밀리아】가 생겼다고 네가 보고하러 왔을 때는 진짜 놀랐다니깐……."

음음 고개를 끄덕이는 헤파이스토스의 곁에서 프레이야가 움직임을 보였다.

들고 있던 잔을 테이블 위에 달그락 내려놓고는 머리를 획 쓸어 넘긴다.

"그러면 나도 이만 실례하도록 할게."

"어라, 벌써? 프레이야, 너 볼일이 있다고 그러지 않았어?"

"그만 됐어. 확인하고 싶은 이야기는 다 들었으니까……."

"……네가 여기 온 후로 누구한테 뭘 물어보는 걸 못 봤는데."

파티가 시작되었을 때부터 그녀와 함께 행동했던 헤파이스토스는 의아함을 감추지 못했다. 프레이야는 그런 그녀를 무시하고 헤스티아 쪽을 내려다보다가, 이제까지와는 조금 다른 웃음을 지었다.

헤스티아는 그런 그녀를 보며 어리둥절 눈을 깜빡였다.

"……게다가, 여기 있는 남자들은 전부 싫증날 정도로 먹어봤거든."

""""""""죄송합니다.""""""""

"……."

"……."

"그럼 이만."

그 말만을 남기고, 그녀는 들끓는 신들 틈으로 사라져버렸다.

남겨진 헤스티아와 헤파이스토스는 애매한 표정으로 곁에 선 서로의 얼굴을 쳐다보았다.

"역시 프레이야도 '미의 신'이구나……. 행동이 단정치 못해!"

"뭐, 프레이야나 다른 친구들이 사랑이니 정욕을 관장하지 않으면 누가 하겠느냐만서도……."

"그래도 프레이야는 【파밀리아】를 가진 몸이잖아. 자각이 너무 없어! 어쩌면 적대할지도 모르는 신과, 그러다니……
아이들에게 미움받을걸!"

"프레이야가 한 번 웃으면 조직원은 금방 보충할 수 있지
않을까……."

살짝 한숨을 내쉰 헤파이스토스는 오른쪽 눈의 안대를 가
느다란 손가락으로 살짝 긁었다. 그녀의 버릇이었다. 겉으
로는 고개를 끄덕여도 수긍할 수 없거나 불만이 있을 때에
는 곧잘 이런 행동을 보인다.

"그래서, 헤스티아 넌 어떡할래? 나는 조금 더 사람들 만
나고 갈까 하는데. 돌아갈 거야?"

흠칫. 헤스티아의 어깨가 흔들렸다.

원래의 목적을 떠올렸기 때문이다.

"만약 남을 거면, 어때? 오랜만에 한잔하고 갈까?"

"으, 음, 그게……."

갑자기 횡설수설하는 헤스티아를 보며 헤파이스토스는
고개를 갸웃했다.

가녀린 목덜미에서 흘러내린 붉은 머리카락에 시선을 굴
리다가, 헤스티아는 마침내 각오를 다지고, 꼴깍 침을 삼
켰다.

"그게에…… 헤파이스토스에게 부탁하고 싶은 게 있는
데……."

"……."

스윽. 붉은 왼쪽 눈이 가늘어졌다.

평소의 친숙한 분위기가 돌변해 냉혹함이 넘쳐나는 분위기를 띠었다.

　돈은 빌려주지 않겠다고 단언하던 조금 전과 같은 자세였다.

　"이제 와서 또 뭘 부탁한다고? 아까 네 입으로 했던 말을 한번 자~알 떠올려 볼래?"

　"어, 그, 뭐였더라……?"

　"내 쌈짓돈을 뜯어먹는 그런 짓은 절대 안 한다고 그러지 않았던가?"

　"응, 그랬네. 아하하."

　헤스티아는 헛웃음을 지었다.

　지저분한 물건을 보는 듯한 표정을 짓는 친구 앞에서 자신의 발언을 철회하고 싶다는 충동이 엄습했지만, 헤스티아는 턱에 힘을 콱 주고 견뎠다. 벨의 얼굴을 떠올리며 자신을 고무시켰다.

　자신이야말로 이 친구에게 미움을 사고 말지도 모른다고 반쯤 각오하면서, 헤스티아는 이 '신의 연회'에 찾아온 목적을 실행에 옮기려 했다."

　"……일단 물어보기는 해줄게. 내게 무・엇・을 부탁하고 싶다고?"

　눈앞에 우뚝 선 것은 홍안홍발(紅眼紅髮)의 여신 헤파이스토스.

　천계에서는 불의 신으로 불렸던 그녀가 만든 【파밀리

아]는, 이 오라리오에서 유일하게 모험자들의 수입으로 운영되지 않는 곳이었다.

　미궁도시임에도 던전으로 생계를 꾸려나가지 않는다는 특이성을 가진【헤파이스토스 파밀리아】. 그러나 이 도시에서 살아가는 모험자들이라면 누구나 아는 대형【파밀리아】였다.

　브랜드라고 해도 좋을 것이다.

　수많은 인재를 거느리고, 육성하고, 백 가지 물건을 능가하는 한 가지 물건을 만들어내는 것으로 유명한, 업계에서도 손꼽히는【파밀리아】. 오라리오 외의 여러 도시에서도—— 세계 각지에서도 인기가 있다는 그녀의【파밀리아】는, 그렇다. '스미스(금속세공인)'【파밀리아】인 것이다.

　헤스티아는【헤파이스토스 파밀리아】의 영구 현역 사장에게 큰 목소리로 자신의 바람을 전했다.

　"벨에게…… 내【파밀리아】의 아이에게, 무기를 만들어줘!"

제5장
여신의 장난

『부와아!』

"흡!"

나를 향해 날아드는 발톱을 크게 피했다. 적의가 깃든 공격은 눈앞 멀리 떨어진 곳을 지나갔다.

연청색 벽으로 에워싸인 던전 안에서 고블린의 목소리는 잘 울려 퍼진다.

흥분한 몬스터를 관찰하면서, 나는 날아드는 팔을 두 차례, 세 차례 연속으로 피했다. 놈들의 헛손질이 이어진다.

'오른쪽, 왼쪽…… 대각선!'

사이드스텝, 백스텝.

폭이 좁은 통로와 이어진 규칙적인 정사각형 구조의 널찍한 플로어에서, 벽으로 몰리지 않도록 주의하며 공격을 회피하는 데 전념했다. 던전 특유의 눅눅한 공기가 피부를 끈적끈적하게 핥고 지나간다.

짧은 팔다리를 휘두르며 고블린은 집요하고도 단순하게 달라붙었다. 나는 그 팔 밑으로 지나가며 상대를 흘려보냈다. 지면을 박차는 발과 무릎의 감촉을 염두에 두며, 고블린과 맞상대하는 일 없이 춤을 추었다.

『끼기익…… 샤아악!』

"!"

붙잡히지 않는 나에게 조바심을 낸 고블린이 그 커다란 눈을 번뜩였을 때, 머리 한구석에서 경보가 울렸다. 한층 높은 고함을 지르던 고블린에게——는 아니었다.

시야 대각선 위쪽, 벽에 달라붙어 당장이라도 뛰어들려는 몬스터에게.

『꼐게엑!』

내 머리 위를 뒤덮을 정도로 거대한 그림자가 급강하한다!

"흡!"

찰나에 나는 몸을 뒤틀어 기습을 피했다.

흔들리는 시야를 가로지른 것은 네 개의 다리를 가진 도마뱀과 비슷한 실루엣.

우툴두툴한 갈색 피부에, 옆으로 찢어진 입에서 날름 튀어나온 것은 가느다란 혀. 긴 꼬리까지 포함하면 전체 길이는 나와 비슷할지도 모른다.

도마뱀붙이 몬스터, '던전 리저드'.

던전 2계층에서 4계층까지 출현하는 고블린이나 코볼트와 마찬가지로, 저급이라 불리는 몬스터 중 하나였다.

"──흡!"

기다리고 기다리던 순간. 나는 고블린을 무시하고, 지면에 착지한 던전 리저드를 향해 돌진했다.

던전 리저드는 팔다리의 빨판을 이용해 벽이나 천장을 말 그대로 종횡무진 기어 다닌다. 손이 닿지 않는 곳을 이동하는 이 성가신 몬스터를 해치우려면 이렇게 지면에 내려올 때까지 끈덕지게 기다려야만 한다.

기습에 대비해 반격도 하지 않고 고블린의 공격을 피하

기만 하며 쌓인 울분을 이 순간에 폭발시켰다.

나는 탄환이 되었다.

"이야아아아!"

『꾸게엑?!』

나에게 등을 돌리고 있던 던전 리저드는 위기를 감지하고 황급히 도망치려 했지만, 내가 더 빨랐다.

장비한 단도를 역수(逆手)로 쥔다. 크게 발을 디디며 땅바닥으로 뛰어들듯 점프해, 몬스터의 등에 나이프를 꽂았다. 칼날은 쉽게 비늘을 뚫었다.

콰득, 단단한 감촉. 내 일격이 마석에 흠을 냈는지, 칼에 꿰인 던전 리저드는 부르르 몸을 젖히는가 싶더니 힘을 잃은 것처럼 풀썩 지면에 엎드렸다.

재로 돌아가지는 않았지만 꿈쩍도 하지 않는다.

『키익!』

고블린의 목소리. 적은 아직 남았다.

던전 리저드의 시체에서 단도를 뽑은 나는 대담한 행동에 나섰다. 고블린에게 시선을 고정한 채 등에 짊어진 배낭——백팩의 어깨 벨트를 팔에서 빼냈다.

그리고 힘차게 백팩을 집어던졌다.

『?!』

볼썽사나운 포탄이 된 짐짝. 눈을 크게 뜨는 몬스터.

내가 지켜보는 가운데 허공을 가로지른 백팩은 깜짝 놀란 고블린에게 멋들어지게 명중했다.

『흐젝?!』

둔중한 충격성이 울려 퍼지고, 고블린은 뒤로 멀리 튕겨 나갔다. '힘' 숙련도의 보정을 받은 내 혼신의 투구는 드롭 아이템이 가득 든 백팩의 중량과 맞물려 조그만 몬스터를 날려버리기에는 충분한 위력이 있었다. 고블린은 백팩을 끌어안은 채 구르고 또 굴렀다.

『……끄윽.』

겨우 기세가 멈춘 고블린은 꿈틀꿈틀 경련하더니 목을 축 늘어뜨렸다.

침묵에 빠진 몬스터를 한동안 주의 깊게 바라보고, 전투가 끝났음을 확인한 나는 어깨에서 힘을 빼며 휴우 숨을 내쉬었다. 단도를 늘어뜨리고 자세도 푼다.

"……좋아."

그리고 가볍게 몸 여기저기를 굽혔다 펴 보았다. 무릎의 상태는…… 음, 괜찮네.

부상을 입은 다리는 완전히 제 움직임을 되찾았다. 완치라고 해도 무리가 없을 정도였다.

자연스레 안도의 웃음이 배나왔다.

"……강해진 거, 맞지?"

현재 위치는 던전 제4계층. 주위에 몬스터의 기척이 없다는 것을 확인하며 나는 조금 전의 전투를 되새겨봤다.

본의 아니게 2대 1로 조우했음에도 던전 리저드와 고블린을 상대로 가볍게 싸웠다. 몸의 반응은 매우 좋아, 부상을 입은 다리를 신경 쓸 여유도 있었다.

다시 말해, 모험자로서 그만큼 내 능력이 올라갔다는 뜻이다.

나는 【스테이터스】의 변화를 실감했다. 주신님이 말씀했듯 바로 얼마 전까지보다 크게 성장한 것이다.

……다가가고 있는 것일까. 불안스레 생각해본다.

그리고 그 불안을 웃돌 만큼 다가가기를 진심으로 원했다.

분수도 모르는 높은 이상이라고는 해도, 동경의 대상인 그 사람을 따라잡고 싶다고 조용히 마음을 불태운다. 드높아지는 마음을 자제하면서도 나는 주먹을 꽉 쥐었다.

그리고 나는 쓰러진 던전 리저드와 고블린에게서 마석 조각을 회수해 오늘의 던전 탐색을 마치기로 했다. 돌아오는 길에 일어날지 모르는 전투도 고려해야만 하니 슬슬 때가 됐다. 짐이 쌓일 때마다 환전을 위해 지상으로 돌아갔으므로, 이번이 오늘 들어 네 번째 귀환이다.

기억하는 길을 따라 4계층에서 1계층까지, 도합 세 번의 계단을 올라간다.

도중에 조우한 코볼트나 고블린을 가볍게 상대하며, 바깥은 이미 저녁일까 하고 머리 위로 오렌지색 하늘을 그려보았다.

1계층의 나머지 절반 정도 거리를 소화했을 때부터 나 말고도 다른 모험자들의 모습이 눈에 뜨이기 시작했다. 던전

출입구는 하나뿐이니 당연히 미궁에서 귀환할 때는 다른 모험자들과 합류하는 것이다.

나의 빈약한 장비보다 훨씬 등급이 높은 무장을 걸친 드워프나 엘프들을 보니 윽 소리가 났다. 주눅들 것 같은 마음을 품고, 나는 발걸음을 서둘렀다.

'그러고 보니 주신님은 오늘도 안 오셨으려나……'

친구의 파티에 참석한지 이틀이 지났다. 며칠쯤 묵고 오실 거라고 하셨으니 그리 걱정할 필요가 없다는 건 알지만.

주신님을 만나지 못해 내가 더 불안했던 것이었을지도 모른다.

지금쯤 뭘 하고 계실까…….

"아, 도착했다."

'시작길'이라 불리는, 폭이 한없이 넓은 1계층의 대형 통로를 다 걸어가니 지상으로 이어지는 커다란 수직통로가 나타났다. 높이는 약 10M. 직경도 거의 비슷해 굵은 원통형을 이룬다. 가장자리를 따라 완만한 계단이 설치되어 커다란 나선을 그린다.

여러 팀의 모험자 파티가 그 은색 계단을 올라가고 있었으며, 나도 여기에 합류했다. 얼마 지나지 않아 마지막 계단을 밟자, 시야는 단숨에 탁 트여 인공적이면서도 맑은 공기가 코에 가득 찼다.

던전 바로 위에 세워진 새하얀 거탑 '바벨'의 지하 1층이다.

지금 막 올라온 수직통로를 중심으로 원형 공간이 펼쳐졌다. 어마어마하게 넓다. 수천 명이나 되는 모험자를 수용할수 있다 해도 결코 과장이 아닐 것이다. 그만큼 광대했다.
　바로 아래에 몬스터의 소굴이 존재한다고는 전혀 생각할수 없는 신전 같은 모양새는, 뭐랄까, 고귀한 느낌으로 넘쳐났다. 신들에게 공물을 바치기 위한 제단이라고 해도 믿을 수 있을 것 같았다. 그만큼 이 대형 홀은 디자인에 공을들였다.
　홀 자체는 푸른색과 흰색을 베이스로 했으며 주위에는 모험자로 보이는 이름이 여럿 새겨진 칠흑의 석비가 군데군데놓였다. 길고 굵게 뻗은 기둥은 같은 간격으로 설치되었으며 숫자를 세기가 좀 힘들 정도다. 고개를 위로 들면 천장한 면을 가득 메운 창공이 펼쳐진다. 더할 나위 없을 정도로 치밀한 하늘 그림이다.
　이곳부터는 완벽한 안전지대다. 긴장을 머금었던 신경도 자연스레 풀어지고, 숨어 있던 피로가 묵직하게 몸에얹힌다.
　'……어?'
　많은 모험자, 백팩을 짊어진 서포터가 들끓는 가운데, 뒤에서 오는 사람들에게 방해가 되지 않도록 벽 쪽으로 이동했던 내 시야에 익숙하지 않은 광경이 들어왔다.
　그것은 커다란 '카고'였다. 상자 형태이며 바닥에는 바퀴가 달린, 물자운반용 수납 박스. 그것이 던전 수직통로에서 조금 떨어진 곳에 수없이 쌓여 있었다.

내 기억이 옳다면 던전 심층 공략, 다시 말해 '원정' 때 자주 쓰이는 거였던가? 식량이나 예비 장비, 드롭 아이템 같은 많은 도구를 수납하기 위해.

어렴풋한 지식에서 정보를 이끌어내며 카고 무더기를 바라보고 있으려니 —— 느닷없이 상자가 덜컹덜컹 흔들렸다.

'엑?!'

저절로 움직인 카고에 나는 깜짝 놀라 눈을 크게 떴다.

마치 여기서 꺼내달라고 호소하는 것처럼 안쪽에서 움직인 것이다. 상자 안에 든 것이 날뛰고 있다는 정도는 뚜껑을 열어 확인하지 않고도 예상할 수 있었다.

호, 혹시…….

카고 그 자체가 **우리**처럼 보이기 시작한 순간, 단순한 상상이 작용해 상자의 내용물이 떠오르고 말았다.

'몬스터가 갇힌 건가?'

카고 안에서 나직한 울음소리까지 들리니 이제는 확신이 들고 말았다.

이런 곳에 몬스터가 있어도 되나……?

길드가 관리하는 이 바벨은 던전의 '뚜껑'이라고 들은 적이 있다. '고대'라 불리던 시대에는 몬스터의 지상 진출이 일상다반사였으며 —— 그 피해는 어마어마해 세계 규모로 지상을 어지럽혔다고 한다 —— 이를 미연에 방지하기 위해 이 거탑을 세워놓았다나. 말하자면 괴물들을 던전에서 나오지 못하게 하는 방파제 같은 것이다.

지금이야 신의 은혜 '팔나'를 받은 모험자가 몬스터를 사냥하러 다니니 괴물이 떼를 지어 쳐들어오는 일은 절대 없지만…… 그래도 길드는 이 바벨을 거점으로 지금도 던전 감시를 게을리하지 않는다고 들었다. 오라리오의 관리를 맡은 그들은 도시 그 자체에 피해가 미치지 않도록 오늘도 대책에 부심하는 것이다.

다시 말해 무슨 일이 있어도 몬스터는 던전에서 나올 수 없으며.

던전 밖인 이 안전지대에 몬스터가 존재한다는 것은, 원래 있어서는 안 된다. 안 되는데.

하지만 그렇게 생각하고 있으려니, 수직통로 계단에서 새로운 카고를 끌고 오는 무리가 나타났다. 나는 급속도로 자신감을 잃어 처량한 표정을 지을 수밖에 없었다.

그때, 소란이라고까지는 할 수 없는 술렁임 속에서 이런 대화가 들렸다.

"올해도 그거 하나보지?"

"몬스터 필리아 말야?"

"그런 이벤트를 질리지도 않고 계속 주최하는데, 뭐 의미가 있나?"

"빵과 서커스겠지…… 같잖기는."

"【가네샤】 사람들은 진짜 힘들겠어. 길드가 일을 떠맡기는 바람에, 시민들에게 아첨하는 짓을 매년 해야 하니."

"그래도 야, 가네샤님은 【군중의 주인】이라잖냐. 하하하!"

……몬스터 필리아?

처음 들어보는 단어에 고개를 갸웃했다. 강제로 포획한 것으로 보이는 몬스터들이 이 자리에 잇달아 실려오는 것과, 그 몬스터 필리아라는 것이 관련이 있는 걸까.

코끼리 얼굴이 그려진 엠블럼이 붙은 장비를 걸친 【파밀리아】의 조직원들. 그들이 크고 작은 수많은 카고를 끄는 광경을 나는 주위 사람들과 함께 바라보았다.

'어…… 에이나 누나인가?'

시야 한구석에 들어온 갈색 세미 롱 헤어.

익숙한 그 뒷모습을 눈으로 따라가 보니, 정말로 내 담당관인 에이나 누나가 있었다.

뾰족한 귀를 가진 하프엘프인 그녀는, 고운 얼굴에 진지한 표정을 짓고 다른 길드 직원과 무언가를 열심히 상의하는 중이었다.

'일 하나 보다…….'

서류를 손에 들고 이야기를 나누는 에이나 누나에게 말을 거는 것이 망설여졌다.

그리고 아까 흘려들은 대화로 미루어 짐작하건대, 아마도 이 몬스터를 운반하는 것은 길드 공인인 모양이다. 길드 직원인 에이나 누나나 다른 분들이 이 작업에 가담한 것을 보면 대충 눈치를 챌 수 있었다.

'뭘 하는지 물어보고 싶지만…… 다음에 하는 게 좋겠다.'

일을 방해하면서까지 물어보는 것은 저어되었다. 주위에 있는 낯선 사람들에게 물어보는 것도 뭣하고…… 어쩐지 세상 물정 모르는 놈이라고 비웃음을 살 것 같아서.

소화되지 않은 의문을 남긴 채, 나는 자리를 뜨기로 했다.

이 이상 여기 남아봤자 어쩔 수 없지. 몸에서도 땀 냄새가 풀풀 나고.

마지막으로 에이나 누나의 옆얼굴을 본 다음, 나는 이곳 지하 1층에 설치된 샤워실로 향했다.

"고맙습니다."

로비의 접수대 직원에게 배웅을 받으며 나는 길드 본부를 뒤로했다.

조금 전에 몸을 씻고 바벨을 나온 나는 마석과 드롭 아이템을 환전하기 위해 길드 본부로 향했다. 에이나 누나가 없다는 것을 아니 볼일만 마친 다음 일찌감치 빠져나왔지만.

"날도 저물었네……."

바깥은 벌써 저녁놀에 물들어 있었다.

메인 스트리트 앞에 세워진 대신전을 방불케 하는 길드 본부에서 한 걸음 나오자 주위는 금세 소란스러워졌다. 기념물이 설치된 본부 앞뜰을 빠져나오니 서로 다른 종족들이 뒤섞인 인파가 내 눈앞을 바삐 오갔다.

오라리오에는 메인 스트리트라 불리는 대로가 여덟 개 있다. 도시 중심지에서 여덟 방향을 향해 방사형으로, 도시 외곽을 둘러싼 시벽까지 뻗어나가는 것이다. 케이크에 비유하면 도시의 전체의 모습을 파악하기가 쉬울지도 모르겠다. 홀 케이크 한 덩어리를 8등분한 느낌이다.

각각의 대로를 구별할 때는 북쪽 메인 스트리트, 남동쪽 메인 스트리트 하는 식으로 방향별로 나눠 부른다. 참고로 나와 주신님이 사는 교회의 비밀 지하실은 북서쪽 메인 스트리트와 서쪽 메인 스트리트 사이의 구역에 있다. 시르 씨가 일하는 '풍요의 여주인'은 서쪽 메인스트리트 대로변이다.

내가 지금 있는 이곳 북서쪽 메인 스트리트는 길드 본부가 인접한 만큼 오가는 사람들은 대부분 모험자였다.

오라리오에서 던전에 내려가는 이상, 반드시 길드에서 수속을 하거나 그들의 지원을 받아야 하므로 모험자는 누구나 길드 본부에 빈번히 드나들게 된다. 그렇기에 이곳 메인 스트리트에는 자연스레 모험자가 많이 보이는 것이다.

따라서 수많은 모험자가 오가는 이 대로에는 그들을 위한 가게가 처마를 맞댈 듯이 빽빽하게 들어섰다. 고개를 좌우로 돌려봐도 시야에 들어오는 것은 무기상이며 주점뿐. 메인 스트리트를 한 걸음 벗어난 어두운 골목길에도 조금 수상쩍은 도구상을 비롯해 모험자 전용 상점이 수없이 있었다. 여관 같은 것도 꽤 흔했다.

그런 가게를 들락날락하는 모험자들을 보면서 나는 정처
없이 어슬렁어슬렁 걸었다. 홈에 돌아가봤자 주신님이 없
으니, 마음 내킬 때까지 시간이나 보내고 싶은 기분이었다.

　"음? 오오, 벨 아니냐."

　돌 블록이 깔린 길을 걷고 있으려니 정면에서 오던 사람
이 내게 말을 걸었다.

　미려한 이목구비. 나보다도 키가 훨씬 큰 청년이다. 진
부한 표현을 써도 좋다면 그야말로 귀공자. 휴먼과도 데미
휴먼과도 다른 기품 같은 것이 회색 로브 안쪽에서 배어나
온다.

　눈앞에 있는 분이 신이라는 것은 이 빼어난 용모와, 무엇
보다도 몸에서 배나오는 독특한 분위기로 누구나 알 수 있
다. 그야말로 신위(神威)라고나 할까.

　나는 【파밀리아】의 주신인 헤스티아 님을 제외하고 유일
하게 친분이 있는 신에게 인사했다.

　"아, 미아흐 님! 안녕하세요. 장 보러 나오셨나요?"

　"음. 저녁 찬거리를 좀 마련할까 해서 직접 나왔지. 벨은
무슨 일이냐?"

　"저는 그냥 가게나 좀 둘러보려고요. ……돈은 없으니, 진
짜 둘러보기만 할 뿐이지만."

　"하하하, 피차 【파밀리아】가 영세해서 고생이 많구나."

　큰 종이봉투를 두 손에 든 미아흐 님은 싹싹하게 웃어주었
다. 이 명랑한 인품, 아니, 신품을 제외하더라도 미아흐 님의

© Suzuhito Yasuda

미소는 매력이 넘쳐나, 남자인 내가 봐도 반할 지경이었다.

우리의 초월존재인 신들은 외견이야 어린아이이기도 하고 초로이기도 하고 다양하지만, 얼굴은 예외 없이 미형이다. 완벽하고 완전한 그 미모는 불완전한 우리 하계 사람들에게는 항상 선망의 대상이다.

군청색 머리카락을 찰랑거리며 크게 웃는 미아흐 님에게 나도 입가를 풀고 웃음을 짓다가, 문득 우리 주신님…… 헤스티아 님을 떠올리고 한번 물어보기로 했다.

"저기, 미아흐 님. 헤스티아 님에 대해 혹시 들으신 거 없나요? 이틀쯤 전에 친구분 파티에 참석하신다고 하고는, 아직 안 오셨는데……."

"헤스티아가 말이냐? 흐음…… 미안하다. 나는 전혀 모르겠는걸. 도움이 안 될 것 같구나."

"아, 아니에요, 마음에 두지 마세요."

신에게 사과를 받는 바람에 나는 당치 않다면서 황급히 손을 내저었다.

"파티라면 가네샤가 주최한 파티가 틀림없을 텐데…… 나는 그날 연회 그 자체에 나가질 않았거든. 얼굴을 비췄다면 뭔가 들었을지도 모르겠다만."

"어…… 미아흐 님은 그 연회에 초대받지 않으셨나요?"

"아니, 오라는 말은 들었지. 다만 극빈 【파밀리아】를 이끄는 몸인지라 시간이 없어서 말이다. 어제도 주연(酒宴)은 내팽개치고 상품 조합을 거드느라 바빴다."

미아흐 님네【파밀리아】는, 이런 말은 뭣하지만, 우리【헤스티아 파밀리아】에 뒤지지 않을 정도로 약체였다.

나 같은 신출내기 모험자여도 미아흐 님과 친분을 가질 수 있는 것은…… 그러니까, 말하자면 밑바닥 동지 간의 교류 같은 것일지도 모른다.

"오오, 맞아. 벨, 이거 주마. 조금 전에도 말했다만 갓 만든 포션이다."

"네에?!"

종이봉투를 한 손으로 받친 미아흐 님은 품에서 시험관 두 개를 꺼내더니 불쑥 내밀었다. 나는 엉겁결에 받고 말았다.

깊은 바다 같은 진한 푸른색의 액체가 가느다란 용기 안에서 찰랑찰랑 물결쳤다.

"미, 미아흐 님, 이건?"

"선량한 이웃에게 잘 보여서 나쁠 것은 없지 않느냐."

당황하는 나를 보며 미아흐 님은 약간 짓궂게, 그러면서도 멋있게 웃었다.

손으로 내 어깨를 턱턱 두드리더니, 미아흐 님은 내 옆으로 지나갔다.

"하하하. 그러면 벨, 앞으로도 우리【파밀리아】를 애용해다오."

미아흐 님은 손을 흔들며 내게 등을 보이고 걸어갔다.

잠시 멍하니 있던 나는 인파 속으로 사라져가는 미아흐

님의 뒷모습에 웃음을 보냈다.

다시 한 번 꾸벅 인사를 한 후, 왼쪽 허벅지에 장비한 렉 홀스터에 지금 받은 체력 회복용 포션을 집어넣었다.

미아흐 님의 【파밀리아】는 도구상을 운영한다. 가게는 작아도 모험자에게 포션을 파는 본격적인 전문점이다.

나는 포션 제법 같은 것은 전혀 모르지만, 아이템을 다루는 각 【파밀리아】는 자기들 나름의 레시피를 가지고 독자적인 회복약을 만들며, 라이벌인 다른 파벌과 차이를 두고자 밤낮으로 상품개량에 힘쓴다고 한다. 그리고 나는 그런 【파밀리아】 중에서도 【미아흐 파밀리아】가 만드는 포션을 애용한다.

미아흐 님네가 좋은 예지만, 【파밀리아】라고 뭉뚱그려 이야기해도 활동은 천차만별 가지각색이다.

도구를 판매하는 상업계 파벌도 있는가 하면, 무기나 방어구를 제조하는 스미스 파벌도 있고, 개중에는 넓은 바다에 나가 고기를 잡아오는 파벌도 있다는 말을 들었다. 【파밀리아】는 모험자들의 모임이라고만 생각하기 쉽지만 사실은 그렇지도 않다.

까놓고 말해 【파밀리아】, 즉 신의 권속들은 주신을 위해 돈을 벌어오는 것이 목적이므로 활동 내용은 뭐가 됐든 상관없는 것이다.

【파밀리아】의 방침 자체는 주신이 정하므로 그 파벌의 주신이 매우 관심을 기울이는 일도 영향을 미칠지 모른다. 이

를테면 '하계의 맛있는 음식을 먹고 싶으니 식당을 열겠다!'라든가. 국가 하나를 이루어버린 곳도 있다고 하니, 정말 【파밀리아】의 속성은 다종다양하다.

다만…… 그렇다 해도 파벌 사이에 다툼이 생기기도 하니까, 뚝심 있는 조직원을 확보해두지 않으면 【파밀리아】가 성립되지 못하는 것도 사실이다. 예측하지 못한 사태에 대응할 수 있는 존재, 다시 말해 모험자 같은 사람은 자연스레 필요하게 마련이다.

이곳 오라리오는 미궁도시지만 모험자를 지망하는 사람들이 많은 것과도 맞물려 그 경향은 한층 높을지도 모른다.

내 경우 돈을 벌기에는 모험자가 제일 잘 맞았고(모험자의 로망인 만남을 동경해서이기도 하지만), 다른 직업에 손을 댈 만큼 특별한 기술이 없기도 했으니까.

진행 방향 왼쪽, 메인 스트리트 한쪽에 늘어선 무기상들을 바라보며 스미스가 된 자신의 모습을 상상해보기도 했지만, 별로 어울리지 않는 것 같아 쓴웃음이 나왔다.

"……."

무구 관련 상점이 눈에 뜨이게 늘어나고 중장비를 걸친 모험자들의 모습이 자주 보이기 시작했을 무렵. 나는 어떤 점포 앞에서 발을 멈추었다.

인접한 좌우의 가게에 비해 훨씬 큰 무구점이었다. 불꽃을 연상케 하는 새빨간 벽은 상점가가 늘어선 이 대로에서도 한층 눈길을 끌었다.

중후한 문 위에 걸린 간판에는 【H$\phi\alpha\iota\sigma\tau$os】라는 기괴한 로고.

【히에로글리프】와도 비슷한 독특한 글자는 내가 읽을 수 없는 것이었지만, 의미만은 잘 안다. 세계적으로도 이름 높은 스미스 【파밀리아】를 나타내는 기호이기 때문이다.

나는 주위의 눈을 신경 쓰면서, 여느 때처럼 가게 앞 진열창으로 다가갔다.

투명한 유리 한 장으로 가로막힌 그곳에는, 문외한이 보더라도 명품임을 알 수 있는 온갖 도검이 진열되어 있었다. 에메랄드 색 검신을 교차시킨 쌍검, 엄청난 사정거리를 자랑하는 바스타드 소드, 금색 장식이 가미된 레이피어 같은 것도 있다.

탁월한 성능을 가진 명검에 정신이 팔리면서도, 내 눈은 그중 한 자루의 단도에 빨려 들어갔다.

위에서 비추는 마석등 장치의 빛을 반사하는 순백색 검신은 보석을 흩뿌려놓은 상자의 중심에 비스듬히 서서, 마치 찬란한 단도 자체가 보석상자의 중심인 것 같았다. 짐승의 송곳니를 방불케 하는 잘 연마된 칼날은 아름답기만 한 것이 아니라 주위의 장검에 비해서도 손색이 없는 무기임을 알 수 있었다.

슬그머니 놓인 가격표도 0의 개수가 엄청나다.

'역시 동경하게 된다니까……'

이렇게 이 가게의 진열창에 이마를 대고 있는 것이 이제는 일과처럼 되어버렸다. 길드에서 돌아오는 길에는 시간만 있으면 들르곤 한다.

일류 모험자가 사용하는, 일급품 무기.

장비 세트가 아직도 길드 지급품인 내게는 웃음이 나올 정도로 어울리지 않는 명품이란 것은 잘 알지만, 한번 써보고 싶다는 생각이 자꾸 들었다.

······갖고 싶다아.

다른 모험자들이 듣는다면 백 년은 이르다고 타박을 줄 것 같은 말을 입 안으로 굴렸다.

발렌슈타인 씨의 등을 필사적으로 쫓아가면, 언젠가 이런 굉장한 무기를 건드려볼 날이 오지 않을까.

눈에 비친 무기를 척척 휘두르는 자신의 모습을 멍하니 상상하며.

나는 유리 안쪽에 있는 순백색 단도를 구멍이 뚫어질 정도로 보고 또 보았다.

"······너 언제까지 그러고 있을 거야?"

"······."

벨이 뚫어질 듯이 **어떤 가게**의 진열창을 들여다보고 있던 것과 같은 시각.

그 어떤 가게 안에서는 홍안홍발의 여신 헤파이스토스가

어이없다는 듯 지쳤다는 듯, 그런 말을 하고 있었다.

【파밀리아】의 제복 차림으로 집무용 책상에 앉은 그녀의 목소리가 향한 곳은, 바닥에 꿇어 엎드려 고개를 숙인 둥그스름한 물체, 가 아니라 어린 여신 헤스티아였다.

【헤파이스토스 파밀리아】, 북서쪽 메인 스트리트 지점.

그 대형 브랜드의 무구점 3층에 있는 집무실에는 일종의 혼돈이 흐르고 있었다.

"나 이래봬도 바쁘거든?"

"……."

"소란을 피우는 건 아니지만 거기서 벌레처럼 웅크리고 있으면 정신이 산만해서 업무 효율이 떨어진단 말이야. 알아들어?"

"……."

"얘, 헤스티아?"

"……."

"……하아."

입을 꾹 다문 채 계속 같은 자세로만 있는 조그만 친구에게 헤파이스토스는 한숨을 내쉬었다.

꼬박 하루.

헤스티아가 헤파이스토스에게 고개를 숙인 시간이었다.

'신의 연회'가 있었던 그날, 【파밀리아】 조직원에게 무기를 만들어주었으면 한다는 헤스티아의 애원을 헤파이스토스는 딱 잘라 거절했다.

자랑은 아니지만 【헤파이스토스 파밀리아】에 속한 상급 스미스의 작품은 같은 업계 사람들 사이에서도 최고 품질이라고 칭송이 자자하다. 시가는 일류 모험자나 【파밀리아】라 해도 쉽게 손을 댈 수 없는 수준이다. 내기를 해도 좋지만, 헤스티아는 【헤파이스토스 파밀리아】의 물건을 살 만한 거금을 가지고 있지 않을 것이다.

친구의 정을 봐서 싸게 넘길 생각 따위는 처음부터 하지 않았다. 【파밀리아】를 통솔하는 몸인 헤파이스토스에게 조직원들이 피땀 흘려 만들어낸 무구를 가볍게 다루는 행위는 완벽한 터부였다. 인정할 수 없었다.

주문품을 만들 거면 돈이라도 좀 모은 다음 오라고 말하며 —— 행간으로 분수를 알라고 선언하며 —— 헤파이스토스는 헤스티아를 가차 없이 밀어냈다.

그러나 부탁을 거절당한 헤스티아는 연회가 끝난 후에도 몇 번이고 몇 번이고 몇 번이고 고개를 숙이며 부탁을 했다. 아무리 쫓아내도 어째서인지 끈덕지게 달라붙는 헤스티아에게 헤파이스토스가 먼저 질리고 말 정도로.

이렇게 되면 헤스티아가 포기할 때까지 맘대로 하게 내버려두겠다고, 헤파이스토스는 그녀를 무작정 방치하기로 했다. 배가 고프면 터덜터덜 돌아가겠거니 생각하고.

그리고 가네샤의 연회로부터 이틀.

헤스티아는 아직도 헤파이스토스에게 **부탁**을 하고 있다.

'대체 뭐가 널 그렇게 만드는 거니…….'

헤파이스토스는 떨떠름한 표정으로 눈언저리를 문질렀다.

자신이 잠깐 눈을 붙이는 동안에도 저 자세를 유지한 절친신의 심정을 지금만큼은 도저히 이해할 수 없었다. 여담이지만 깼을 때는 깜짝 놀라 침대에서 굴러떨어질 뻔하기도 했다.

이제까지 숱한 부탁을 들어주기는 했지만 이번에는 분위기가 달랐다.

뭐랄까, 집념 내지는 열망 같은 강한 의지가 전해졌다.

"애당초, 너 어제부터 대체 뭘 하고 있는 거야? 그 자세는 뭔데?"

"……오체투지."

"오체 뭐?"

"이걸 하면 뭘 해도 용서받을 수 있고 뭘 부탁해도 들어주는 초필살기……라고 타케가 그랬어."

"타케……?"

"타케미카즈치……."

아하…….

헤파이스토스는 친분이 있는 어떤 신의 얼굴을 떠올렸다. 그와 동시에 귀찮은 지식을 가르쳐줬다고 투덜거렸다.

이젠 무리다. 헤파이스토스는 탄식했다. 도저히 일이 손에 잡히지 않았다. 들고 있던 깃털 펜을 책상 구석에 놓고, 사인을 기다리는 서류를 남겨놓은 채 사무를 내팽개쳤다.

실내에 스며드는 저녁 햇살이 엷어지기 시작했다. 곧 밤이 찾아온다.

헤파이스토스는 한번 창밖을 본 다음, 지나치리만치 정중하게 자세를 고치고는, 자신에게 뒷머리를 드러낼 정도로 고개를 숙이고 있는 헤스티아를 가만히 바라보았다.

"……헤스티아, 좀 가르쳐줄래? 왜 네가 그렇게까지 하는지."

얼굴 오른쪽 절반을 가린 안대를 손가락으로 살짝 긁으며, 목소리를 똑바로 날렸다.

"……그 아이에게, 힘이 되고 싶어!"

헤스티아는 고개를 숙인 자세를 조금도 무너뜨리지 않은 채 토해내듯 대답했다.

"지금 그 아이는 변하려 하고 있어. 한 가지 목표를 발견하고, 벨은, 높고 험한 여정을 달려가려 해! 위험한 길이고, 그래서 필요한 거야! 그 아이를 도와줄 수 있는 힘이! 그 아이의 길을 열어줄 무기가!"

시선은 바닥에 고정한 채, 헤파이스토스를 보려고도 하지 않고 말을 이어나갔다.

신이 신에게 부탁하는 행위. 그것은 진심을 감추지 않고 드러내, 자신이라는 존재를 부딪치기 위한 의식이기도 했다. 신을 움직이기에 충분한 마음이 토로를 통해 증명된다.

"나는 그 아이에게 도움만 받을 뿐이었어! 아니, 그저 양육받기만 할 뿐. 나는 그 아이의 주신인데, 신다운 일은 무엇 하나 해준 게 없다고!"

마지막 말을 쥐어짜내려는 듯, 헤스티아는 몸에 꾸욱 힘을 주었다.

"……아무것도 해주지 못하는 건, 싫단 말야……."

꺼져 들어갈 듯 힘없는 그 말이 결국 헤파이스토스를 움직였다.

거짓 없는 헤스티아의 마음을, 그녀는 인정했던 것이다.

"……알았어. 만들어줄게, 네 아이에게."

확 고개를 들고 눈을 크게 뜨는 헤스티아에게, 헤파이스토스는 어깨를 으쓱하며 말했다.

"내가 고개를 끄덕이지 않으면 넌 절대 움직이지 않을 거 아냐."

"……응! 고마워, 헤파이스토스!"

자리에서 일어나 —— 오랫동안 엎드려 있었던 반동인지 금세 비틀거리며 무릎을 꿇긴 했지만 —— 뺨을 붉히며 환하게 웃는 친구의 모습에 헤파이스토스는 모양뿐인 한숨을 지었다.

너무 어리광을 받아준다는 것을 자각하면서도, 이런 헤스티아라면 도와줘도 나쁘지 않겠다는 생각이 들고 만다.

적어도 게으름을 부리며 방에만 틀어박혀 있던 예전과는 다른, 웃음이 흘러나올 정도로 흐뭇한 무언가가 있었다.

"——하지만 미리 말해두겠는데, 대가는 확실하게 치러야 해. 수십 년 수백 년이 걸리더라도 이 외상은 꼭 갚아."

그래도 공사는 구분해야만 한다.

천하의 【헤파이스토스 파밀리아】가 공짜 일을 해주는 법은 없거니와, 어디까지나 남의 힘에만 의지하려는 헤스티아도 확실하게 고통을 분담해야만 한다.

의자에서 일어나며 저벅저벅 다가간 헤파이스토스는 헤스티아의 코앞에 가녀린 손가락을 척 내밀었다.

"그만한 각오가 있다면 몸이 가루가 되도록 일해봐."

"아, 알았다. 나도 할 때는 한다! 좋고말고, 좋아. 벨에 대한 이 사랑이 진짜란 걸 몸으로 헤파이스토스에게 증명해주겠다!"

"그래그래, 기대할게."

눈을 감고 가슴을 척 내미는 헤스티아의 말을 반쯤 흘려들으면서 헤파이스토스는 벽에 달아놓은 선반으로 향했다.

가늘고 긴 선반에는 신품처럼 반들반들한 쇼트 해머가 여러 개 놓여 있었다.

"네 아이가 쓰는 무기는 뭐야?"

"어…… 나, 나이프인데?"

"그래?"

한 마디 중얼거린 헤파이스토스는 다홍색 해머를 들었다. 쓸데없는 장식이 일절 가미되지 않은 기능성을 중시한 해머를, 늘 허리에 장비하고 있는 파우치에 넣었다.

다음으로는 투명 크리스탈 케이스에 다가가 자물쇠를 풀고 열었다. 케이스 안에 잔뜩 쌓인 다양한 종류의 금속 덩어리—— 무기 소재 중에서, 은백색으로 빛나는 '미스릴'을 선택한다.

철보다도 가볍고 단단하며 철보다도 훨씬 다루기 쉬운, 완성된 정제 금속.

여자의 가녀린 팔, 아니, 특별한 힘이 없는 여자 스미스라도 비교적 쉽게 다룰 수 있는 상급 금속이다.

"헤, 헤파이스토스? 혹시 네가 무기를 만들 거야?"

"그래. 당연한 거 아냐? 이건 완벽하게 너하고 내 개인사니까. 내 개인 사정에 【파밀리아】 단원들을 끌어들일 수는 없잖아."

이 지점의 1층에는 소규모이기는 해도 스미스 작업을 위한 '공방'이 있다. 헤파이스토스는 그곳에서 스스로 무기를 제작하려는 것이다.

뭐 불만이라도 있냐며 헤파이스토스는 안대를 하지 않은 왼쪽 눈으로 째릿 노려보았다. 헤스티아는 무슨 소리냐는 듯 고개를 가로저으며 앳된 얼굴을 빛냈다.

"불만이 있을 리가! 천계에서도 신장(神匠)이라고 칭송이 자자했던 네가 만들어주는데, 오히려 대환영이지!"

"너 뭐 잊어버린 거 아냐? 여긴 천계가 아니라고. 나는 전혀 '힘'을 쓸 수 없어."

신들 사이에서 정한 규칙에 따라 하계에서는 신의 힘 '아르카넘'을 사용하는 것이 금지되었다. 천계에서는 수많은 신기, 신구를 만들어냈던 '신장(神匠)' 헤파이스토스라 해도 이 하계에서는 '팔나'를 받지 못한 아이들, 그야말로 평범한 휴먼과 무엇 하나 다를 바 없는 일개 기술자일 뿐이다.

"상관없어! 나는 네가 무기를 만들어준다는 것이 제일 기쁘니까!"

"……."

실력을 의심하지 않는 것인지, 무조건 자신을 받아들여주는 헤스티아에게 헤파이스토스는 자신도 모르게 미간에 주름을 잡으며 복잡한 표정을 지었으나,

분하게도 기분은 썩 나쁘지 않았다.

"……이제부터 할 작업은 너도 거들어. 지금부터 단단히 부려먹을 테니까."

"그래, 맡겨만 달라고!"

멋쩍음을 감추려는 듯 무뚝뚝하게 지시를 내린 헤파이스토스는 몸을 돌렸다. 문을 향해 나아가는 그녀의 뒤를, 헤스티아는 기분이 좋은 듯 폴짝폴짝 뛰며 따라왔다.

'……뭐, 고객의 요청에는 응해줘야지.'

적잖이 기분이 고양되고 말았던 헤파이스토스는 【파밀리아】의 주신에서 스미스로 자신의 의식을 전환했다.

헤스티아가 원하는 무기.

모험자가 나아갈 길을 열어주는 칼날.

【헤파이스토스】의 이름에 부끄럽지 않은 작품을 만들고 말 테다.

'……라고는 해도.'

그 무기를 쓸 인물의 정보를 기억에서 끄집어내본다.

벨 크라넬. 종족은 휴먼. 열네 살짜리 소년.

친구의 【파밀리아】를 이루는 유일한 조직원으로, '팔나'를 받은 지 아직 보름밖에 지나지 않았다.

다시 말해 모험자로서는 완벽한 신참.

'신출내기 모험자에게 줄 수 있는 일류 장비…….'

딱 잘라 말해 너무 어려운 문제였다.

무기의 위력이 너무 강력하면 모험자가 썩는다. 일방적으로 장비에만 의존하는 행위는 사용자의 성장을 저해한다. 무기 자체를 충분히 활용할 수 없을 것이다. 돼지 목에 진주 목걸이라는 말이 이보다 어울릴 수가 없다.

하지만 그렇다고 적당히 만들어준다면 그야말로 【헤파이스토스】의 이름에 먹칠을 하는 짓.

헤파이스토스는 자신은 신이기 전에 한 명의 스미스라고 생각했다. 그런 뿌리 깊은 장인, 아니, 장신(匠神) 기질을 가진 만큼 자신이 손댄 무기를 어정쩡한 것으로 만들 마음은 추호도 없었다. 자긍심에 어긋난다.

만들 거면 최선을 다해 최고의 물건을 만들어내야 한다.

따라서, 진퇴양난.

'그럼, 어떻게 한다…….'

이제까지 자신이 단련했던 수많은 작품을 참조하며 생각에 잠긴다.

'내 친구이기는 하지만, 참 성가신 부탁을 다 하는구나.'

옆에서 신나게 따라오는 헤스티아를 흘끔 보며 자기도 모르게 마음속으로 중얼거리는 헤파이스토스였다.

주신님이 집을 비운 지 사흘째 되는 날 아침. 아직도 돌아올 기미는 보이지 않는다.

휑뎅그렁한 교회의 비밀 지하실에서 혼자 먹는 아침식사에 살짝 쓸쓸한 마음을 품고, 나는 오늘도 던전에 들어갈 채비를 했다.

주신님이 계셔도 안 계셔도 내가 하는 일에는 변함이 없다. 오히려 돌아오셨을 때 "이렇게 돈을 많이 모아났어요!" 하고 자랑해 기뻐하시는 모습을 볼 수 있도록 노력해야지. 나는 거울에 비친 내 모습을 마주보며 기합을 고쳐먹고자 뺨을 짝 두드렸다.

포션이 든 렉 홀스터를 다리에 장착하고, 단도를 허리에 찬다. 마지막으로 방어구 위에 백팩을 짊어지고 장비를 갖춘 나는 아무도 없는 홈을 향해 다녀오겠다고 인사를 하고 문에 손을 댔다.

'다리도 완벽하게 나았으니, 오늘에야말로 5계층보다 아래까지…….'

얼마 전에는 반 폭주 상태로 던전에 뛰어들어 결국 뼈아픈 꼴을 당하고 도망쳤다. 이번에야말로 설욕하고 싶었다. 확증은 없지만 【스테이터스】가 대폭 갱신된 지금이라면 전과 같은 실수는 저지르지 않을 것이다. 만약을 위해 어드바이저인 에이나 누나의 의견도 물어보는 편이 좋을지 모르겠다.

오늘의 예정을 짜며 나는 지하실에서 출발했다. 폐허 같은 교회를 나오니 맑은 아침 공기에 휩싸였다. 골목길로 뛰어든 나는 익숙한 동작으로 몇 번이나 모퉁이를 돌아 서쪽 메인 스트리트로 나갔다.

쭉쭉 가속하며 달리고 있으려니 언젠가 보았던 이른 아침 풍경과 지금의 광경이 겹쳐졌다.

1층에서 카페테라스 준비를 하는 점원, 골목 모퉁이에서 이야기를 나누는 수인 2인조. 상점 2층 창문에서 대로를 내려다보던 여자아이, 는 오늘은 없네.

"야~ 백발! 거기 기다려라냥!"

백발이라는 단어에 흠칫 반응해 나는 나도 모르게 발을 멈추고 말았다.

목소리가 들린 방향을 돌아보니 '풍요의 여주인' 가게 앞에서 고양이 귀와 가느다란 꼬리가 달린 캣 피플 소녀가 팔을 붕붕 휘두르고 있었다.

……전에 엘프 점원하고 같이 있던 사람이잖아?

'망할 백발놈'이라고 눈앞에서 소리를 질렀던 것이 똑똑히 기억났다. 잠시 주위를 둘러본 다음, 나를 가리키며 "저요?"라고 확인해보니 고개를 끄덕인다.

시르 씨에게 받은 점심 광주리는 이미 돌려줬는데…… 뭘까 싶어 나는 웨이트리스에게 뛰어갔다.

"좋은 아침이냥. 갑자기 붙잡아서 미안하냥."

눈앞에서 꾸벅 고개를 숙이는 바람에 나도 인사했다.

"어, 아뇨. 안녕하세요. ……어, 그런데 무슨 일이세요?"

어쩐지 잘 훈련된 것 같은 인사를 다 마친 점원은 냅다 화제를 바꾸었다.

"쫌 귀찮은 부탁이 있냥. 자, 여기."

"네?"

"백발은 시르 친구 아니냥? 그러니까 이걸 그 덜렁이에게 가져다주는 거냥."

그녀가 건네준 것은 요즘 곧잘 보게 된, 돈을 담아 휴대하기 위한 지갑이었다. 자루 형태이며 입구에는 금속 잠금쇠가 달린 '만두 지갑'. 처음 보는 형태의 조그만 엠블럼이 찍힌 것을 보니 어느 상업계【파밀리아】에서 제작한 것인 모양이다. 보라색에다 앙증맞고 귀엽다.

응, 귀여운 건 좋은데…… 얘기가 어떻게 돌아가는 건지 도통 모르겠는걸.

이걸 시르 씨에게 가져다주라니, 대체……?

"아냐, 그래서는 설명이 부족하잖습니까. 크라넬 씨가 난감해 합니다."

이번에는 그 엘프 점원도 나타났다. 카페테라스를 준비하다가 이쪽으로 다가온 모양이었다. ……뜬금없는 말이기는 하지만, 나는 이 엘프 점원이 내 이름을 불러주었다는 데 질리지도 않고 조금 감동했다. 이름을 기억해줬어!

"류는 바보냥. 가게도 빼먹고 축제 냐들이 냐간 시르에게 지갑 갖다주라는 정도는 말 안 해도 다 알아듣는 거냥. 안 그러냥, 백발?"

"그런 사정이었습니다. 설명이 부족해 죄송합니다."

으스대는 표정을 짓는 아냐를 깔끔하게 무시하고, 류라고 불린 엘프 점원은 내게 사과했다. 나도 의문이 풀렸다.

"아, 아뇨, 잘 알았어요. 그런 거였구나."

순식간에 외야로 밀려난 아냐는 의기양양하게 흔들던 꼬리를 추욱 늘어뜨리고 붉어진 얼굴을 숙이며 부들부들 떨었다. 나는 비지땀을 흘렸다.

"아냐는 마음에 두지 않으셔도 됩니다. 그러면 부탁드려도 되겠습니까? 저나 아냐나 다른 스태프는 가게 준비 때문에 자리를 뜰 수가 없으니, 이제부터 던전에 가시려는 분께 말씀드리기는 죄송하지만……."

"그건 상관없는데요…… 시르 씨가 가게 일을 빼먹고 나 갔다는 게 정말인가요?"

"빼먹었다는 말에는 어폐가 있었습니다. 이곳에서 일하는 저희와 시르는 환경이 다르기 때문이지요."

이러쿵저러쿵 해도 성실해 보였던 시르 씨가 게으름을 부리는 모습을 상상하고 싶지 않아 물어봤더니, 휴가로 처리된 모양이었다. 가게에서 거주하며 일하는 눈앞의 그녀들과는 달리 시르 씨는 매일 이 주점에서 일을 하는 것은 아니라고 한다. 주인아주머니인 드워프 미아 씨의 허가도 받았다고 한다.

결국 시르 씨는 자택 출근을 하면서, 예외적으로 비번을 인정받는다는 소리구나.

그리고 시르 씨는 이번 휴가를 이용해 '축제'에 갔다는 모양인데……

"……몬스터 필리아?"

"예. 시르는 오늘 개최되는 그 이벤트를 보러 갔습니다."

바벨 안에서 들었던 이야기.

아무것도 모르는 나는 당연히 흥미가 동했다.

"처음 들어보시나요? 이 도시에 사는 사람이라면 모르는 사람이 없을 텐데."

"사실 저는 오라리오에 온 지 얼마 안 됐거든요……. 괜찮으시면 좀 가르쳐 주세요."

"──그러면 내가 가르쳐주지냥!"

고개를 숙이고 있던 아냐 씨가 번쩍 일어나더니 우리 사이로 불쑥 끼어들었다. 명예를 회복하겠다는 듯 기세등등하다.

"몬스터 필리아는 1년에 한 번 【가네샤 파밀리아】가 주최하는 엄청 큰 이벤트냥! 투기장을 하루 내내 통째로 차지하고, 던전에서 끌고 냐온 몬스터를 조련하냥!"

"엑…… 조, 조련?"

뜬금없는 말에 나는 당황했다.

조련이라면…… 훈련시켜서 길들이는 거? 그 흉포한 몬스터들을?

　"몬스터를 길들이는 건 이상한 게 아니냥. 백발도 모험자라면 한 번은 봤을 거냥. 쓰러뜨린 몬스터가 부스스 일어나더니 '나를 동료로 삼아주세요' 하듯 쳐다보는 그 순간……."

　"아니, 저기, 한 번도 없는데요……."

　그런 눈빛이 어떤 눈빛이냐고 반신반의하고 있으려니 엘프 점원이 끼어들었다.

　"조련, 즉 '테임'이라는 기술 자체는 확립되어 있습니다. 소질에 의존하는 면이 크다지만, 몬스터에게 자신이 격상의 존재임을 인식시켜 따르게 만드는 것이지요."

　몬스터를 따르게 만든다니…… 어쩐지 다른 세계 이야기처럼 들린다.

　"던전에 있는 몬스터는 난폭해서 조련이 잘 안 통하니깐 보통 지상의 몬스터를 길들이는데…… 【가네샤 파밀리아】는 실력이 장난 아니니까, 미궁에서 나온 몬스터도 성공하는 거냥."

　【가네샤 파밀리아】의 이름은 나도 들은 적이 있다. 많은 【파밀리아】가 존재하는 이 오라리오에서도 실력은 한 손으로 꼽을 정도. 조직원도 엄청나게 많다고 한다.

　"그럼 몬스터랑 싸워서 얌전하게 만드는 흐름을 쇼로 보여준다는 거네요?"

　"그런 거냥. 까놓고 말해 서커스냥."

다만 아주 하드한 서커스, 라고 아냐가 덧붙였다. 역시 위험은 따르는 모양이다.

"사실은 우리도 보러 가고프냥. 그래도 미아 엄마가 허락하지 않으냥. 시르는 선물 사오겠다고 웃으면서 경례하고 냐간 주제에…… 지갑을 잊어먹은 이 꼬락서니는 뭐냥. 시르 덤벙쟁이."

"아냐, 당신이 할 소리가 아닌걸요."

"하하……."

아무튼 대충 사정은 알겠다. 선물 이야기는 둘째 치고서라도, 돈이 없으면 아무것도 사지 못해 고생할 테니까. 시르 씨에게는 늘 은혜를 입기만 했으니 이 정도는 맡아야지.

"투기장으로 이어지는 동쪽 메인 스트리트는 이미 혼잡할 테니, 우선 그쪽으로 가주십시오. 인파를 따라가다보면 현지에는 어렵지 않게 도착할 것입니다."

"시르는 냐간지 얼마 안 됐으니까 지금 가면 따라잡을 수 있을 거냥."

"알았어요."

등에 진 백팩은 거추장스럽지 않겠냐는 말에 잠시 주점에 맡겨놓기로 했다.

홀가분해진 나는 시르 씨의 지갑을 받아 바벨이 우뚝 솟은 도시의 중심부에서 동쪽으로 더 뻗어나간 메인 스트리트 방향을 바라보았다.

몬스터 필리아…… 대체 어떤 걸까?

시간이 있으면 가보고 싶다고 생각하면서, 나는 주점을 떠났다.

와글와글, 시끌벅적한 목소리가 대로에 넘쳐났다.

시각은 아침 9시가 지났다. 많은 모험자가 던전에 내려가는 이 시간대에, 이곳 동쪽 메인 스트리트는 수많은 일반인으로 붐볐다.

헤아릴 수도 없는 노점이 길 한복판과 양쪽에 늘어서선 향긋한 냄새며 지글지글 무언가를 굽는 소리를 요란하게 퍼뜨렸다. 길 가는 사람들은 리본이나 아름다운 꽃으로 다양하게 치장해 일상보다도 한층 화려함이 더했다.

길을 가는 사람들의 머리 위로는 끈으로 이은 형형색색의 깃발이 바람에 나부꼈다. 깃발의 모양은 몬스터를 나타내는 흉악한 사자의 실루엣과 【가네샤 파밀리아】의 엠블럼인 코끼리 머리 두 종류였다.

얼굴을 발갛게 물들인 수인 꼬마가 연신 어머니의 손을 잡아당긴다. 여기저기서 들리는 발소리도 어쩐지 들뜬 것 같다. 하늘의 햇빛은 오늘 이날을 축복하듯 밝고 눈부셨다.

이미 동쪽 메인 스트리트는 축제 일색이었다.

"……."

메인 스트리트를 나아가는 사람들의 흐름은 도시 동쪽 끝에 있는 거대한 투기장 시설로 이어졌다. 몬스터 필리아를 구경하러 가는 그 군중을 한 쌍의 은색 눈동자가 한 층 높은 위치에서 내려다보고 있었다.

대로에 인접한 카페의 2층.

나뭇결을 기조로 한 따뜻한 분위기의 가게 안에서, 그녀는 거리를 한눈에 내려다볼 수 있는 창가 자리에 혼자 있었다. 그 얼굴을, 아니, 백옥 같은 피부를 최대한 사람들의 눈에 드러내지 않고자 긴 남색 로브를 뒤집어쓰고 있었다.

그러나 한 겹의 천으로 그녀의 '미'를 억누르는 것은 도저히 불가능했다.

그 증거로 후드를 깊이 눌러써서 얼굴을 감추었음에도 가게 안의 시선이라는 시선은 모두 그녀에게 쏠려 있었다. 가느다란 손가락이 테이블 위의 컵을 훑을 때마다, 아름다운 선을 그리는 턱이 후드에서 살짝 엿보일 때마다 주위가 일일이 술렁였다. 시간이 멈춰버린 듯 아예 그녀를 넋 놓고 쳐다보는 자도 적지 않았다.

딱히 무엇을 하는 것도 아닌데 그 자리에 있는 모두를 매료시켜버리고 마는 '미의 신' —— 프레이야는, 시선을 창밖으로 고정한 채 조용히 시간을 보냈다.

"……."

거리를 가득 메운 수많은 하계 사람들…… 수많은 아이들. 휴먼, 수인, 드워프, 엘프. 각양각색의 이종족이 이루는 시민의 파도 틈에는 모험자로 보이는 자들의 모습도 드문 드문 보였다.

프레이야가 얼굴 하나하나를 확인하듯 그들을 바라보고 있을 때,

삐걱, 널빤지 바닥이 울리는 소리와 함께 이쪽으로 다가오는 기척이 느껴졌다. 한 명이 아니다.

그녀는 창밖을 내려다보던 것을 멈추고 기다리던 사람의 모습을 눈에 담았다.

"여어~ 오래 기다렸나?"

"아니, 나도 조금 전에 왔어."

손을 들며 가볍게 인사를 한 사람에게 프레이야는 후드 안에서 살짝 웃었다.

헤파이스토스처럼 선명한 붉은색 머리카락과는 또 다른, 엷은 주황색. 황혼을 연상케 하는 머리카락을 뒤에서 묶은 그녀는 낡은 셔츠와 바지 차림이어서 어딘가 남자 같은 인상을 풍겼다.

새어 나오려는 한숨을 억지로 참으며 눈물을 머금은 채 로키는 씨익 웃었다.

"바라, 우리 아직 아침 전인데, 이기서 주문해도 대나?"

"마음대로 해."

의자를 끌어당겨 앉으며 뻔뻔하게 그런 소리를 하는 로키에게 프레이야는 미소를 지은 채 신경 쓰는 기색도 보이지 않았다. 두 사람 사이에는 마치 서로를 잘 아는 막역한 사

이와도 같은 분위기가 있었다.

"연회장에서 나간 다음 한참 드러누워 있었다며? 혼자 홧술 마시고 퍼져서. 후후, 헤스티아도 제법인걸."

"야, 썩은 찌찌. 니 그딴 이야기는 어데서 들었노?"

"네 귀여운 아이들이 소란을 떨어댔다던걸? 누구씨를 화젯거리 삼아서 신나게 이야기하더라나."

"카아~ 그 말썽쟁이들, 못 말리겠네."

프레이야를 불러낸 것은 로키였으며, 약속 장소를 이 가게로 지정한 것도 그녀였다.

'신의 연화'로부터 며칠이 지난 지금이 되어서야 이렇게 모인 것도 결국 그런 이유 때문이었다.

"그런데 그 아이는 언제쯤 돼야 소개시켜줄 거지?"

"머 한다꼬? 소개가 필요하나?"

"그래도 초면인걸."

프레이야에게 다가온 사람은 로키 외에도 한 명이 더 있었다.

허리에는 검을 차고 로키를 호위하는 듯한 위치에 서 있던 것은, 미의 신이라 불리는 프레이야조차 눈을 가늘게 뜰 정도로 아름다운 금발금안의 소녀였다.

"그라모, 야가 우리 아이즈. 됐제? 아이즈, 이딴 넘이라 캐도 신이니까 인사는 해두라."

"……처음 뵙겠습니다."

검희…….

프레이야는 입술 안쪽으로 그 이름을 살짝 중얼거린 다음, 눈앞의 소녀를 바라보았다.

　아이즈 발렌슈타인. 신들 사이에서도 자주 화제에 오르는, 【로키 파밀리아】 최고의 여검사. 이름과 무용을 오라리오만이 아니라 세계 각지에 떨치는 모험자인 만큼 사실 이제 와서 설명할 필요는 없다.

　그 가련한 용모는 사실 모험자라는 위험한 직종과는 거리가 먼 것이었다. 아무것도 모르는 사람이 그녀를 본다면, 헤아릴 수 없을 정도로 많은 몬스터의 주검을 짓밟고 왔으리라고는 생각도 못할 것이다.

　가녀린 얼굴선이 눈에 뜨이는 휴먼 소녀는 앉아도 된다는 주신의 채근에 고분고분 옆자리에 앉았다.

　"예쁜걸. 게다가…… 그래, 로키가 이 아이에게 반한 이유도 잘 알겠어."

　금빛 눈동자가 프레이야의 은빛 눈동자와 얽혔다. 아이즈는 감정이 엷은 표정을 무너뜨리지 않은 채 꾸벅 정중하게 인사를 했다.

　별명에서는 도저히 연상할 수 없는 소녀의 분위기에 프레이야는 자신도 모르게 미소를 지었다.

　"어째서 여기에 【검희】를 데려왔는지 물어봐도 될까?"

　"음훗훗……! 그기사 인마, 기왕 필리아 축제가 열렸는데, 우리 아이쭈랑 러브러브 데이트를 즐기야 하지 않겠나!"

　품위 없이 웃으며 고함을 지르는 로키.

"……글카고, '원정'도 끝나서 겨우 돌아왔다고 내비뒀다가는 금새로 던전 가뻴라 카거든, 이 공주님은."

"……."

"누가 가스 빼주지 않으믄 평생 쉬지도 않을 기다."

로키는 옆으로 손을 뻗어 소녀의 머리를 퐁퐁 두드려주었다. 아이즈는 잘못을 인정하는 것처럼 시선을 살짝 떨군 채 가만히 있었다.

그 가느다란 주황색 눈동자에 깃든 따뜻한 빛을 보고, 천계에서 로키가 얼마나 망나니였는지를 잘 아는 프레이야는 정말로 변했다고 생각했다.

"그럼, 여기까지 불러낸 이유를 슬슬 가르쳐주지 않겠어?"

"음~ 오랜만에 잠깐 수다나 떨라캤지."

"또 거짓말하네."

후드가 만들어내는 그늘 속에서 엷게 웃는 프레이야에게 로키도 이제까지 보이던 장난스러운 태도를 뒤집어 씨이익 대담하게 웃었다. 두 사람 사이의 공기가 순식간에 바뀌었다.

운 나쁘게 이 타이밍에 주문을 받으러 왔던 가게 종업원은 두 신이 형성하는 압박감—— 조용한 박력에 자신도 모르게 뺨에 실룩실룩 경련을 일으키며 마치 가위에 눌린 것처럼 뻣뻣하게 섰다. 아이즈는 낯빛 하나 바꾸지 않은 채, 방해가 되지 않도록 옆에서 조용히 바라보기만 할

뿐이었다.

"솔직히 말해라. 멀 할라 카는데?"

"무슨 말을 하는 걸까, 로키?"

"시치미 떼지 마라, 문디야."

움직이지 못하는 남자 종업원에게 프레이야가 부드럽게 웃음을 지어주자 그는 흠칫 눈을 크게 뜨더니 열병에라도 걸린 것처럼 금세 시뻘겋게 달아올랐다. 이내 등을 돌리고 그 자리에서 맹렬히 도망쳤다.

곁에 사람이 사라지고 시선을 되돌려 보니, 로키는 가느다란 눈을 맹금처럼 날카롭게 뜨고 있었다.

"니 요새 너무 빨빨거리고 돌아다니는 거 아이가? 관심 없다카던 '연회'에도 갑자기 나타나제, 아까 말하는 거 보니 정보 수집도 윽수로 열심히 하제, 이번에는 무슨 꿍꿍이고?"

"꿍꿍이라니, 남이 들으면 오해할 말은 하지 말아줘."

"시끄럽다 마."

'네가 이상한 짓을 벌이면 꼭 안 좋은 일이 일어난다'——로키는 말 한 마디 한 마디에 그런 감정을 담고 있었다. 자신들에게 불똥이 튀는 짓을 했다간 박살을 내버리겠다고, 주황색 눈동자는 의향을 명확히 드러냈다.

시선의 응수가 이어졌다. 뱀조차 쏘아죽일 것 같은 로키의 눈빛을 프레이야는 웃으며 정면으로 받아냈다. 눈에 보이지 않는 험악한 신위가 발산되어, 정신이 들고 보니 가게 안은 어느샌가 세 사람이 전세를 낸 상태가 되고 말았다.

아이즈가 지켜보는 가운데 말없는 응수는 영원히 이어질 것만 같았으나.

로키가 천천히 힘을 뺐다.

그때까지의 분위기를 안개처럼 날려버리고, 확신했다는 어조로 말한다.

"남자가?"

"……."

여신은 대답하지 않았다. 그저 후드 안에서 웃음을 머금었을 뿐.

하지만 로키는 그 웃음을 긍정으로 받아들인 모양이었다.

어이없다는 듯 길고도 요란한 한숨을 내쉰다.

"하아…… 그니까 어느 파밀리아의 아 하나가 맘에 들었다, 그기가?"

프레이야의 박애주의—— 말하자면 고약한 남자 버릇은 신들도 주지하는 사실이었다.

마음에 든 남성 —— 주로 하계의 아이들 —— 을 발견하면 금방 접근해서, 타의 추종을 불허하는 '미'를 이용해 자신의 것으로 삼는다. 마성이라고도 할 법한 미독(美毒)에 빠져 그녀의 포로가 된 사람은 헤아릴 수 없다.

프레이야가 이번에 점찍은 것은 아마도 다른 【파밀리아】의 조직원.

'신의 연회'에 참석했던 것은 그 아이가 속한 【파밀리아】를 밝혀내기 위해.

당연한 말이지만, 이미 다른 신과 계약을 맺은 아이를 건드리려 한다면 ── 빼앗으려 한다면 ── 틀림없이 다툼이 벌어진다. 만약 싸움을 건 【파밀리아】의 세력이 강대하다면 프레이야는 적잖은 피해를 입고 눈물을 보이게 될 것이다. 그러니 섣부른 짓을 피하고 우선 정보 수집에 나섰으리라. 로키는 그렇게 추리한 것이다.

프레이야는 로키의 말을 부정하려 들지 않았다.

"보래, 이거 색골 여신이. 1년 맨치로 발정 나서는 사람을 안 가리네."

"어머나, 서운하게. 나도 분별 정도는 하는걸."

"어데 공갈을 치노. 빙시이 남신들도 죄다 속이삐리고는."

"그들하고 관계를 가져두면 이것저것 편리하거든. 이래저래 융통을 봐주니까."

"카악!"

로키는 목을 울렸다. 마녀년이라고 가차 없이 내뱉는 그녀에게, 프레이야는 정말로 아주 살짝, 가녀린 어깨를 으쓱해보였다.

더 이상 캐물을 것은 없는지, 로키는 삐걱 소리를 내며 의자 등받이에 체중을 실었다.

심심하다는 듯 머리 뒤에 두 손을 깍지 끼고는 몸을 슬쩍 젖혔다. 프레이야도 식은 찻잔을 들고 입술에 가져가, 한

문답이 끝난 후의 공간에 몸을 맡겼다.

그녀들의 바로 곁에서는 쾌청한 하늘이 펼쳐져 있었다. 대로의 소음이 귓전을 두드린다.

활짝 열린 창문에서 부드러운 바람이 들어와 프레이야의 로브를 부드럽게 쓰다듬었다.

"근데?"

"……?"

"어떤 놈아고? 이번에 니 눈에 든 아가. 언제 찾았노? 불어바라."

로키는 입가를 씨익 틀어 올렸다. 그 정도는 말하라고 요구하는 그녀는 신 특유의 구경꾼 근성을 있는 대로 드러내고 있었다. 말하지 않으면 돌려보내지 않겠다고, 흥미진진한 눈이 말하고 있었다.

"……."

"니 때문에 쓸데없이 마음 썼으니 내도 들을 권리 정도는 있다."

억지 논리를 갖다 붙이는 로키에게서 고개를 돌려, 프레이야는 눈을 왼쪽 창문으로 향했다.

메인 스트리트를 오가는 수많은 아이들을 내려다본다. 마치 오래전에 지나간 몇몇 광경을 떠올리는 것처럼, 후드 안의 은색 눈동자가 슬쩍 가늘어졌다.

"……강하지는, 않아. 너나 내【파밀리아】의 아이들에 비해도 지금은 아직 미덥지 못하지. 조금만 힘을 주어도 상처를 입고, 금방 눈물을 흘리는…… 그런 아이. 하지만."

가녀린 입술이 살짝 떨렸다.

"아름다웠어. 참 맑고. 그 아이는 내가 이제까지 본 적이 없는 빛을 가졌지."

그래서 눈길을 빼앗겼다. 넋을 잃고 바라보았다.

아무도 눈치 채지 못할 만큼 극히 미미한 불꽃이 소프라노 음성 속에 맺혔다.

"찾은 건 정말 우연이었어. 어쩌다 시야에 들어왔을 뿐."

당시의 정경을 떠올리며 프레이야는 말을 이었다. 그 상대와의 만남을 재현하려는 듯 창밖의 광경을 내려다본다.

"그때도 이렇게……"

햇빛이 흐릿한 이른 아침, 서쪽 메인 스트리트.

거리 저편에서 그 소년은 이쪽으로 뛰어왔다.

그렇다. 지금 막 시야 속을 가로질러 지나간 것처럼.

"——."

프레이야의 움직임이 멈추었다.

그 은색 시선이 모험자의 방어구를 걸친 '하얀 머리 소년'에게 못박혔다.

들끓는 인파를 누빌 때는 감속하며, 때로는 발을 멈추며 앞으로 앞으로 달려간다. 그 다리가 향하는 방향은 투기장, 몬스터 필리아. 주위의 흐름에 동반하듯 소년은 원형의 거대 시설로 진로를 잡았다.

서서히 멀어져가는 그 등을 바라보던 프레이야는 천천히,

고혹적인 미소를 떠올렸다.

"미안해, 갑작스러운 용무가 생겼어."

"머라꼬?"

"다음에 또 만나."

입을 딱 벌린 로키를 내버려둔 채 프레이야는 자리에서 일어났다.

로브를 단단히 여미며 온몸을 가리고 가게를 뒤로한다.

그 자리에는 로키와 아이즈만이 남았다.

"뭐꼬, 잠마. 갑작시럽구로 일어나삐고."

의아한 표정을 지으며 로키는 프레이야가 사라진 계단을 한동안 바라보았다. 그리고 문득,

"응?"

로키는 고개를 갸웃했다.

자신의 바로 옆자리, 창가에서 한 칸 거리를 둔 위치에서 아이즈가 바깥을 가만히 바라보고 있었다.

"아이즈, 와? 머 있나?"

"……아닙니다. 아무것도."

그 말과는 달리 아이즈는 여전히 밖을 보고 있었다.

그녀의 금빛 눈동자는 우연히도 여신의 은색 눈동자와 마찬가지로 기억 속에 있는 하얀 머리카락을 좇고 있었다.

"자, 여기."

"오오오……?!"

작업복 차림의 헤파이스토스에게서 받은 소형 케이스에 헤스티아는 감탄사를 흘렸다. 눈 밑에는 커다란 다크서클이 생겼지만 그녀의 얼굴은 당장이라도 빛을 낼 것 같았다.

"요망에는 부합했으려나?"

"응응, 충분해 충분해! 불만이 어디 있겠냐!"

달깍 뚜껑을 열고 헤스티아는 상자 안을 보았다.

칠흑의 칼집에 담긴, 칠흑의 자루를 가진 단도.

위에서 아래까지 검은색 일색이라 언뜻 보기에도 간소한 구조를 가진 이 무기는 헤스티아도 미흡하나마 힘을 보태 완성한, 헤파이스토스의 혼이 담긴 작품이었다.

약 하루 걸려 완성한 벨의 무기에 헤스티아는 더할 나위 없이 만족한 표정을 지었다.

"아, 맞다. 이 무기 이름은 뭐라고 붙였냐, 헤파이스토스?! 뭣하면 내가 붙여도 될까?! 그래, 나랑 벨의 사랑의 결정체라는 뜻에서 '러브 대거'는 어떨까!!"

"관둬! 완전히 졸작 같잖아! ……하지만, 그래, 이건 네 무기라고밖에 형용할 수가 없으니…… '헤스티아 나이프'라고 해야 할까."

헤파이스토스는 그렇게 말했다.

"에이 ~ 멋쩍게 ~."

시종 기분이 좋은 헤스티아는 머리를 긁으며 싱글거렸다.

머리 양쪽에 묶은 긴 트윈테일이 그녀의 기분을 대변하듯 남실거렸다.

"거듭 말해두지만 대출금 떼어먹지 마."

"알아 알아!"

높이 틀어 올렸던 머리를 풀며 못을 박는 헤파이스토스에게, 한껏 들뜬 헤스티아는 웃으며 고개를 끄덕일 뿐이었다. 친구가 한숨을 쉬든 말든 그녀는 냉큼 자리를 뜰 채비를 시작했다.

"벌써 가게?"

"응! 미안하지만!"

도저히 좀이 쑤셔 못 견디겠다는 듯 헤스티아는 재빨리 움직이더니 문으로 직행했다.

"헤스티아, 너 좀 쉬어!"

그 말을 등으로 들으며, 돌아보지도 않은 채 파닥파닥 손을 흔든다.

공방 옆에 설치된 작은 방을 나온 헤스티아는 그대로 헤파이스토스의 가게를 떠났다.

'아아, 얼른 이걸 벨에게 주고 싶다!'

그 아이가 어떤 표정을 지을까 생각하면 벌써부터 행복해졌다.

덮어놓고 기뻐해줄까? 존경의 눈빛으로 바라봐줄까? 아니면 감개무량해 덥석 끌어안을지도?

자기 좋을 대로만 망상하며 헤스티아는 헤벌쭉 뺨을 늘어뜨렸다. 길 한복판에서 혼자 몸부림치면서 헤실헤실 웃는다.

그리고 겨우 약간의 냉정을 찾은 헤스티아는 북서쪽 메인 스트리트를 나아가며, 무난하게 홈에서 벨이 돌아오기를 기다려야 할지 생각해보았다. 선물을 한시라도 빨리 넘겨주고 싶다는 생각은 굴뚝같았지만 벨이 어디 있는지를 알 수 없었기 때문이었다.

이 시간대라면 아마 던전에 내려가 있겠지만…….

"음? ……아하앙, 그렇지."

끙끙거리며 생각을 정리하던 헤스티아는 어떤 가게 앞에 나붙은 전단을 보고, 누구에게랄 것도 없이 씨이익 입가를 틀어 올리며 의기양양하게 웃었다.

전단에는 오늘 개최되는 '몬스터 필리아'의 일정과 프로그램이 적혀 있었다.

'오늘은 1년에 한 번 있는 필리아 축제……. 도시에 막 온 그 아이가 이 축제를 알았다면 분명 흥미가 동해 가보려 하겠지……!'

다시 말해 자신도 그곳으로 가면 딱 마주칠지도 모른다. 축제는 매우 혼잡할 테니 그렇게 생각대로 돌아갈 리가 없겠지만, 들뜰 대로 들뜬 헤스티아는 괘념치 않았다.

"벨의 행동 패턴은 이 손안에 있다!"

헤스티아는 쓸데없는 자신감을 발휘해 축제에 가보기로 했다.

목표는 동쪽 메인 스트리트.

"헤이, 택시!"

그 조그만 몸과 조그만 손을 한껏 뻗어 대로를 지나가던 빈 마차를 불러 세웠다.

아직 젊은 청년이 모는 마차는 헤스티아의 정면에 정확하게 멈추었다. 그녀는 차량에 올라타자마자 행선지를 말했다.

"동쪽 메인 스트리트까지 부탁해!"

"네이, 알아 모시겠습니다. 역시 몬스터 필리아에 가시는 건가요, 여신님?"

"응, 맞아!"

찰싹, 가벼운 채찍 소리가 울리고 마차는 움직이기 시작했다. 돌 블록 위를 굴러가는 바퀴 소리와 함께 약간 강한 상하진동이 좌석에 앉은 헤스티아를 감쌌다.

오라리오는 크다. 전 세계에서 모여드는 수많은 모험자며 【파밀리아】를 받아들인 만큼 총 면적은 여느 도시와 비교해도 훨씬 넓다. 그런 넓디넓은 도시에서 도보를 대신해 주는 마차 같은 이동 수단이 발달한 것은 자연스러운 흐름이었으며, 요즘은 사람이나 짐 운반을 장사 수단으로 삼는 마차 수송을 여기저기서 볼 수 있게 되었다.

참고로 마차를 세울 때 "택시!"라고 부르는 것은 변덕스러운 신들이 언제부터인가 쓰기 시작해 그대로 정착한 것이다.

"가능한 한 빨리 갔으면 하는데. 오늘은 어딜 가도 붐비겠지만, 서두를 수 있을까?"

"뭐, 여신님의 부탁이라면 거절할 수 없습죠. 이럇!"

헤스티아의 주문에 청년은 싹싹하게 대답하곤 재빨리, 능숙하게 마차를 몰았다.

인파로 붐비는 대로는 피해 구불구불한 골목을 경유한다. 때로는 마차 양끝이 스칠 정도로 아슬아슬한 길도 지나면서 동쪽 메인 스트리트로 향했다.

벨과 다섯 살도 차이가 나지 않을 것 같은 휴먼 청년과 화기애애하게 이야기를 나누며, 헤스티아는 축제 분위기에 활기를 띠는 거리를 눈으로 즐겼다.

"아차~. 죄송합니다, 여신님. 여기서부터는 도저히 못 가겠네요."

"어라라."

순조로이 나아가던 마차가 멈추었다. 동쪽 메인 스트리트를 눈앞에 둔 곳에서 단숨에 인구밀도가 증가해 마차가 다닐 만한 틈은 사라지고 말았던 것이다.

고민에 빠진 청년 뒤에서, 여기까지 오면 괜찮겠다고 생각한 헤스티아는 마차에서 내릴 채비를 했다.

"괜찮다, 운전수. 충분하니까. 여기서부터는 걸어서 갈게."

"정말 죄송합니다. 좀 어둡지만 저 뒷골목을 이용하시면 메인 스트리트까지 편하게 가실 수 있을 겁니다."

"고마워! 그런데 요금은 얼마지?"

"90발리스 되겠습니다."

헤스티아는 허리춤에 찬 자루를 뒤집어 화끈하게 전 재산을 청년에게 건네주었다.

"흐흥, 거스름돈은 필요 없다. 나머지는 팁이니까!"

"아니, 저기, 딱 맞는데요……."

청년의 말을 듣기도 전에 기분 좋게 뛰어나간 헤스티아는 뒷골목으로 들어갔다. 슬픔 어린 시선이 자신의 뒤통수를 바라본다고는 조금도 생각하지 않은 채.

뒷골목은 가늘고 어스름했다. 그러나 대로에 비하면 인적이 전혀 없어 청년의 말대로 수월하게 나아갈 수 있었다. 나이프가 든 케이스를 소중히 끌어안은 채 헤스티아는 오종종 달려갔다.

자기 이외의 사람이 뒷골목에 나타난 것은 그로부터 얼마 지나지 않아서였다.

"어라? 혹시 프레이야 아냐?"

"……헤스티아?"

두 길이 교차하는 곳에, 헤스티아와는 다른 방향에서 남색 로브로 온몸을 가린 여성이 나타났다. 후드에서 엿보이는 아름다운 은발과 눈에 익은 자태에서 헤스티아는 상대가 누구인지 짐작했던 것이다.

"너도 몬스터 필리아를 보러 왔어? 이런 길을 지나다니, 상당히 서두르는 모양인걸."

"……응. 사람이 많은 곳에서 당당히 돌아다닐 수는 없으니까, 이렇게 남의 눈을 피하면서 서둘러 가고 있었지."

"아~ '미의 신'도 힘들겠네."

미의 화신이라고도 할 수 있는 그녀가 대로를 활보했다간 그것만으로도 주위는 대혼란에 빠진다. 자신처럼 마차도 타지 못한다면, 이렇게 몰래 숨다시피 목적지까지 갈 수밖에.

후드 안에서 미소를 짓는 프레이야에게 헤스티아는 응응 고개를 끄덕였다.

"아, 맞다. 프레이야, 우리【파밀리아】아이 못 봤어? 지금 찾고 있는 중인데."

"……."

"하얀 머리에 눈이 빨간 휴먼이고…… 맞아맞아, 토끼 같아!"

손짓발짓을 해가며 희희낙락 벨을 설명하는 헤스티아에게, 프레이야는 잠시 웃음을 거두며 입을 다물었다.

그러나 이내 다시 미소를 머금더니, 자신이 왔던 길을 가리켰다.

"그러고 보니 봤던 것도 같은걸. 요 앞 동쪽 대로에서."

"정말이야?!"

"응. 똑바로 투기장을 향해 가는 것 같았으니, 이 길을 왼쪽으로 꺾으면 앞질러 갈 수 있지 않을까?"

얼굴 가득 희색을 띤 헤스티아는 고맙다고 외치곤 그녀의 말을 그대로 받아들였다.

키득 한 번 웃고 다른 길로 사라지려 하는 프레이야와 헤어져 각자 길을 걷는다.

이윽고 한동안 길을 따라가자, 저 너머에서 따뜻한 햇빛이 들기 시작했다.

그 다음부터는 찾기 쉬웠다. 헤스티아는 뒷골목의 출구를 단숨에 빠져나와 동쪽 메인 스트리트로 뛰어나갔다.

그녀를 기다렸던 것은 셀 수도 없는 사람들의 무리와.

그런 인파 속에서, 어떻게든 앞으로 나아가려고 악전고투하는, 벨의 모습이었다.

"여어~! 벨~!"

　　　　　　　✦

"어?"

귀를 두드린 내 이름에 돌아보고, 나는 눈을 동그랗게 뜨고 말았다.

어디 있는지 알 수 없었던 주신님이 인파를 헤치며 이쪽으로 달려오고 있었기 때문이다.

"주신님?! 왜 여기 계세요?!"

"어허, 멍청한 소릴 다 하는구나. 당연히 너를 보고 싶어서 왔지!"

눈앞에서 멈춰선 주신님은 어째서인지 자랑스럽게 그 커다란 가슴을 불쑥 내밀며 그런 말을 했다. 대답이 아닌 것 같은 대답에 나는 흘러내리려는 땀을 참아야 했다.

"아니, 저도 보고 싶기야 했지만, 그런 게 아니라요…… 저기, 이제까지 대체 어디 계셨던……"

"야아~ 그건 그렇고 대단하구나! 만나려고 하니까 정말로 맞닥뜨리다니! 역시 우리는 보통이 아닌 인연으로 맺어진 사이 아닐까나! 후후후!"

……모, 목소리가 닿지 않아.

완전히 자기만의 세계에 들어가고 만 주신님은 나를 완전히 무시하고 있었다.

"저기, 주신님? 엄청 기분이 좋으신 것 같은데, 정말 무슨 일 있었나요?"

"헤헷…… 알고 싶으냐? 내가 신이 난 이유를."

"네, 네에."

조금 전부터 계속 싱글거리던 주신님은 손을 뒤로 돌리더니 무언가를 더듬거리는 것 같았다. 나는 살짝 고개를 갸웃하며 다음 말을 기다렸다.

"사실은 말이다……."

그리고 무언가를 말하려다가, 갑자기 움직임을 우뚝 멈춘다.

축제로 붐비는 대로를 살짝 둘러본 후 기다리라는 듯 살짝 하늘을 올려다보더니, 무언가를 생각하는 눈치였다.

"……음, 기왕 이렇게 됐으니, 역시 지금은 안 가르쳐 주~지."

"네에?!"

"즐거움은 나중으로 미뤄두자."

설마 보류를 당할 줄은 몰라 너무한다는 표정을 짓고 있으려니, 주신님은 내 손을 잡고 걸어갔다. 느닷없이 붙들린 오른손의 감촉에 나는 깜짝 놀라 심장소리를 한 단계 올려버리고 말았다.

"데이트하자, 벨."

그리고 나를 돌아보며 미소와 함께 그렇게 말했다.

"……데, 데이트?!"

"그래, 데이트. 이렇게 시내가 들썩거리는데, 우리도 즐기지 말라는 법이 있느냐?"

"아니, 하지만, 데이트라뇨……?!"

"후후. 자아! 가자, 벨!"

단숨에 얼굴을 붉히고 만 나를 보며 주신님은 한층 재미있다는 듯, 매우 기쁜 듯 웃었다.

조그맣고 보드라운 손가락이 내 손가락에 얽혀 소란스러운 인파 속으로 이끌었다.

대로에 늘어선 노점의 활기는 좀처럼 수그러들 줄을 모른다. 팔고 있는 물건은 걸어가면서 가볍게 먹을 수 있는 꼬치 요리 같은 것이 주류를 이루는 가운데, 몬스터 필리아에 편승한 자질구레한 물건이나 액세서리 같은 것도 보였다. 진짜 무기를 늘어놓은 노점까지 있는 것이 역시 오라리오답다고 해야 할까.

멀리서 쏘아 올린 폭죽이 크고도 기분 좋은 소리를 투명한 창공에 뿌려댔다.

"자, 잠깐만, 잠깐만요, 주신님?! 저, 사실은 심부름을 부탁받았거든요!"

"음? 그래?"

"네! 그래서 지금도 어떤 사람을 찾는 중이라……!"

"좋아. 그럼 데이트를 하며 그 사람도 찾아보자. 즐기면서 일도 하니 일거양득 아니냐? 오? 아저씨, 크레이프 두 개 주게!"

"주신님—?!"

변명을 손쉽게 흘려 넘기는 바람에 나는 더더욱 난감해졌다.

이래서는 시르 씨에게 지갑을 전해달라고 부탁했던 분들께 고개를 들 수가 없다. 심부름을 내팽개치고 데이트(인가?)를 했다는 사실이 알려지면 원한을 사고 말 것이다.

'게다가…….'

바로 곁에 있는 주신님을 자꾸만 의식하게 된다.

계속 붙잡혀 있는 손에서는 긴장을 풀 수가 없었으며, 이제까지 보지 못한 수많은 표정에도 자꾸만 눈길을 빼앗겼다.

나이에 어울린다는 말은 좀 이상하겠지만, 지금 주신님은 그 앳된 용모에 걸맞은 행동을 보이고 있었다. 장난을 치며 웃기도 하고, 노점에 나온 물건을 보며 눈을 빛내기도 하고.

언제나 홈에서 나를 맞아주던 그 어른스러운 주신님과는 분위기가 전혀 달랐다. 흐뭇하다고도 할 수 있겠지만, 뭐랄까, 그게, 응…… 진짜 귀엽다.

역시 우리 주신님은 미소녀다. 평소와는 다른 모습을 보니 새삼 그런 생각이 들었다.

자칫 마음을 놓았다간 가슴이 크게 뛸 것 같아 정말로 난감해졌다.

상대는 황송하옵게도 신이란 말이지…….

"벨, 벨."

"아, 네. 왜 그러세요?"

"아~."

"……허읍?!"

온갖 고민에 빠진 나에게 그야말로 결정타를 날리듯.

주신님은 만면의 미소와 함께 조금 전에 산 크레이프를 내밀고 있었다.

잡았던 손은 놓은 채 두 손으로 들고, 그 조그만 몸을 한껏 뻗으며 하얀 크림이 듬뿍 담긴 크레이프를 내 입가에 들이댄다.

괴상한 소리를 내고 말았던 나는 두 눈을 한껏 크게 떴다.

"주신님, 뭐 하시는 거예요?!"

"뭐긴, 아~ 아니냐, 아~. 한번이라도 좋으니 해보고 싶었다."

"──?!"

한심한 동요가 온몸을 지배했다.

지금 우리 주신님에게 하고 싶은 말이 떠올랐다가는 사라져서 결국 말로 할 수가 없었다. 입을 뻐끔거리며 얼굴만 붉힐 뿐이었다.

기분이 좋으신 건 알겠지만, 축제 분위기에 물들었는지, 완전히 들떴잖아……?!

"음? 뭐냐, 벨. 내가 먹던 건 입에 담을 수 없다는 게냐?"

"아, 아뇨?! 그런 게 아니라, 그게……!"

쫌 부끄럽달까…… 아, 아니그게아니잖아벨! 실례라고, 실례! 상대는 신이라구! 그런 분께 음식을 받아먹다니, 불경해도 정도가 있지……!

무례를 저지른 미안함, 숨길 수 없는 부끄러움 때문에 혼란에 빠진 나는 그때 문득 함께 구입했던 내 몫의 크레이프가 있었음을 떠올렸다.

"주, 주신님 걸 받을 수는 없잖아요?! 제 걸 드세요!"

"……도망쳤겠다."

사사삭 내민 내 크레이프에 주신님은 조금 불만스러운 표정을 지었다.

하지만 금세 뭐 어떠냐고 웃음을 지었다.

"그러면 네 말에 따르기로 하지. 제대로 먹여줘야 한다?"

"엑."

"자, 아～."

"……아～."

© Suzuhito Yasuda

눈을 감은 주신님은 살짝 입을 벌렸다.

잠깐 굳었던 나는 채근을 당하는 대로 천천히 그 입술에 크레이프를 가져가고……

냠.

귀여운 벚꽃색 입술이 입맞춤을 하듯 크레이프를 살짝 입에 댔다. 천진난만한 아이 같은 몸짓에 바보 천치인 나는 나도 모르게 얼굴을 붉히고 말았다.

눈을 감은 주신님은 장난꾸러기처럼 웃더니 마지막으로 다시 한 번, 이번에는 크게 입을 벌리고 턱 베어물었다. 부드러운 뺨이 맛나게 오물오물 동글동글 움직인다.

지금 나는 어떤 표정을 짓고 있을까…….

'아.'

뺨에, 하얀 크림이.

껍질에서 넘쳐난 내용물이 주신님의 뺨에 묻은 것을 보고, 나는 반사적으로 손을 들려 했다.

그 하얀 덩어리를 닦기 위해 손가락을 뻗으려다가, 직전에 우뚝 멈추었다. 이렇게 스스럼없는 짓은 그야말로 주신님께 무례가 아닐까 생각했기 때문이다. 지금은 닦아드릴 만한 손수건도 없었다.

나는 민망하게 손을 빼려 했지만…… 조그만 손이 내 손을 슬쩍 붙잡았다.

"홋홋. 닦아주면 좋겠구나."

"……."

주신님은 조용히 웃었다. 뺨을 살짝 붉히며, 어쩐지 자애가 넘쳐나는 표정으로.

여신의 웃음에 시선을 빼앗긴 나는 뻣뻣한 동작으로 손을 내밀어 천천히 주신님의 얼굴을 닦았다.

뺨을 붉히는 주신님이 간지러운 듯 눈을 가늘게 떴다.

'으, 으아아······.'

머리에서 김이 날 것 같았다.

온몸이 근질거린다. 엄청나게 창피하다. 아니, 멋쩍은 건가? 나 완전히 이분에게 휘둘리고 있어.

"좋았어. 벨, 다음으로 가자. 이번에는 감자돌이를 먹자꾸나."

"아, 아직도 남았어요?!"

"당연하지. 단둘이 홀가분하게 놀 기회가 얼마나 된다고!"

다시 손을 붙들린 채 주신님의 뒤를 따랐다.

이젠 여러 가지 의미에서 난처하기 짝이 없었지만, 그래도 문득 깨닫고보니 내 입에는 자연스레 웃음이 떠오르고 있었다.

가만히 생각해보면, 정말 이분 말이 맞을지도 모른다. 두 사람만의 【파밀리아】를 지키기 위해 나는 던전에 내려가고, 주신님까지 아르바이트를 다니고.

이렇게 둘이 함께 무언가를 했던 시간은 이제까지 손으로 꼽을 정도밖에 없었던 것 같았다.

인파 사이를 누비며 주신님과 함께 메인 스트리트를 뛰어

다녔다.

쓴웃음은 끊이질 않았지만, 그래도 나는 명랑한 주신님에게 기꺼이 휘둘렸다.

그것은 커다란 환성과 함께 시작되었다.

흙먼지가 피어나고, 사슬에서 풀려난 몬스터 한 마리가 포효를 올리며 똑바로 돌진한다. 2M에 이르는 거대한 멧돼지 몬스터 '배틀보어'의 몸받기 공격을 혼자서 기다리던 여성은 짧은 머리카락을 휘날리며 아슬아슬한 위치에서 몸을 돌려 비켜났다.

요란하게 터져 나오는 관중의 목소리. 열기의 소용돌이가 5만 명을 수용할 수 있는 관객석을 에워쌌다.

도시 동쪽에 존재하는 암피테아트룸(원형투기장).

엄청난 숫자의 관중이 지켜보는 가운데, 오늘의 메인이벤트인 몬스터 필리아가 막을 열었다.

중앙 필드에서는 이날을 위해 포획된 몬스터가 흉포함을 한껏 드러내며 사냥감을 향해 바삐 네 발을 놀렸다. 바위도 쉽게 부수는 문자 그대로의 '저돌(猪突)'을 【가네샤 파밀리아】의 테이머(Tamer, 조련사)는 가볍게 회피했다. 솟아나는 주위의 성원을 한 몸에 받는다.

그것은 아는 사람이 보면 투우를 방불케 하는 것일지도

모른다. 화려한 의상을 입은 미녀가 채찍과 망토를 들고 미친 듯이 날뛰는 몬스터와 몇 차례나 교차한다.

이 몬스터 필리아에서 그녀에게 주어진 사명은 몬스터를 격파하는 것이 아니라 어디까지나 조련. 자신을 죽이려 드는 괴물을 목숨 걸고 길들이려는 그 자세는 시민들에게 경외와 숭배, 그리고 흥분을 가져다주었다. 한 치의 방심도 허락하지 않는 상황의 연속. 관중들은 몇 번이나 손에 땀을 쥐었다.

몬스터가 지르는 포효, 마석제품 확성기를 통해 쩌렁쩌렁 울려 퍼지는 사회자의 해설 멘트, 파도치는 관중의 고함. 대회장의 전압은 한없이 올라가기만 했다.

"시작했구나……."

성황인 대회장을 보며 에이나가 중얼거렸다.

투기장 밖에 대기하던 그녀는 내부에서 찌릿찌릿 전해지는 소리와 진동을 피부로 느끼며, 등을 돌리고 있던 건물을 올려다보았다.

현재 에이나를 비롯한 길드 직원들은 투기장 곳곳에 동원된 상태였다. 주로 관객 입장 및 유도, 그리고 【가네샤 파밀리아】의 보조를 맡고 있다.

몬스터 필리아는 신들의 취미에서 시작된 이벤트가 아니다. 협조를 약속해준 【가네샤 파밀리아】가 주요 진행을 맡기는 하지만, 기획 자체는 어디까지나 길드에서 시작되었다.

'내가 이런 생각을 하면 못쓰겠지만…… 어쩌다 이런 이벤트를 열게 됐을까?'

몬스터 필리아 개최는 길드 상부의 의향이었다. 조직의 말단인 에이나가 간섭할 수는 없겠지만, 자꾸만 떨떠름한 기분이 들었다.

도시 단위의 위험은 없다고는 해도, 던전에서 몬스터를 지상으로 끌어올리는 행위는 원래 있어서는 안 된다. 적어도 에이나에게는 거부감이 있었다. 미궁도시 오라리오의 관리, 나아가서는 도시의 평화를 부르짖는다면 큰일이든 작은 일이든 싹은 뽑아내야만 하지 않겠는가.

몬스터란 무서운 존재이다.

설마 이 필리아 축제를 통해 몬스터와 우호를 강조하고 싶은 것은 아닐 테지.

오락거리를 추구한 나머지 위험 속에 한 발을 집어넣는 것은 본말전도 —— 그렇다, 적어도 길드의 입장에서는 —— 라고, 에이나는 그렇게 생각했다.

"게다가…… 빵과 서커스라. 귀가 따가운걸."

"으응? 에이나, 뭐라고 그랬어~?"

혼잣말을 들었는지 물어보는 동료에게 에이나는 쓴웃음을 지으며 아무것도 아니라고 고개를 가로저었다.

오라리오는 도시의 특성상 수많은 【파밀리아】, 수많은 모험자가 있다. 듣기에는 좋지만 모험자란 결국 난폭자, 무법자가 대부분을 차지한다. 그들의 거친 매너가 이따금 일반 시민과의 알력을 낳고 치안에 대한 불만을 모으는 것 또한 사실이다.

던전에서 나오는 마석을 효율적으로 회수하려는 길드의 입장에서는 미궁 탐색에 나가는 모험자들을 옹호해야만 한다. 따라서 객관적으로 보면 몬스터 필리아는 도시의 운영에 눈을 감게 만드는, 시민들의 스트레스 해소용 오락이라 보여도 할 말이 없는 것이다.

얼마 전에는 웬 모험자가 바벨 안에서 그런 비방을 퍼부었을 정도였다. 그 신랄한 말은 에이나 자신의 귀에도 들어왔다.

'어쨌거나 아무 일도 일어나지 않는다면 좋겠지만…….'

몬스터 필리아가 열리는 이 시기만큼은 언제나 마음을 졸이게 된다. 축제가 끝날 때까지는 자꾸만 날카로워지고 만다.

"나도 보러 가고 싶다아."

……아니면 자신의 생각이 너무 고리타분한 걸까. 바로 옆에서 중얼거리는 친구 동료를 보며 에이나는 이마에 손을 댄 채 잠깐 고민하고 말았다.

"여기에도 없고……."

"역시 이미 투기장에 들어간 것 아니겠느냐?"

'……응?'

에이나의 시야에 낯익은 인물이 나타났다. 벨이었다.

투기장 부지의 바깥쪽에 해당하는 이곳에서 마치 누군가를 찾는 것처럼 이곳저곳을 두리번거린다. 그의 바로 옆에 있는 사람은 【파밀리아】의 주신일까.

에이나는 뒤쪽의 대기 장소를 지키던 직원들을 슬쩍 쳐다보고, 잠깐이면 괜찮겠다고 판단해 자신의 담당 모험자인 소년에게 다가갔다.

"벨."

"어, 에이나 누나?"

"벨, 이 하프엘프 아가씨는 누구냐?"

어리둥절한 벨에게 쓴웃음을 지으며 에이나는 우선 곁에 있던 헤스티아에게 인사했다.

"저는 벨 크라넬의 미궁 탐색 어드바이저를 맡고 있는 길드 사무부 소속 에이나 튤이라고 합니다. 처음 뵙겠습니다, 헤스티아 신이시여."

"아아, 그런 거였군. 언제나 벨이 신세가 많네."

자기소개를 하자 헤스티아는 알았다는 듯 손을 척 내저었다. 에이나가 당치 않다면서 다시 고개를 숙이자, 벨이 타이밍을 가늠해 질문했다.

"에이나 누나는 무슨 일이에요?"

"길드도 필리아 축제의 주최자니까, 환경 정비를 거들고 있었어. 난 관객 유도 담당. 벨도 이벤트를 보러 온 거니?"

"아뇨, 저는 사람을 찾고 있는데요…… 저기, 웨이트리스 차림……은 암만 그래도 아니겠지. 뭐랄까, 돈이 없어 난처한 것 같은 휴먼 소녀, 혹시 못 보셨어요?"

"으음…… 잘 모르겠는데."

이상하게 구체적인 인상착의에 에이나는 쓴웃음을 감출 수 없었다. 벨도 그건 그렇겠다면서 조금 난감한 표정으로 머리를 긁는다.

투기장에 들어가려면 제법 비싼 입장료를 내야 하므로, 지갑을 가져오지 않았다는 벨이 찾는 사람은 대회를 보고 있을 가능성이 낮다. 그 사실을 알려주자 벨은 알았다면서 고개를 끄덕였다.

"그럼 저는 근처에서 좀 더 찾아볼게요. 어쩌면 엇갈렸을지도 모르니까."

"그래. 만약 그런 사람이 있으면 여기서 기다리라고 할 테니까, 못 찾겠으면 다시 와봐."

"고맙습니다!"

고개를 숙인 벨은 자리를 뜨려 했으나, 곁에 있던 헤스티아가 에이나를 빤히 바라보며 움직이려 하질 않았다.

에이나가 고개를 갸웃거리고 있으려니 그녀는 조용히 입을 열었다.

"헌데, 어드바이저."

"예, 무슨 일이신가요?"

"그대는 자신의 입장을 이용해 벨에게 추파를 던지는 일은…… 하지 않겠지?"

처음에는 무슨 말인지 알아듣지 못해 에이나는 멍청한 표정을 짓고 말았다.

빤히 올려다보는 헤스티아가 진심으로 물은 것임을 깨닫자, 그녀의 입가에 조용히 경련이 일어났다.

"고, 공사는 혼동하지 않을 생각입니다……."

"음, 그 말을 믿겠다."

자못 엄숙하게 고개를 끄덕이며 헤스티아는 에이나의 어깨를 턱턱 두드렸다. 그리고 의아한 표정으로 이쪽을 쳐다보는 벨에게 돌아간다.

혹시 지금 자기에게 못을 박아놓은 걸까 싶어, 에이나는 두 사람의 뒷모습을 지켜보며 땀을 뻘뻘 흘렸다.

가벼운 두통을 느끼며 에이나도 동료들에게 돌아갔다.

"나 원, 그 자식들은 뭘 하고 있는 거야."

"불평은 됐으니까 빨리 인원을 수배해."

"……?"

직원들 사이에서 흐르는 술렁거림.

조금 전까지는 없었던 분위기에 에이나는 의아한 표정을 지었다.

"잠시만요. 무슨 일 있었나요?"

"그래. 서쪽 게이트에 있던 직원 몇 명이 쓰러졌다는 거야."

"네……?!"

"어…… 아니, 의식은 있어. 하지만 넋이 나간 것처럼 주저앉아 있었다나……. 뭐, 아마 어제 술을 진탕 마신 거겠지. 도저히 운신을 못할 지경이라니까, 여기서 대신 인원을 보내려고."

수인 남성 직원은 못 말리겠다는 듯 뒷머리를 긁었다.

에이나는 그 말을 듣고 묘한 불안감에 휩싸였다. 불길한 긴장이 등을 타고 기어올랐다.

'내가 너무 과민한…… 거겠지?'

환성과 비명이 뒤섞인 관중들의 목소리를 들으며, 눈앞에 우뚝 솟은 거대 투기장을 올려다보았다.

땅 밑바닥에서부터 솟아오르는 듯한 몬스터의 울음소리가 에이나의 고막을 긁어댔다.

광원이 영 미덥지 못한, 어둡고 눅눅한 장소였다.

천장에서 드리워진 마석등은 하나를 제외하면 모두 침묵에 잠겨 방 곳곳에 그림자를 만들어냈다. 1M 정도 되는 나무상자가 주위에 흩어져 있고, 주위는 어딘가 잡다한 인상. 벽에는 무기를 비롯해 다양한 무구가 걸려 있었다.

언뜻 보면 창고처럼 보이는 어스름한 공간에는 '우리' 몇 개가 있었다. 사슬에 묶인 여러 마리의 몬스터가 갇혀, 금속끼리 부딪히는 소리가 빈번히 들렸다. 쇠창살 틈으로 코를 들이대는 대형 몬스터가 이를 드러내며 으르렁대고 있었다.

지하에 설치된 넓은 방. 투기장의 백스테이지, 말하자면 몬스터의 대기실이었다.

몬스터들은 이곳에서 담당자의 손에 이끌려 아레나로 우리와 함께 운반될 예정이었다. 지상에 올라가서야 구속이 풀려 중앙 필드에 있는 테이머와 대치하는 것이다.

지진 같은 관중의 음성이 멀리 떨어진 이곳까지 메아리치듯 울렸다.

"뭘 하는 거야? 다음 순서 시작되는데! 왜 몬스터를 안 보내?!"

날카로운 발소리와 함께 문이 활짝 열렸다. 【가네샤 파밀리아】의 여성 조직원이 험악한 눈빛으로 실내에 뛰어들었다.

그녀는 이 축제의 준비를 관리하는 팀장이었다. 차례가 다가왔는데도 몬스터가 실려오지 않는 데 조바심을 내 급히 보러온 것이다.

그러나 노기를 머금은 그녀의 목소리에 대답하는 이는 아무도 없었다.

"아니…… 어, 이봐! 어떻게 된 거야?!"

실내에 펼쳐진 것은, 나란히 바닥에 주저앉은 동료들의 모습이었다.

이 자리를 맡았던 세 명의 운반 담당자가 넋이 나간 꼴로 한데 모여 있었다.

경악에 사로잡히며 황급히 제일 가까운 사람에게 달려가 보니, 숨은 쉰다. 외상도 없다. 고개를 들어 다른 자들도 살펴보았지만 똑같았다. 온몸에서 힘이 빠져나간 것 같았다.

"아……아."

'몬스터의 독? 아니, 그건 아니야. 대체 뭐지……?!'

가늘게 새 나오는 목소리. 상기된 두 뺨. 눈동자는 초점이 맞지 않는다.

전혀 본 적이 없는 증상. 웅크리고 있는 동료의 얼굴을 들여다본 그녀는 가벼운 오한에 사로잡혔다. 그들이 빠진 이상 증세에 전혀 짐작 가는 바가 없었다.

이곳에서 무슨 일이 일어났는가 싶어, 그녀는 벌떡 일어나 몬스터가 으르렁거리는 어두운 실내를 둘러보았다.

"─── ."

갑자기 등 뒤의 공기가 일렁였다.

습격을 연상케 하는 날카로운 움직임이 아니라, 별것 아닌, 친구에게 다가가듯 느릿느릿한 움직임. 해를 끼칠 뜻이라고는 전혀 느껴지지 않았기에 대응이 치명적이리만치 느려졌다.

누군가가, 바로 뒤에 서 있었다.

"움직이지 말렴."

"──아."

살짝, 뒤에서 누군가가 두 눈을 가렸다.

무섭도록 매끄러운 살결을 가진 가녀린 손이 눈을 덮은 것이다.

다음으로는 경련한 것처럼 한 차례, 부르르 몸이 떨렸다.

콧속을 훑는 달콤한 향이, 밀착하는 부드러운 몸이, 피부를 통해 느껴지는 온기가 그녀의 감각이란 감각을 모조리 마비시켰다. 바닥을 알 수 없을 만큼 깊은 무언가가 온몸을 뒤덮었다.

믿을 수 없는 '매료'.

시야 밖에서 밀려드는 '매료'.

있을 수 없는 일이다. 저항할 수 없다. 거역할 수 없다.

머리가 새하얗게 변했다. 아무것도 생각할 수 없었다. 의식이 차단되었다.

그녀는 자유를 빼앗겼다.

"열쇠는 어디 있지?"

"——?"

"몬스터 우리의 열쇠는, 어디 있어?"

숨을 불어넣듯 스며든 두 마디의 말에 그녀는 마치 조건반사처럼 따랐다.

부들부들 떨리는 왼팔을 움직여, 허리에 찬 열쇠 꾸러미를 들었다. 잘그락잘그락 소리와 함께 몬스터 우리의 열쇠를 어깨 높이까지 들어 올렸다.

"고마워."

그 누군가는 열쇠를 가져가더니, 눈을 가렸던 손도 치웠다. 그러나 눈은 기능을 하지 못했다. 자아를 잃어버린 그녀에게는 아무것도 보이지 않았다.

등 뒤에 있던 기척이 떠나가자 발목에서부터 힘이 빠져나가 털썩 엉덩방아를 찧고 말았다.

조금 전까지 일어났던 광경을 되감은 것처럼, 그녀도 동료들과 똑같은 결말을 맞았다.

"미안해."

프레이야는 쓰러진 여성을 두고 안쪽으로 나아갔다.

서쪽 게이트를 감시하던 길드 직원과, 강자로 알려진 【가네샤 파밀리아】의 모험자. 두 조직의 조직원을 무력화하고 그녀는 이곳까지 침입했다.

프레이야에게 전투력은 전혀 없다. 하계에 있는 한 그녀는 무력한 한 사람의 '신'일뿐이다.

그러나 그녀에게는 어마어마한 '미'가 있다. 아니, 그녀자신이 '미' 그 자체였다.

이성으로는 제어할 수 없는 힘. 휴먼이나 데미휴먼은 물론 신들에게까지 미치는 그 지배력은 압도적이다. 그녀가 마음만 먹으면 그 누구든 망아(忘我)의 늪에 빠뜨릴 수 있다.

이번에는 그 힘을 조금 안 좋은 방향으로 사용했다.

의식을 제대로 갖추지 못할 정도로, 말 그대로 서 있을 수도 없을 만큼, 남녀 불문하고 상대가 넋이 나가게 만든다. '매료'시킨다.

기습처럼 사용하면 그녀도 이 정도는 가능했다.

"……"

프레이야는 넓은 방 한복판으로 이동했다.

주위에는 몬스터를 가둬놓은 크고 작은 우리가 여럿 있

었다. 사로잡힌 몬스터들은 흥분했는지 사방팔방에서 프레이야를 향해 으르렁거렸다.

그러나 그녀가 후드에 손을 댄 순간, 요란한 목소리는 뚝 그쳤다.

『……。』

절세의 미모가 드러난다.

눈처럼 새하얗고 부드러운 피부가 몬스터들의 시각을 후려치고, 오싹할 정도로 넘쳐나는 향이 그들의 움직임을 옭아맸다. 짐승들의 눈은 반짝이는 은색 눈동자에 못 박히고 말았다.

흉악한 몬스터들이라 해도 그녀의 미에서 벗어날 수는 없었다.

"……네가 좋겠구나."

음미하듯 몬스터들의 얼굴을 훑던 은색 시선이 어떤 한 점에서 머물렀다.

그 몬스터는 온몸에 새하얀 체모가 덮여 있었다. 우락부락한 몸집 중에서도 두 어깨와 두 팔의 근육이 특히 거대했으며, 프레이야와 같은 은색 머리카락이 등을 따라 흘러내려 꼬리처럼 늘어졌다.

야생 유인원 몬스터 '실버백'은 눈을 한껏 크게 뜬 채 숨을 씩씩거리며 여신의 시선을 받고 있었다.

"나오렴."

손에 든 열쇠를 꽂아 우리의 자물쇠를 땄다.

활짝 열린 창살 너머에서 실버백은 프레이야를 따르듯 한 걸음 앞으로 나왔다. 풀리지 않은 사슬이 절그럭 소리를 냈다.

몬스터를 풀어준다는, 자칫하면 위험한 행위.

자유분방한 여신의 방약무인한 변덕.

목적은 단 하나.

'그 아이도 이곳에 왔구나…….'

프레이야는 생각했다. 소년, 벨 크라넬을.

'……아아, 안 되겠어. 한동안은 그 아이의 성장을 지켜볼 생각이었는데…….'

프레이야는 안다. 벨이 무시무시한 속도로 성장하고 있음을.

원인은 모르지만, 상식을 깨는 속도로 지금도 '비약'하고 있음을.

여신의 눈에는 그것이 보였다.

'……건드려보고 싶어졌잖아.'

마치 아이 같다고 프레이야는 생각했다.

좋아하는 상대에게 장난을 쳐 마음을 끌려 한다.

장난을 받은 상대의 반응을 보고 즐기려 한다.

정말로, 아이들이나 하는 짓.

하지만 이제는 그칠 수 없었다. 첫눈에 반한 상대에 대한 충동이, 몸을 달구는 가슴속의 열기가, 사랑이, 프레이야를 떠밀었다.

소년의 난감해하는 표정을, 소년의 우는 모습을——
그리고 무엇보다도 그의 '용감한 모습'을 보고 싶었다.

"……."

『후욱, 후욱——……?』

요란한 숨소리가 울려 퍼지는 가운데, 사랑하는 자식을
대하듯 실버백의 뺨을 쓰다듬다가 문득 생각했다.

몬스터를 밖에 풀어놓아, 만일 실수해서 벨이 죽기라도
한다면.

그때까지는 생각도 못했던 가능성. 하지만 프레이야는 금
세 웃음을 지었다.

만약 소년이 죽기라도 한다면.

'쫓아가 주겠어.'

하계를 떠나 천계로 올라가는 그 영혼을, 어디까지고 쫓
아가리라.

'안아주겠어.'

그리고 붙잡은 영혼을, 사랑을 관장하는 자신의 가슴속으
로 이끌어주리라.

자애와 다정함에 물든 은빛 눈동자 속에 뚜렷한 가학의
빛을 머금으며, 프레이야는 눈을 가늘게 뜨고 희열의 미소
를 지었다.

이윽고 웃음을 남긴 채, 두 손으로 뺨을 감싼 실버백에게
얼굴을 가져갔다. 몬스터의 몸이 가엾을 정도로 떨렸다.

'그러니.'

다음 순간, 프레이야는 몬스터의 이마에 입을 맞추었다.

'기다리고 있으렴.'

포효가, 울려 퍼졌다.

"주신님, 에이나 누나랑 무슨 얘기 하셨어요?"

"뭐, 별거 아니었다."

시르 씨를 찾기 위해 투기장 주변을 한바탕 돌아다닌 나는 주신님과 함께 다시 동쪽 메인 스트리트로 돌아왔다. 쇼가 시작되자 거의 모든 사람들이 투기장으로 들어갔는지 대로에는 사람들의 모습이 매우 드문드문했다.

"벨, 네가 찾는 상대가 여자더냐?"

"네? 어, 네. 회색 비슷한 머리랑 눈을 한 휴먼이에요. 좀 어른스럽고, 키는 어쩌면 저보다 좀 더 클지도……."

시르 씨의 외견을 물어보는 거라 생각해 나는 그녀의 특징을 하나씩 설명해주었지만 주신님은 별 상관도 없다는 듯 흘려들으면서 책망하듯 눈을 흘겼다.

비난의 시선에 나는 영문도 모르고 뒷걸음질을 쳤다.

"저, 저기, 왜 그러세요?"

"……아까 그 어드바이저도 그렇고, 너도 참 마음을 놓아선 안 되겠구나."

"어…… 그, 그게 무슨 뜻인가요?"

"글쎄다~."

주신님은 휙 고개를 돌렸다. 머리 좌우로 묶은 트윈테일이 남실거리며 내 잘못을 비난한다. 주신님이 왜 언짢아졌는지도 모르는 나는 어찌해야 좋을지 알 수 없어 한동안 갈팡질팡했다.

"——?"

"……왜 그러느냐, 벨?"

아무 예고도 없이 발을 멈춘 나를, 몇 걸음 앞서 걷던 주신님이 여전히 부루퉁한 표정으로 돌아보았다.

나는 대답도 잊은 채, 이끌리듯 주위를 둘러보았다.

지금 분명.

무언가가, 귀에 들렸는데.

아직도 가라앉을 줄 모르는 축제의 소란과는 다른, 무언가 절박한, 날카로운 목소리가.

"……비명?"

그 중얼거림이 입에서 떨어져 나온 순간.

커다란 목소리가 울려 퍼졌다.

"모, 몬스터다아아아아아아아아아아아아아!"

얼어붙은 것처럼, 평화로운 소음으로 가득했던 대로는 한순간 침묵에 잠겼다.

그리고 나는 보았다.

투기장 방면에서 이어지는 길 안쪽으로부터.

돌 블록을 요란하게 밟는 소리와 함께, 순백색 털을 가진 몬스터 한 마리가 거칠게 뛰어오는 것을.

🔥

몬스터는, 실버백은 흥분하고 있었다.

요란하게 숨을 토해내고, 온몸의 근육을 불끈불끈 움직였다. 길게 늘어진 은색 머리카락이 바람에 크게 흩날리는 가운데, 무언가에 사로잡힌 듯 앞으로만 나아갔다.

그는 찾고 있었다. '여신'을.

뇌리를 스치는 것은 반짝이는 은발을 찰랑이며 지하실 밖으로 사라지던 그녀의 뒷모습. 몸도 마음도 완전히 '매료'되고 만 실버백은 이제까지 품어본 적 없는, 제어 불가능한 충동에 사로잡혀, 보이지 않는 사슬에 이끌리듯 그녀의 뒷모습을 좇았다.

그녀의 사랑을!

여신의 총애를!

한없이 순연하고 순수한 본능이 몬스터를 행동케 했다.

여기에 짐승의 천성이 개입될 여지는 없다. 그것은 분명히 신에게 청하는 '구애'였다.

『크어어어어어어어어어!!』

"으아악!!"

도로 한복판을 달려오던 짐수레에 돌격해 이를 걷어차버린다. 간신히 피해를 면한 말 울음소리가 울려 퍼지고, 황급히 허공으로 뛰었던 말 주인은 땅바닥에 굴러떨어졌다. 뒤집어진 수레는 덜컹덜컹 헛되이 바퀴를 돌렸다.

여신의 잔향에만 의지하며 여기까지 왔지만 냄새는 이미 애매했다. 반쯤 제정신을 잃어 길을 잘못 들었는지, 달콤한 향의 잔재는 완전히 끊어지고 말았다.

실버백은 머리를 휙 돌려 그 자리에서 한 차례 정지했다. 후욱, 후욱. 자신의 호흡을 들으며 사방을 둘러본다.

수많은 사람들이 있었다. 놀라 주저앉은 사람, 멍한 표정으로 선 사람, 두 손으로 입을 가리고 얼굴이 창백해진 사람. 그런 사람들이 실버백을 중심으로 커다란 원을 이루었다.

그리고 실버백이 자신을 에워싼 사람들을 둘러보는 것이 거의 끝난 그 순간.

멈칫. 시선이 어떤 곳에 멈추었다.

실버백은 핏발이 선 두 눈으로 '그녀'를 보았다.

아연실색한 표정으로 자신을 바라보는, 흑발의 조그만 소녀.

주위 사람들과는 명백히 다른, 특별한 존재.

그것은 분명 그 누구보다도 숭고한 존재.

그토록 찾아 헤매던 '여신'과 본질이 같은 존재.

떠올랐다.

"──조그만 나를 쫓아오렴."

마지막으로 귓가에 속삭였던 '그녀'의 말이.

──찾았다.

눈을 크게 뜬 소녀를 향해, 그는 한 걸음을 크게 내디뎠다.

🔥

"──."

그 한 걸음이 내디뎌진 순간.

사람들이 절규하며 뿔뿔이 흩어졌다.

"……베, 벨."

나는 주신님의 손을 잡고 한 걸음, 두 걸음 물러났다.

온몸의 털이 곤두서는 감각이 이때의 내 심정을 생생히 대변해주었다.

하얀 몸. 허리 아래까지 늘어진 거무스름한 은색 머리카락. 어마어마한, 압도적인 존재감.

그놈은 이성이라고는 한 조각도 없는 눈을 나에게, 주신님에게 부릅떴다.

숨이 멎었다.

어째서 이곳에 몬스터가 있는 것인지, 대체 무슨 일이 일어났는지, 그런 상황 파악은 나중 문제였다.

언젠가 맛보았던, 순식간에 땀이 쏟아져 나오는 감각── '미노타우로스'와 조우했을 때 맛본 것과 같은, 그 주체할 수 없는 전율이 내 몸을 불태웠다.

어느 쪽이 유린당하는 처지인지, 나는 한순간에 이해

했다.

　——자아, 열심히 해보렴.

　그런 목소리가 어디선가 들린 것 같았다.

6장
범프 오브 치킨(Bump of Chicken)!

"가네샤 님, 가네샤 님! 큰일 났어요, 완전 큰일 났어요!"

뜨거운 햇빛이 쏟아지는 투기장 한쪽에서 움직임이 있었다.

몬스터 필리아는 지금도 이어지고 있다. 긴 목을 이리저리 휘두르는 소룡(小龍)의 등에 탄 테이머가 로데오처럼 이리 뛰고 저리 뛰는 모습을 연출하는 가운데 사람들의 흥분은 최고조에 달하려 했다.

"──무엇을 감추리오, 이 몸이 가네샤다!"

"아뇨, 알거든요?! 새삼 자기소개는 필요 없거든요?!"

투기장 최상층 관람석. 아레나 전체를 관망할 수 있는 위치에서 축제를 지켜보던 가네샤는 뛰어온 조직원에게 코끼리 가면을 자랑하듯 이상한 포즈를 지어보였다.

기이한 행동으로 유명한 자신의 주신에게 내심 울상을 지으며 조직원은 긴급한 내용을 보고했다.

"붙잡았던 몬스터들이 탈주했어요! 우리가 텅 비었다고요!"

"……엑, 그거 야단났네?"

"그러게 제가 아까부터 뭐랬어요?!"

우뚝 움직임을 멈춘 가네샤에게 조직원은 침을 튀겨가며 사태는 시급을 요한다고 소리를 질러댔다.

지하실을 지키던 자가 누군가에 의해 재기불능에 빠진 사실, 길드에도 피해가 미쳤다는 사실, 이상으로 미루어 외부인이 이 소동을 초래했으리라 생각한다는 사실.

조용한 표정으로 귀를 기울이던 가네샤는 이야기가 끝난 것과 동시에 나직하게 물었다.

"탈주한, 아니, 풀려난 몬스터는 몇 마리더냐?"

"아, 아홉 마리입니다. 그중에는 실력 있는 모험자도 감당하지 못할 몬스터도……."

의연한 자세를 취한 가네샤는 조금도 조바심을 내지 않고 코끼리 가면을 쓴 얼굴을 끄덕였다.

중앙 필드에서는 찢어지는 울음소리가 들렸다. 소룡과 정면으로 맞서던 테이머가 멈추라고 하듯 손바닥을 상대의 눈앞에 내밀고 있다. 몬스터는 나직하게 울음소리를 내더니 공손하게 고개를 땅까지 숙이고, 혀를 내밀어 테이머의 손을 핥았다.

와자한 함성이 터졌다. 용을 데리고 관객석에 손을 높이 쳐든 아름다운 테이머에게 관중은 아낌없는 박수와 환호성을 보냈다.

"좋아, 속히 몬스터들을 추적하라! 그리고 다른 【파밀리아】와도 함께 움직이자! 이곳에 온 신들에게 협력을 요청하는 거다!"

"자, 잠시만요! 과정이야 어쨌든 몬스터를 놓친 건 우리의 실수인걸요?! 다른 세력의 손을 빌리는 건 체면도 체면이거니와, 상대에게 빚을 지게 되는 결과를……."

"나는 【군중의 주인】 가네샤다! 어찌 비호해야 할 시민들이 다치도록 내버려둘 수 있겠느냐! 우리의 행복은 곧 아이들의 웃음이다. 지위와 명예 따위 갖다버려!"

"네, 네엡! 잘못했습니다!"

"축제는 이대로 속행한다! 지금 투기장에 있는 관중은 밖으로 내보내지 마라. 몬스터가 탈주했다는 사실을 알려서도 안 된다! 혼란을 초래하는 짓은 하지 마라!"

"아, 알겠습니다. 그리고 몬스터를 풀어놓은 범인을 수색하는 건……."

"됐다, 신경 쓰지 마라. 잡아놓은 몬스터를 모두 풀어놓지 않은 걸 보면 그놈도 함부로 피해를 확산시킬 마음은 없었겠지. 달리 노림수가 있을 게다. 양동, 아니면 교란이라든가……. 아니꼽지만 상대의 술수에 놀아나주지. 우리에게는 시민의 안전이 최! 우! 선! 가라!"

가네샤의 호령을 들은 조직원은 관람석을 뛰쳐나갔다.

몬스터의 집단 탈주가 확인된 후로 약 5분, 신의 지휘에 따라 【가네샤 파밀리아】는 신속한 대응에 나섰다.

"몬스터가 도망쳐?!"

가네샤가 이변을 감지한 그 무렵.

투기장 정문 부근에서 대기했던 에이나를 비롯한 길드 직원들에게도 그 정보가 날아들었다.

"으, 응! 투기장에서 빠져나가는 걸 서문 팀이 봤대. 【가네샤 파밀리아】도 황급히 움직이고 있다는데…… 어떡해~ 에이나아~."

한순간 아연실색했지만 금세 마음을 고쳐먹은 에이나는

버들잎 같은 눈썹을 질끈 치켜세웠다.

의연한 표정으로, 당장이라도 울음을 터뜨릴 것 같은 눈앞의 친구에게 목소리를 터뜨렸다.

"어디든 좋으니 닥치는 대로 근처에 있는 【파밀리아】에 연락해줘! 모험자들에게도!"

"그, 그렇게 우리 마음대로 움직여도 될까~? 나중에 윗분들한테 야단이라도 맞으면…….""

지금 이 자리에 있는 길드 직원은 에이나를 포함해 직급이 낮은 사람들뿐이다. 서문에서 문제가 발생했을 때, 인원 보충을 위해 팀장을 포함한 상사들이 그쪽으로 이동했기 때문이다.

주위의 동료들도 모두 단독 행동에 대한 불안을 감추지 못했다.

"누가 다치는 것보다야 훨씬 낫지! 게다가 가네샤 신은 인명우선주의를 이해해주시는 분이니 다른 【파밀리아】에 도움을 청해도 반대하지 않을 거야! 무슨 일이 생기고 난 다음에는 때가 늦어!"

시민들을 기쁘게 해주고자 몬스터 필리아의 운영에도 적극적으로 협조했던 가네샤의 성격을 끌어들이며 에이나는 설득을 시도했다.

"그, 그치이. 돌이킬 수 없는 일이 생기는 건 나도 싫어어."

에이나의 진지한 마음도 한몫했는지, 다른 길드 직원들도 서로 얼굴을 쳐다본 다음 그녀에게 찬동하는 뜻을 보였다.

즉시 역할을 분담하고자 이야기를 나누기 시작했다.

"······실례합니다. 무슨 일이 있었나요?"

그때 문득.

얼굴을 맞대고 있던 에이나 일행에게 누군가가 말을 걸었다.

목소리가 들린 쪽으로 눈길을 준 순간, 모든 이들의 움직임이 멈추었다.

"아, 아이즈 발렌슈타인······."

동료의 멍한 목소리를 들으며 에이나도 놀란 눈으로 그소녀를 보았다.

나긋나긋한 허벅지를 반쯤 가린 미니스커트에 길이가 짧은 상의. 방어구는 갖추지 않았으나 검대에는 칼집에 담긴 세검을 차고 있다. 허리까지 내려오는 긴 금발이 햇빛을 받아 빛났다.

오라리오에서도 톱클래스에 속하는 실력을 가진 모험자. 지금의 에이나 일행에게는 그야말로 바라 마지않던 존재가 그곳에 있었다.

가장 가까이 있던 직원이 당황하면서도 매달리듯 아이즈에게 사정을 설명했다.

가만히 이야기를 듣던 그녀는 상황을 이해하자마자 뒤로 돌아섰다.

"로키."

"다 들었다. 이젠 데이트 할 상황도 아닌 것 같으니, 할 수 없제. 이참에 가네샤한테 빚을 지워삐자고."

로키가 씨익 웃으며 승낙해주자 길드 직원들은 오오 탄성을 터뜨렸다. 표정이 밝아진 그들과 함께 에이나도 일단 안도했지만, 이내 다시 몸을 긴장시켰다.

"근데 몬스터는 어대로 내뺐는지 아나?"

"아, 네! 대부분은 동쪽 메인 스트리트 방향으로 갔다고 합니다."

동쪽 메인 스트리트. 조금 전까지 지인을 찾던 벨이 돌아간 방향.

하필이면 사건 한복판에……. 그 소년이 말려들었을지도 모른다.

"미샤, 도망친 몬스터의 종류는 어떻게 돼?"

"어? 어, 그러니까…… 소드 스태그, 트롤, 그리고 실버백이었을 거야."

친구의 답변에 눈살이 한껏 찡그려졌다.

실버백이 출현하는 곳은 11계층, 소드 스태그와 트롤은 20계층보다도 더 하층 던전에서 태어난다. 어느 몬스터든 5계층에서 죽을 뻔했던 모험자가 대적할 만한 존재는 아니었다.

'부탁이니 피난해줘…….'

동쪽 메인 스트리트 방향의 하늘을 올려다보았다.

지금 에이나가 할 수 있는 일은 벨의 무사를 기도하는 것뿐이었다.

귀가 아플 정도로 공기가 긴장으로 팽팽해졌다.

『르그으으······!』

햇빛이 반짝이고 장식으로 달아놓은 깃발들이 명랑하게 펄럭이는 대로에서 이 자리의 분위기와 맞지 않는 존재가 하나 섞여 있었다.

주위에서 비명이 메아리치는 가운데, 나는 할 말을 잃었다.

꼬리로 착각할 만큼 긴 은발을 가진 몬스터는 으르렁거리는 소리를 냈다. 두 손목에는 억지로 뜯어낸 흔적이 있는 쇠사슬이 늘어져 지면에서 똬리를 틀었다.

실버백······.

에이나 누나의 지도 덕에 머릿속에 박힌 던전의 지식 속에서 몬스터의 이름이 떠올랐다.

지금 내가 도달한 계층보다도 훨씬 하층 영역을 근거지로 삼는 괴물.

그 무서운 미노타우로스만은 못하다 해도, 힘은 지금의 나를 월등히 웃돌 것이 분명하다.

머리 안쪽에서 쾅쾅 요란하게 경종을 울리는 소리가 들렸다.

『크아······!』

실버백이, 움직였다.

무릎을 슬쩍 구부리며 나와 주신님을 향해 한 발짝 접근한다.

　──온다.

내 심장이 질끈 수축한 것과 동시에 실버백은 단숨에 뛰어들었다.

"큭!"

"우와아?!"

옆뛰기. 주신님을 끌어안고 나는 적의 육탄 돌격을 회피했다.

신경을 쓸 여유는 없었다. 비명을 지르는 조그만 몸을 감싸며 나는 돌 블록 위를 요란하게 굴러갔다. 두 바퀴, 세 바퀴를 구르자 기세가 멈추어 나는 홱 고개를 들고 지면에 한쪽 무릎을 꿇고 일어났다. 주신님을 등 뒤로 가리듯 자세를 고쳤다.

『우우……!』

돌격에 실패한 실버백은 이쪽으로 돌아섰다.

번뜩이는 안광을 보내며 다시 한 번 나에게 달려들려 한다.

'왜 이쪽으로만?!'

망설임 없이 이쪽으로 직진하는 몬스터에게 눈길을 돌리면서 나는 뒤에 있는 주신님을 억지로 오른쪽으로 밀어냈다. 적의 진로에서 벗어나는 위치였다. 주신님을 위기에서 멀어지게 하려는 창졸간의 행동이었다. 그러나 실버백은 즉시 방향을 고쳐 내 행동을 헛수고로 만들었다.

'엑?!'

전진하는 실버백에게 경악했다. 이 녀석, 나를 보는 게 아니잖아. 노리는 건—— 주신님?!

발이 멋대로 움직였다. 적의 주행을 가로막고자 몬스터의 진로에 억지로 내 몸을 끼워넣었다. 그렇게 정면을 가로막고 서려는 나를, 실버백은 눈길조차 주지 않고 되는 대로.

그 굵은 오른팔을 휘둘렀다.

"——커억?!"

『크어어어어어어어어어어!!』

난폭한 수평 스윙이 작렬했다.

아주 살짝 몸을 옆으로 돌리는 데에는 성공했지만 적의 일격은 내 옆구리를 강타했다.

방어구 위로 얻어맞았음에도 어마어마한 충격이 생겨나 호흡을 송두리째 앗아갔다. 시야가 뒤흔들린다 생각한 순간, 내 몸은 튕겨나갔다.

"으아아?!"

거리에 나와 있던 노점 하나에 처박혔다. 목재가 부러지는 호쾌한 소리.

몸을 산산이 갈라놓는 듯한 아픔에 신음할 수밖에 없었다. 나는 반쯤 노점에 처박힌 채, 주먹 모양으로 찌그러진 경장갑옷 너머로 옆구리를 움켜쥐고 끙끙거렸다.

"으아아아아아아아아아아!!"

메인 스트리트는 이미 대혼란 상태에 빠졌다.

주위 사람들은 비명을 지르며 너나 할 것 없이 주위로 도망치기 시작했다. 거미새끼를 흩뿌려놓은 듯, 앞을 다투어 쏜살같이 대로에서 모습을 감춘다. 주신님을 도우려는 사람은 아무도 없었다.

"헉……!"

『후우욱……!』

접근하는 실버백을 앞에 두고 다리가 굳어버린 그분의 모습이 보였다.

머릿속이 확 타올랐다.

"이, 자식이이이이이이이이이이이이!!"

온몸을 헤집어대는 아픔을 떨쳐내고 몸에 채찍질을 했다. 눈가에 눈물을 머금은 채 나는 뛰어나갔다.

몬스터의 손목과 이어져 질질 땅에 끌리는 사슬에 달려들었다.

『크어!』

사슬이 팽팽해지며 실버백의 걸음이 멈추었다.

있는 힘껏 사슬을 당겨대는 나를 보고, 몬스터는 눈을 날카롭게 뜨더니 거추장스럽다는 듯 팔을 당겼다. 내 몸은 금세 고꾸라질 것 같았다.

"으윽……?!"

『키기익!』

힘 대결조차 되지 못했다. 상대의 괴력 앞에서 내 저항은 무력한 것이나 마찬가지였다.

그래도 나는 젖 먹던 힘까지 쥐어짜내 사슬을 당기다——
아무 예고도 없이 손을 놓았다.

『크아악?!』

느닷없이 사슬을 놓은 반동에 실버백은 뒤로 크게 넘어
갔다. 사슬이 허공에서 커다랗게 호를 그리고, 허점이 발생
했다.

나는 몬스터의 옆을 단숨에 빠져나가 주신님의 손을 잡
았다.

"이쪽으로!"

——대로에 있다간 붙잡힌다!

나는 주신님의 손을 끌며 골목으로 이어지는 길로 뛰어들
었다.

금세 짐승의 포효가 등 뒤에서 터져 나왔다.

언제 끝날지 알 수 없는 도주극이 시작되었다.

"어째서, 헤스티아님을, 노리는, 거죠?!"

"내, 낸들 알겠느냐! 저런 몬스터는 초면 중에서도 초면
이다! 나는 아무 짓도 안 했다!"

주신님의 가느다란 손을 꽉 쥔 채 비명 같은 목소리로 물
었다. 자신이 오히려 묻고 싶다는 듯 대답해주신 주신님도
불안을 억누르려는 듯 내 손을 꼬옥 잡았다.

뒤에서 밀려드는 흉흉한 기척은 좀처럼 사라지질 않았다.

실버백은 분명히 우리를, 아니, 주신님을 쫓아오고 있다.

닥치는 대로 사람을 습격하는 몬스터답지 않은, 이를테면, 마치 누군가에게 조종당하는 것처럼 명확한 의지를 지니고.

'대체 무슨 일이 일어난 거람?!'

해답이 나오지 않는 의문을 품은 채 나는 주신님을 데리고 이리저리 도망쳤다.

낮인데도 어스름한 뒷골목은 싫어도 불안을 조장해주었다. 머리 위로는 골목의 모양과 같은 하늘이 보이지만 햇빛은 들지 않았다.

우리가 뛰어든 골목은 동쪽 메인 스트리트에서 남하하는 방향에 있었다. 다시 말해 우리는 지금 동쪽과 남동쪽 메인 스트리트 사이의 구획을 정처 없이 뛰어다니고 있다는 뜻이다.

어디를 어떻게 달렸는지 기억도 나지 않는다. 신경을 쓸 여유도 없었다.

뒤를 돌아보았다. 숨을 헐떡이며 괴로워하는 주신님의 얼굴이 바로 앞에 보이고, 그 뒤로는 어두운 그림자가 잔뜩 드리워진 통로가 펼쳐져 있다. 몬스터의 모습은 없다.

하지만, 있다.

분명히 따라오고 있다고 직감이 호소했다.

시선을 앞으로 돌려 정신없이 지면을 박차는 발에 힘을 주었다.

나는 이 상황에서 벗어나고자, 무작정 도망치고자 했다.

머리에는 그 생각밖에 없었다.

"윽…… 벨! 안 된다, 이쪽은……!"

"네?!"

주신님의 절박한 목소리에 흠칫 정신을 되찾았다.

그리고 길을 따라 커다랗게 커브를 돈 순간, 나는 그 말의 의미를 깨달았다.

"――!"

가느다란 길은 끝나고, 그 대신 잡다하다고밖에 형언할 수 없는 공간이 나타났다.

이리저리 뒤틀린 몇 갈래나 되는 통로, 벽에서 부자연스레 튀어나온 육면체 형태의 집, 이리저리 뒤섞인 무수한 계단. 골목을 형성하는 인가의 무리가 더할 나위 없이 복잡하게 늘어선 곳.

이 다층 구조는 마치 수많은 계층으로 이루어진 던전 그자체인 것 같았다.

'다이달로스 거리'……?!

오라리오에 존재하는 또 하나의 미궁.

거듭되는 구획정리에 질서가 뒤틀려버린 광역 주택가.

도시의 빈민층이 모여 사는 이 복잡기괴한 영역은 한번 잘못 흘러들어오면 두 번 다시 빠져나갈 수 없다고까지 할 정도였다. 구획정리를 담당한 당시 설계자의 이름이 붙은 이 주택지역은 사람들에게 혼란을 준다는 점에서는 어떻게 보면 던전보다도 훨씬 던전답다.

인공 미궁은 지금 우리가 선 장소보다도 낮은 곳에 있다. 눈 아래에 펼쳐진 광경을 보며 나는 뻣뻣하게 멈춰섰다.

무모하다. 하필이면 이런 곳에서 몬스터와 술래잡기를 해야 하다니.

언제 막다른 골목으로 들어가 궁지에 몰릴지 알 수 없다.

어깨를 달싹거리는 주신님과 마주보았다. 흔들리는 눈이 나의 걱정을 내다본 것처럼 복잡하게 일그러졌다.

『워어어어어어어어어어!』

"윽?!"

골목에서 몬스터가 뚜렷하게 모습을 드러냈다.

나에게 남은 길은 전진밖에 없었다. 주신님의 손을 끌며 '다이달로스 거리'로 진로를 잡았다.

폭이 넓은 계단을 굴러 떨어지듯 내려가, 어두운 위용을 자랑하는 미궁으로 돌입했다. 거무스름한 벽돌로 이루어진 주택가의 분위기는 눅눅해 피부에 달라붙는 것 같았다.

주택가, 아니, 미궁가 안에는 조악한 석조 가건물이 수없이 세워져 있었다. 인가 벽면에는 마석등이 띄엄띄엄 박혀 엷은 빛을 뿜어낸다.

옷매무새만은 착실한 이곳 주민들은 위로 아래로 복잡하게 얽힌 미로를 매우 익숙한 투로 걸어다녔다. 하지만 헐레벌떡 뛰어온 우리와 뒤이어 나타난 실버백을 보고 낯빛을 바꾸었다. 눈 깜짝할 사이에 비명이 전파되고, 거리에서는 인기척이 사라졌다.

『크어어!』

"……!"

이러다 따라잡히겠다. 일반인과 다를 바 없는 주신님의 체력은 이미 한계에 가까웠다.

오히려 이제까지 잘 버텼다고 해야 한다. 쭉쭉 거리를 좁히는 실버백은 자꾸만 뒤처지는 주신님에게 당장이라도 손을 뻗을 것 같았다.

"저기서 꺾을게요!"

"그, 그래……!"

이제까지 뛰어왔던 길을 갑자기 벗어나 다른 통로로 나갔다. 약간 오르막길인 그 길에서도 금세 벗어나 또 다른 경로로. 나는 몇 번이나 진행 방향을 바꾸었다.

'뿌리쳤나……?'

미로 같은 구조를 이용해 실버백을 떼어낸 나는 뒤를 보았다.

몬스터의 모습은 그림자도 형체도 없었다. 따돌렸나? 나는 한순간 안도에 잠기려 했으나,

"——."

청각이 그 이변을 감지했다.

무언가를 걷어차는 소리와, 석재가 울리는 소리.

불온한 소리가 멀리서 다가오는가 싶더니 발밑의 돌 블록에 커다란 그림자가 드리워졌다.

'아차——?!'

머리 위, 가옥 틈으로 보이는 푸른 하늘을 몇 번이나 가로지르는 하얀 물체.

원숭이와도 흡사한 이 몬스터는 마치 나무에서 나무로 뛰어가듯 가벼운 몸놀림으로 건물 사이를 이동했던 것이다. 미궁의 구조를 무시하고 상공에서 우리에게 급속도로 접근한다.

실버백은 똑바로 강하했다.

『크아아아아아아아아아』

"윽!"

"아?!"

머리 위에서의 기습. 몬스터는 하필이면 나와 주신님 사이로 떨어져 손을 놓을 수밖에 없었다. 착지하며 폭음에 가까운 소리가 울려 퍼진 것과 함께 나와 주신님은 그대로 분단되었다.

박살난 돌 블록이 파편이 되어 요란하게 하늘로 솟았다.

고개를 쳐든 실버백과 정면으로 대치한 꼴이 된 나는 떨어지고 만 주신님께 서둘러 돌아가고자 눈앞을 가로막은 몬스터에게 한 걸음을 내디디려다가,

『워어어어어어어어어어어어어어어어어어어어어!!』

그 포효를 정면으로 뒤집어쓰고 말았다.

"──허억?!"

별것은 아니었다. 공격조차 아닌, 그저 위협의 외침일 뿐.

그러나 본능을 위협하는 원초적인 짐승의 포효는 나의 행동 의지를 송두리째 꺾어버리고 금방 강제 정지로 몰아넣었다.

　완벽한 '공포' 상태.

　『르어어어어!!』

　실버백의 위압은 진짜였다.

　눈앞에서 터져 나온 격렬한 포효에, 파묻혔던 기억이 다시 드러났다.

　뇌리에 떠오른 것은 '미노타우로스'.

　지금도 귓속 어딘가에 달라붙어 있는 미친 소의 울음소리가 선명히 되살아나 내 발을 붙들었다.

　'――으, 아.'

　기로에 서고 말았다.

　눈앞의 적. 지금 내 힘으로는 대적할 수 없는 괴물. 절망의 상징인 미노타우로스와 겹쳐지는 실루엣. 도망치고 싶다.

　그 너머에 있는 사람. 지금 내가 지켜야만 하는 소중한 존재. 놓치고 만 가녀린 손. 구해야 한다.

　'무서워――.'

　공포와 의무감. 도피충동과 사명감. 대립된 본능과 감정이 얽혔다.

　'무서워――.'

　거역할 수 없는 충동에 소소한 책임감은 너무나도 쉽게

무릎을 꿇을 것 같았다.

'무섭, 지만——!'

그래도.

'——나는 '남자'잖아?!'

눈곱만한 남자의 의지가 후퇴를 용납하지 않았다.

가자…….

가자.

가자!

가야지?!

'여자'를 놔두고 도망치면 어떡하냐아아아아아아아아아

아아아아!!

"——으아아아아아아아아아아아아아!!"

있는 대로 용기를 긁어모아 외쳤다.

몸속의 두려움을 쫓아내듯, 억지로 온몸의 힘을 쥐어짜

냈다.

나는 실버백을 향해 땅을 박찼다.

『크아아아아!』

실버백이 내게 맞선다.

사슬의 꼬리를 끌며 공기를 헤집고 날아드는 곤봉 같은

팔에, 나는 아예 감에 몸을 맡겼다.

머리를 힘껏 숙이자 수평으로 날아든 거대한 왼팔은 머리

바로 위를 지나가 헛스윙으로 그쳤다.

단도를 장비한다. 천재일우의 기회.

텅 빈 적의 왼쪽 가슴을 향해 나는 스쳐 지나가며 참격을 꽂았다.

"헉?!"

그러나.

카아앙, 금속의 비명이 울려 퍼졌다.

단도를 휘두른 왼손이 떨리고 둔중한 충격이 손목을 꿰뚫었다.

무기는 튕겨져 나갔다. 순백색의 뻣뻣한 털에 날이 박히지 않고, 은색 파편을 흩뿌렸다.

——날이 빠졌어?!

벼락을 맞은 기분이었다. 가늘게 부서져 날아가는 칼날 조각을 보며 내 뺨은 볼썽사납게 경련을 일으켰다.

내 공격으로는 실버백에게 대미지를 주지 못한다!

눈동자에 비치는 광경에 할 말을 잃은 다음 순간, 내 몸은 허공을 날고 있었다.

"크윽?!"

실버백이 그 거대한 두 팔로 나를 붙잡아 휘두르듯 벽에 꽂은 것이다. 등을 강타당해 호흡이 한순간 멎었다. 두 눈이 한껏 크게 벌어졌다.

『그르윽……!』

바로 눈앞에 추악한 몬스터의 안면이 있었다.

설마.

내가 그렇게 생각하기도 전에 실버백은 날카로운 이빨을

드러내더니 쩌억 크게 입을 벌렸다. 내 얼굴이 공포로 일그러졌다.

"베에에엘!"

이대로는, 당한다……!

주신님의 목소리를 들으며 필사적으로 몸을 뒤틀었다. 상대의 구속에서 벗어나려고 몸을 이리저리 뒤틀고 있으려니—— 손가락이 무언가에 닿았다.

흠칫 시선을 내려보니, 그것은 벽에 설치된 마석등이었다.

생각할 틈은 없었다. 손을 뻗어 벽에서 마석등을 떼어냈다. 주먹 크기의 마석제품을 한손으로 조작해 광량을 최대로 높였다.

손안에서 눈을 뜰 수 없을 정도로 강한 빛을 발하는 마석등을 몬스터의 눈에—— 들이댄다!

『쿠어어어어어어어어어어어!!』

즉석 섬광 공격에 실버백이 절규했다. 눈을 누르며 몇 걸음 물러난다.

어깨에 파고들었던 굵은 손가락이 사라지면서 나는 털썩 땅바닥에 떨어졌다.

몸을 추스르며 욱신거리는 고통을 견뎠다. 울 것 같은 얼굴로 뛰어온 주신님이 뭐라고 하기 전에, 그녀의 손을 잡고 다시 도망쳤다.

"벨……?"

"크윽……!"

뭐라 말할 수 없는 분함이 치밀었다.

아무리 용기를 쥐어짜내도 나는 이분을 지킬 수 없다.

내가 약하기 때문에, 이 사람을 지킬 수 없다.

나약, 빈약, 허약, 연약, 겁약, 소약, 암약, 유약, 열약, 취약.

이미 받아들였다고 생각했던 조소 담긴 말은 금세 고개를 들고 가슴속을 파고들었다.

수인 청년의 목소리가, 발렌슈타인 씨도 듣고 있던 피라미라는 단어가, 머릿속에서 빙글빙글 맴돌았다.

똑같다. 그때와.

약한 나 자신이, 이렇게나 분하다.

『우-우워어어어어어어어어어어어어어어어어!』

"!"

짐승의 포효.

분노를 불태우는 몬스터의 커다란 목소리가 다이달로스 거리에 울려 퍼졌다.

적은 아직도 쫓아온다.

'이대로 가다간……!'

분명 다시 따라잡힐 것이다. 세 번째 기회는 없다.

어떻게 하지…… 어떻게 해야 하지?

이 사람을 지키려면, 구하려면, 대체 어떻게 해야……!

"──."

좋은 생각이라고는 할 수 없는 간단한 해답이 머릿속에서

툭 굴러 떨어졌다.

단순한 사고의 귀결. 약한 나도 실행할 수 있는 타당한 타개책.

지킬 필요는 없다.

이 사람이 살 수만 있으면 된다.

"베, 벨? 갑자기 왜 그러느냐……?"

이제까지 보였던 감정을 없애고 깨달았다는 표정을 지은 나에게 주신님이 숨을 헐떡이며 물었다. 마치 무언가를 불안해하는 듯한 목소리로.

나는 주신님의 물음에는 대답하지 않고, 진로 앞에 나타난 교차로를 오른쪽으로 꺾었다.

앞쪽에는 완만한 내리막길이 이어졌다. 시커멓게 그을린 돌 블록을 다 내려가자 터널—— 좁은 지하도가 나타나고, 안쪽 출구에서는 햇빛이 희미하게 보였다. 이곳을 지나가면 이웃 거주구로 나갈 수 있는 모양이다.

나는 다짜고짜 주신님을 터널 안으로 먼저 보냈다. 앞으로 밀려난 꼴이 된 주신님은 놀란 표정으로 돌아보았다.

그리고 나는, 천천히, 입구에 설치된 봉쇄용 쇠창살을 옆으로 미끄러뜨렸다.

"벨?!"

"……죄송해요, 주신님."

쇠창살이 닫혀 나와 주신님 사이에 싸늘한 경계를 만들어 냈다.

나는 침통한 표정으로, 쥐어짜내듯 사과했다.

"주신님은 이대로 먼저 가세요."

"나는, 가라니…… 너는 어쩌려고?!"

"……몬스터를 끌어들여서, 시간을 벌게요."

이 사람을 지키지 못하는 약한 자신이 남고, 이 사람을 구할 수 있는 확실한 방법.

미끼.

내가 실버백을 끌어들이는 동안 주신님이 안전지대까지 피신하는 것.

내 진의가 제대로 전해졌는지 주신님은 아연실색한 표정으로 뻣뻣하게 서 있었다.

"무, 무슨 멍청한 소리를 하는 거냐, 너는!"

"부탁이에요, 주신님. 이번 한 번이면 되니까, 제 말을 들어주세요."

"안 돼! 허락하지 않겠다, 그딴 건 절대 허락할 수 없다! 이걸 열어라, 벨!"

"주신님……."

주신님은 요란하게 고개를 가로저으며 내 부탁을 받아들이려 하지 않았다.

그 조그만 몸으로는 아무리 발버둥 쳐도 열리지 않는 쇠창살에 매달려, 필사적으로 나에게 소리를 질러댄다.

내 몸을 걱정해주는 마음이 전해져, 기쁘고도 기뻐서, 슬펐다.

시간이 없다. 나는 무릎을 땅에 대고 주신님과 눈높이를 맞춘 후, 애원하듯 말했다.

"주신님…… 저는 더 이상, 가족을 잃기 싫어요."

"……!"

그러니 마음에서 우러난 속내를 있는 그대로 전했다.

새삼스러운 신상 이야기. 오라리오에 오기 전, 주신님과 만나기 전에 있었던 일.

나는 할아버지를, 단 하나뿐인 가족을 잃었다.

할아버지는 몬스터에게 죽었다. 볼일이 있어 마을 밖에 나갔을 때 습격을 당했다고 한다. 그 자리에 없었던 나는 아무것도 하지 못하고 그저 마을 사람에게 할아버지의 죽음을 전해 들어야만 했다.

그때의 상실감을 기억한다. 텅 비고 만 가슴의 아픔을 기억한다.

아마 그때부터 나는 마음 속 어디선가 가족이라는 것에 굶주렸을 것이다.

"무서워요, 가족을 잃는다는 게……. 지킬 수 없다는 게."

오라리오에 찾아온 이유는 운명의 만남을 동경했기 때문에. 거짓말은 아니다. 할아버지와의 유대를 확인하고자, 유대가 끊어지지 않도록, 나는 그분의 말에 따라 만남을 추구했다.

하지만 그 외에도, 분명, 은근히 기대했을 것이다. 가족의 온기를.

주신님이 내려주신, '파밀리아'라는 이름의 가족을.

나는 가족을 원했다.

"그러니까, 제발 부탁이에요. 제가…… 가족을 지킬 수 있도록 해주세요."

지킬 수 없는 주제에 그런 소리를 입에 담고 말았다. 아니, 지킬 수 없기에 그런 갈망을 내뱉었다.

짧은 대화를 나누는 동안 주신님은 크게 뜬 눈으로 나를 지켜보다가, 이윽고 고통스러운 표정을 지었다.

"……얼른 여길 떠나서 도움을 청하세요."

"벨……!"

그 말을 마지막으로 일어났다.

주신님은 슬픈 표정으로 이마를 한껏 찡그리고 나를 올려다본다.

"……괜찮아요. 제 '민첩'이 얼마나 뛰어난지는 주신님도 잘 아시잖아요?"

마지막으로 한껏 허세를 부리며, 웃음을 지었다.

한 걸음 물러나고, 다음은 힘껏 뛰었다.

주신님이 외치는 소리가 몇 번이나 등을 두드렸지만 돌아보지 않았다.

미안하다고, 아무것도 못하는 나를 용서해 달라고, 떨리는 목소리로 다시 한 번 사죄했다.

"……큭!"

얼굴을 팔로 북북 문지르면서 나는 원래 왔던 길을 돌아가

다시 교차로로 나왔다.

몬스터는 아직 오지 않았다. 머리 위쪽에도 주의를 기울이며 나는 렉 홀스터에 손을 댔다. 【미아흐 파밀리아】표 포션── 시험관 하나를 꺼내, 안에 든 바다색 용액을 단숨에 마셨다.

씻겨나가는 피로감. 체력이 돌아오고 힘이 솟아난다.

온몸의 아픔도 약간 누그러졌다.

『르어어!』

실버백이 통로 저편에서 뛰어 다가왔다.

나는 이번에는 교차로의 정면 길로 들어가, 놈을 돌아보았다.

『우……?』

주신님이 보이지 않자 몬스터는 고개를 꼬았다. 나는 소리 높여 도발했다.

"덤벼! 이쪽이다!"

몬스터는 교차로 중심에서 한 번 발을 멈추고는, 오른쪽 통로를 흘끔 보았다. 한순간 숨이 멎었다.

『……크어어어어어어어어어!』

하지만 이내 이쪽을 향해 달려오는 실버백을 확인하고 나는 몸을 돌려 뛰었다.

'좋았어!'

다이달로스 거리는 역시 복잡하다. 수많은 통로와 계단이 뒤섞여, 같은 길을 되풀이해 지나고 있는 것이 아닐까 하는 착각이 일어난다. 방향감각도 슬슬 애매해졌다.

이리저리 도망쳐 다니는 사이에 나는 벽에 그려진 새빨간 선을 곳곳에서 목격했다. '아리아드네', 즉 이정표라 적혀 있었다. 아마 이곳 주민들이 써놓은 것이리라. 화살표가 가리키는 방향을 따라가면 아마 미궁거리의 출구에 도착할 것이다. 주신님도 이 아리아드네를 발견하면 탈출은 어렵지 않겠지.

반대로 생각한다면, 아리아드네와 반대 방향으로 나아가면 다이달로스 거리의 심장부로 갈 수 있다는 뜻이다. 그곳으로 끌어들이면 주신님의 안전을 확보할 가능성은 훨씬 높아진다.

지침을 얻은 나는 한동안 이 아리아드네를 따르기로 했다.

'……'

수많은 시선이 우리를 내려다보고 있다.

약간 떨어진 골목 그늘에서, 가옥의 조그만 창을 통해. 수많은 눈동자가 숨을 죽이고, 곳곳에서 나와 몬스터의 동향을 엿본다. 이곳 주민들은 모두 몬스터에게 겁을 먹고 있는 것 같았다.

'하지만 이건, 대체 누구지……?'

골칫거리를 끌고 들어왔다는 데에 죄책감을 느끼는 한편, 나는 도저히 무시할 수 없는 시선 하나를 느끼고 있었다.

무서운 것에 대한 호기심이 섞인 다른 시선과는 달리, 지극히 당당한 눈길.

그 사람은 아주 오래전부터 나만을 주시했다. 언젠가 한 번 느꼈던 피부를 훑는 듯한 감각에 싫어도 의식이 그쪽으로 쏠렸다.

나를 감시하는, 아니, 마치 관찰하는 듯한…….

말로는 형언할 수 없는 오싹함이 목을 타고 올라와 나는 입을 손으로 막았다.

『그르어!』

"허윽?!"

통로를 빠져나가기 직전, 위쪽에서 짓쳐드는 실버백을 미처 피하지 못해 나는 돌 블록 위로 몸을 날렸다. 데굴데굴 굴러간 곳은 조금 널찍한 타원형의 공간이었다.

한가운데에는 조악하나마 분수가 있어 맑은 물을 뿜어냈다. 헤아릴 수 없을 정도로 수많은 통로가 모여드는 이 공간은 어쩐지 쉼터 같은 분위기를 풍겼다.

『크어어어어!』

"?!"

객관적으로 봐도 지극히 흥분한 실버백은 주신님을 찾지 못한 데 조바심이 났는지 더욱 호되게 나를 몰아붙였다. 놀랍게도 두 손목에 연결된 사슬을 마치 채찍처럼 휘둘러대기 시작한 것이다. 지면을 부수고 벽을 깎는다. 빠르다. 그야말로 폭풍이었다.

괴력으로 공기를 가르는 불길한 소리가 몇 차례나 나를 후려쳤다. 오로지 회피에만 집중할 수밖에 없었다. 어마어마한 완력에서 뿜어져 나오는 강철 채찍은 흉악하다는 말 외에는 표현이 불가능했다.

"~~~~~~~?!"

그리고 마침내.

머리를 노리고 날아든 일격. 찢어지는 포효와 함께 쇠사슬이 일직선으로 짓쳐들어 나를 제대로 포착했다.

얼굴 옆에 단도를 내밀어 간신히 튕겨내기는 했지만 어마어마한 충격이 온몸을 꿰뚫었다.

시뻘건 불꽃이 번쩍였다 싶은 다음 순간, 내 몸은 옆으로 요란하게 굴러갔다.

"크, 으윽……?!"

지면에 달라붙은 상반신을 떨리는 팔로 일으켰다. 몸이 말을 듣지 않아 영 힘들었다.

역시 못 당해내겠다. 상대도 안 된다.

시야 속의 돌바닥을 내려다보며 아픔과 분함을 곱씹었다.

완만한 동작으로 고개를 들자, 실버백은 분수 옆에서 나직하게 으르렁거리고 있었다. 마지막 일격을 날려 숨통을 끊을 생각인지, 손에 사슬을 들고 절그럭절그럭 금속성을 울린다.

죽고 싶지 않다. 진심으로, 죽기 싫었다.

하지만 머릿속 한구석으로는 체념하고 있었다.

몸에 힘이 들어가지 않았고, 무엇보다 기력이 거의 남지 않았다. 당장이라도 고개를 떨굴 것 같았다.

주신님은 무사히 도망치셨을까. 그것만이 걱정이었다.

'그러고 보니 그때도······.'

이런 느낌이었지.

그 사람이 달려와줬던 것이.

발렌슈타인 씨가 도와줬던 것이.

이번만큼은 그녀가 도와주러 올 기척은 없다. 그 사람의 얼굴을 한 번만 더 보고 싶다고 미련스레 생각하면서, 동시에 안도하기도 했다.

꼴사나운 모습을 두 번이나 보이고 싶지는 않았으니까.

지금 상황과 당시의 광경을 겹쳐 보면서, 나는 고개를 숙였다.

"벨!"

"——."

시간이 멈추었다.

새하얗게 물들었던 의식에 뛰어든 그 목소리가, 내 심장을 콱 움켜쥐었다.

고개를 들었다. 시야가 회복된다. 눈동자에 비친 광경에, 나는 정신이 아득해졌다.

도와주러 온 사람이 있었다. 이번에는 그 사람이 아니다. 하지만 정말 소중한 사람이었다.

숨을 헐떡이며 주신님이, 헤스티아 님이, 나를 바라보고 있었다.

그럴 수가, 어떻게, 왜—— 온 거예요.

가슴속에 솟아나는 마음을 형태로 이루지 못한 채, 내 머릿속은 그 말로 가득 찼다.

『그르르르…….』

"——."

그리고 사태는 최악의 방향으로 굴러가고 있었다.

그토록 찾아 헤매던 존재를 겨우 발견한 실버백은 눈빛을 바꾸듯 표적을 나에게서 주신님으로 바꾸었다.

활짝 뜨인 안구가 굳었다.

숨을 헐떡이는 주신님에게 다가가던 실버백은, 다음 순간, 그녀를 향해 땅을 박찼다.

"주신님!"

뛰었다.

한계를 넘어서, 뛰었다.

상처와 약한 마음에 신음하는 몸을 채찍질하며, 벌어진 거리를 단숨에 주파했다.

몬스터의 억센 두 팔이 주신님에게 닿을락 말락하는 찰나, 나의 손은 그 가녀린 몸을 끌어안았다.

"큭!"

시야 바로 앞을 몬스터의 거구가 스치고 지나가고, 나와 주신님은 통로 하나로 뛰어들었다. 무턱대고 돌진한 기세로 광장 밖에 이어진 좁은 길을 향해 몸을 날렸다가, 이번에는 그 너머로 이어진 길고도 급격한 내리막 계단을 나뒹굴었다.

비명을 입안에 머금은 채, 눈동자에 비친 세계가 수십 번이나 빙글빙글 돌았다.

한층 강한 충격과 함께 평탄한 돌판 위에 나동그라진 나는 아픔을 참으며 주신님의 안부를 확인했다.

"……주, 주신님……. 괜찮으세요?!"

"그, 그래, 괜찮다……."

마찬가지로 땅바닥에 쓰러진 주신님은 머리를 휘청거리며 제정신을 차리지 못한 듯한 목소리긴 했지만, 똑바로 대답했다.

안심한 것도 찰나. 나는 금방 목소리를 높였다.

"왜, 어떻게 여기 온 거예요?! 피신하시라고 그렇게 말했는데! 이래선 제가 했던 짓이 아무 의미가……!"

주신님의 옷은 땀으로 흥건했다. 그 후 나를 찾아서 이곳 다이달로스 거리를 누볐으리라 상상하기는 어렵지 않았다.

내 행동을 예측하고 아리아드네를 따라왔거나, 몬스터와의 도주를 지켜보던 이곳 주민들의 목격 정보를 따라 이곳에 도착한 것이겠지.

어째서 그렇게까지 해서 와야 했느냐고, 수많은 감정이 뒤섞여 내 목소리는 갈라지려 했다.

"……정말 못 말리는 아이구나, 너는."

한껏 지저분해진 얼굴을 들고 팔로 뺨을 닦으며 부드럽게 웃으신다.

"내가 너를 내버려두고 도망칠 수 있겠느냐."

"……!"

"나를 지키고 싶다고? 그러면 그 말을 그대로 반사해주마. 게다가."

주신님의 그 다음 말은 입술의 움직임만으로 전해졌다.

약속하지 않았느냐고.

"――아."

생각났다.

절대로 잊을 수 없는 약속.

그날, 이분에게 맹세했던, 결코 어겨서는 안 되는 약속을.

――'부탁이니, 나를 혼자 두지 마라.'――

나는 멋대로 체념하고, 무책임하게 약속을 어겼으며,

이분을 외톨이로 만들 뻔했다.

"……하지만 이대로 가다가는 둘 다……!"

이맛살을 찡그리며, 나는 찢어질 듯한 심정으로 그 말만을 했다.

그 뒷말을 잇지 못하고 있으려니, 주신님은 결연한 표정을 짓더니 또렷한 목소리를 내게 던졌다.

"포기하기에는 아직 이르다, 벨."

"네?"

"나에게 생각이 있다."

그렇게 말씀하신 주신님은 허리춤을 뒤지더니, 조그만 케이스를 꺼냈다.

내가 눈을 크게 뜨자, 주신님은 의기양양한 표정을 짓더니 만반의 준비를 갖추고 상자를 열려 했다.

그러나 갑작스레 움직임을 멈추었다.

"아."

"네?"

대신 입을 반쯤 벌린 채 위를 쳐다보신다.

시선을 따라 나도 뒤쪽의 긴 계단을 올려다보니, 그곳에는 빠른 속도로 뛰어내려오는 야생 유인원의 실루엣이.

강렬하기 짝이 없는 기시감에 우리의 얼굴에서는 핏기가 빠져나갔다.

『크아아아아아아아아아아아아아아아아!』

""우와아아아아아아아아아아아아아아아아아아악!!"""

체면 차릴 새도 없이 그 자리에서 뛰어나갔다.

실버백은 우리가 1초 전까지 있던 곳을 부수며 착지했고, 나와 주신님은 일사불란한 움직임으로 가속했다.

근데, 저기, 주신님―― 엄청 빠르시네요?! 나를 제쳐놓고 앞장서시네요?!

조금 전의 감동적인 대사는 대체 뭐였나요?!

"꾸왁!!"

"주, 주신님――?!"

철푸덕 요란하게 넘어진 주신님에게 나는 비명을 질렀다.

만세 포즈로 땅바닥에 엎드린 주신님을 황급히 안아 일으

컸다. 그러는 동안에도 실버백은 바로 뒤까지 쫓아왔다.

"시, 실례합니다!"

"우아?!"

이제는 앞뒤 가릴 때가 아니야!

나는 불경하게도 주신님을 옆으로 안아들고 온 힘을 다해 도주를 재개했다.

마치 동화 속에서 영웅들이 공주님에게 흔히 하는──그런 자세로 안긴 주신님은 내 품속에서 얼굴을 새빨갛게 물들인 채 끙끙 신음했다.

"미안하구나, 벨! 이런 상황인데도, 나는 진심으로 행복을 느끼고 있단다……!"

"뭔 소리를 하시는 거예요?!"

주신님의 신의를 모르겠어!!

해프닝의 연속에 반쯤 정신이 나간 나는 아무튼 달리고 또 달렸다. 바싹 안겨드는 주신님을 납싹 안아들고 한껏 각력을 발휘했다. 이분이 엄청나게 가볍기도 해서, 도망치는 데 전념한 나는 종횡무진 미로를 내달려 서서히 몬스터를 떼어놓을 수 있었다.

하지만.

마지막 순간, 우리는 운명에게 버림받았다.

"길이……."

높다란 세 채의 가옥에 에워싸인 통로는 완벽한 막다른 골목. 이곳에 올 때까지는 줄곧 외길이었으므로 돌아가봤자 의미도 없었으며, 우리의 퇴로는 완전히 차단당하고 말았다.

주신님을 내리며 주위를 둘러보자, 다이달로스 거리의 주민들이 집 안에서 이쪽을 엿보고 있었다. 나와 시선이 마주치자 황급히 숨어버린다.

누구든 몬스터는 무섭다. 우리를 숨겨주면 분명 말려들 테니 그들의 반응은 당연했다. 책망할 수는 없다.

마침내 궁지에 몰리고 말았다.

턱에 손을 대고 무언가 생각에 잠긴 주신님의 곁에서, 나는 깊이 고개를 숙였다.

"……아니, 오히려 잘 됐다."

"네에?!"

주신님이 천천히 중얼거린 말에 나는 고개를 들었다.

나보다 훨씬 키가 작은 주신님은 늠름한 눈빛으로 나를 올려다보았다.

"벨. 네가 저 몬스터를 해치우는 거다."

"……엑!"

"이곳에서 마지막 【스테이터스】 갱신을 하겠다. 지금부터 강화할 너의 힘을 저 몬스터에게 터뜨리고 오거라."

하기야 지금 등에 새겨진 【스테이터스】를 갱신한다면 내능력은 지금보다도 더 올라가 조금은 나아질지도 모른다.

하지만…… 그래도 분명 대적할 수 없을 것이다.

실버백은 11계층에 출현하는 몬스터다. 도달 계층이 아직

6계층밖에 안 되는 나하고는 두 배 가까운 차이가 있다. 모험자의 도달 계층과 몬스터의 출현 계층 차이는 곧 힘의 차이라 바꿔 말해도 과언이 아니다. 내가 조금 강해졌다 해도 실버백과의 사이에는 아직 엄연한 능력의 골이 있다.

제대로 싸운다 한들 틀림없이 당해내지 못할 것이다. 게다가……

"……무리예요, 주신님. 아까 보셨잖아요? 제 공격이, 저 녀석에게는 통하지 않아요. 조금 힘이 강해져봤자 실버백에게는 치명상을 주지 못해요."

근본적인 공격력의 문제가 있다.

다이달로스 거리에 들어온 직후, 현재의 【스테이터스】로 가능한 최고의 필살 공격을 꽂았다고 생각했다. 그래도 실버백의 털은 뚫지 못했다.

강화된 【스테이터스】의 은혜를 내 손에 든 무기에 더해봤자, 적의 방어를 돌파하리라는 생각은 들지 않았다.

"저는…… 놈을 이길 수가 없어요."

고개를 숙이며, 한심한 목소리로, 그렇게 중얼거렸다.

수인 청년이 내뱉었던 온갖 통렬한 매도. 주점 손님들이 눌러 참고 있던 헤아릴 수 없는 조소. 머릿속에서 선명하게 되살아난 광경은 지금의 내 수준을 되새기기에는 충분한 위력을 감추고 있었다.

나는 실버백을 이길 수 없다. 쓰러뜨릴 수 없다. 나는 나를 믿을 수 없다.

이미 자신감은 꺾이고 말았다.

"공격이 통하게 만든다면?"

"——네?"

"대미지를 입힐 수 있다면, 그 몬스터를 이길 수 있겠느냐?"

주신님은 그렇게 말하고, 손에 든 케이스를 열어 내용물을 내게 내밀었다.

나타난 것은 칼집에 담긴 새까만 나이프.

멍하니 바라보던 나는 천천히 그 나이프를 손에 들고 칼집에서 뽑았다. 자루도 칼집도 칠흑색인 무기는 놀랍게도 검신마저 예외가 아니었다.

전체가 새까맣게 물든, 날휨이 없는 직도(直刀).

게다가 칼날 구석구석에는 복잡한 각인이 빼곡하게 새겨져 있었다.

이윽고, 마치 내 심장 고동에 호응한 것처럼 《주신님의 나이프》는 손 안에서 엷은 자남색 광택을 발하기 시작했다.

신의 예술품과도 같은 신성함과 무기 자체의 조형미에 눈길을 빼앗기기를 몇 초.

고개를 들자 주신님은 티 한 점 없는 눈동자로 나를 똑바로 바라보고 있었다.

"벨, 언제부터 그렇게 비굴해졌느냐? 얼마 전까지만 해도 운명의 만남이 어쩌고 바보 같은 소리를 하면서 태연하게 던전을 밑으로 밑으로 내려가던 녀석이. 그때의 태평하던 너는, 목표를 발견해 반드시 강해지겠다고 맹세하던 너는 대체 어디로 갔느냐?"

어깨를 으쓱하며 아주 가벼운 어조로 말씀을 잇는다.

"나는 너를 믿는데도? 이딴 건 '모험' 축에도 들지 않는다. 그렇지 않느냐? 발렌인지 뭔지 하는 괴물 같은 여자를 목표로 삼은 모험자 벨 크라넬이라면, 저딴 몬스터는 아무것도 아닐 게다."

마지막으로 진지한 표정을 지으며, 주신님은 말했다.

"내가 너를 이기게 해주겠다. 이기게 하고 말겠다."

"……."

"지금 너는 너 자신을 믿지 못할지도 모른다. 그렇다면 대신, 너를 믿는 나를 신용해볼 수 없겠느냐?"

눈물이 날 것 같았다. 코끝이 시큰해졌다. 눈동자 안쪽에서 눈물이 배어 나왔을지도 모른다.

웃음을 짓는 주신님에게, 나는 눈가를 팔로 북북 문지른 다음, 눈물 섞인 목소리로 고개를 끄덕였다.

"네!"

태양이 중천에 올랐다.

수많은 인가가 뒤섞여 많은 그늘을 자아내는 다이달로스 거리를 하늘 한복판에 머문 햇살이 넓고 밝게 비춰주었다.

막다른 골목이 된 이 한 줄기의 긴 통로에도 강한 햇살이 스며들었다.

'얼른얼른얼른! 더 빨리!'

헤스티아는 혀로 입술을 핥으며 연신 그 조그만 손을 움직여나갔다.

눈앞에는 벨의 등이 있다. 한쪽 무릎을 꿇은 자세로 앉은 벨에게 달라붙어, 그녀는 【스테이터스】 갱신에 모든 신경을 쏟고 있었다.

벨은 손상을 입은 라이트아머를 벗고 상반신은 까만 이너웨어만을 입은 채였다. 천에 이코르를 배어들게 해 【히에로글리프】를 새겨가던 헤스티아의 움직임에는 한 치의 흐트러짐도 없었다.

【스테이터스】 갱신을 군이 눈으로 보며 할 필요는 없다. 어디까지나 아이들이 축적하고 내포한 【엑세리아】를 퍼올려 【스테이터스】라는 형태로 현현시켜주는 작업이니까. 이를테면 등에 이너웨어 한 장을 걸치고 있다 해도 【엑세리아】만 장악할 수 있다면 【스테이터스】 갱신에는 지장이 없다.

"──명심해, 헤스티아. 내 말 잘 들어."

몬스터가 언제 찾아올지 몰라 조마조마하면서 헤스티아는 헤파이스토스의 말을 떠올렸다.

"이 나이프는 네가 【히에로글리프】를 새겼다시피, 【스테이터스】가 있어. 살아 있는 거야, 이 무기는."

헤파이스토스가 재료인 미스릴을 벼리는 동안 옆에서 헤스티아가 【스테이터스】 가공을 한 무기, 그것이 《헤스티아 나이프》.

칠흑의 검신에 빈틈없이 새겨진 각인의 정체는 【히에로글리프】 그 자체였다.

"다시 말해 '팔나'를 받은 아이들과 똑같아. 장비한 사람이 획득한 【엑세리아】를 양식 삼아 이 무기도 진화하는 거야."

나이프와 마찬가지로 헤스티아의 '은혜'를 받은 자만이 쓸 수 있는, 무기로서는 치명적인 결함을 가진 불량품. 헤파이스토스는 그렇게도 말했다.

"사용자가 성장하면 이 무기도 강해져. 모험자로서 격이 올라가면 그에 걸맞은 위력을 발휘한다는 소리지."

따라서 '신출내기 모험자에게 줄 수 있는 일류 장비'.

지나치게 강하지도 않고 지나치게 약하지도 않은, 어디까지나 함께 성장해가는, 무기라는 이름의 파트너.

"지금 이대로는, 이 나이프는 어떤 무기보다도 빈약해. 네 아이…… 벨 크라넬에게 주었을 때 비로소 숨을 쉬고, 함께 성장하지."

극단적으로 말해 사용자가 약하면 나이프도 언제까지고 약할 것이다.

그리고 사용자가 '최강'에 오르면 이 나이프 또한 '최강의 무기'가 된다.

"저절로 지고의 경지에 오르는 무기라니, 대장장이가 보기에는 사도의 극치야. 다시는 만드나 봐라, 이딴 무기."

불만을 늘어놓으면서도 자신의 바람을 들어준 친구신에게 감사했다.

지금 이 순간 벨과 함께 《헤스티아 나이프》를 강화한다.

실버백에게도 통할 수 있는 무기로 승화시키는 것이다.

'문제는……!'

【리아리스 프레제】라는 조숙 스킬을 가진 벨의 【스테이터스】가 대체 어느 정도까지 상승하고 어느 정도 《헤스티아 나이프》를 강화할 수 있는가, 그것이었다.

"주신님, 왔어요!"

"큭!"

일직선으로 뻗은 길고도 긴 통로. 모퉁이에서 모습을 드러낸 실버백을 본 헤스티아의 심장이 더욱 빨라졌다. 그리고 거의 같은 타이밍에 【스테이터스】의 편찬을 완료했다.

벨 크라넬

Lv.1

힘: G221→E403 내구: H101→H199

기교: G232→E412 민첩: F313→D521 마력: I0

'……허억?!'

전 어빌리티 숙련도 상승치 총 600 이상?!

천정부지로 올라가는 수치. 아직도 더 올라간단 말인가. 이제는 상식의 범주를 일탈한 속도였다.

아이즈에 대한 질투의 불꽃이 가슴속에서 미친 듯이 타올랐지만, 한편으로는 강한 확신도 얻었다.

'이 정도면······!'

무기의 위력도 크게 올라간다.

벨의 손안에 들린 칠흑의 나이프가 태동하듯 자남색 빛을 더해갔다.

'이제는 벨에게 달렸다!'

소년을 배웅하듯, 헤스티아는 그 뜨거운 등을 힘차게 밀어주었다.

"자, 다녀와라!"

"자, 다녀와라!"

그 목소리가 들린 순간, 벨의 체감 시간은 극한까지 응축되었다.

고동 소리가 들린다. 발끝이 열기에 휩싸였다. 그러나 머릿속은 더할 나위 없이 깨끗했다.

헤스티아가 【스테이터스】 갱신을 할 때부터 준비했던 크라우칭 스타트 자세.

발끝에 힘을 주면서, 땅에 대고 있던 한쪽 무릎을 들었다.

『크아아아아아아아아아아아아아아아!』

통로 안쪽, 정면에서, 한 마리의 몬스터가 흉흉하게 울부 짖었다.

실버백. 【스테이터스】가 강화된 지금이라 해도 고지식하 게 맞붙었다간 패배할 괴물.

승산은 거의 없다. 정말로 자신이 저 몬스터를 타도할 수 있을지 벨은 아직도 반신반의했다.

그러나 꼴사납고 한심한 자신은 믿을 수 없다 해도,

헤스티아의 말이라면 벨은 얼마든지 믿을 수 있었다.

주신에 대한 우직한 마음을 방아쇠 삼아, 벨은 달려나 갔다.

『——.』

실버백의 포효가 끊어졌다.

이제까지와는 선을 달리 하는 초가속.

600 이상 치솟은 어빌리티는 벨에게 이제까지와 비할 데 없는 속도를 주었다. 아직까지 충분한 간격이 존재하고 있 었음에도, 조만간 치명적으로 대응이 늦어지리라 실버백은 깨닫고 말았다.

"——알았지, 벨? 이제부터 내가 하는 말은 참고 정도로 만 들어. 절대 목숨을 소홀히 해선 안 돼."

눈앞의 공간을 꿰뚫으며 벨은 에이나의 말을 떠올렸다.

"아무리 강한 몬스터라 해도, 아무리 방어력이 높은 몬스 터라 해도, 몬스터인 이상 회피할 수 없는 약점이 있어."

손가락을 세우며 열심히 몬스터의 기초를 설명하는 그녀의 모습을 기억한다.

"그곳을 찌르면 설령 드래곤이라도 죽고 말아. 그야말로 몬스터의 급소지."

기억한다. 기억난다. 그녀의 목소리도, 그녀가 들려주었던 그 다음 말도.

"단 일격. 단 일격이라도 상대의 피부를 꿰뚫을 수 있다면, 이론상 모험자는 모든 몬스터를 쓰러뜨릴 수 있어."

몬스터가 몬스터인 이유. 몬스터인 까닭에 가질 수밖에 없는, 유일무이한 '핵'.

"그 다음 말은 안 해도 알겠지? 그래. 어떤 몬스터든 가슴 속에 감춘——"

——마석. 몬스터를 쓰러뜨릴 때의 가장 확실한 유효타.

벨이 노려야 할 곳은 상대의 흉부 한 점.

실버백의 모습이 쑥쑥 다가왔다. 응축된 시간 속에서 어정쩡하게 팔을 치켜들고만 있는 적은 눈을 크게 뜬 채 뻣뻣하게 굳어 있었다.

《헤스티아 나이프》가 인광을 발했다. 치솟는 공격력은 자남색 물방울이 되어 검신에서 흘러 떨어지며 허공에 궤적을 그렸다.

등 뒤에서 힘을 모으는 단도. 혼신의 찌르기. 전심전력을 다한 일격필살.

자신을 한 자루의 창으로 삼아, 벨은 적의 가슴을 향해 돌진했다.

"──아아아아아아아아아아아아아아아아아아아아아아아
아아아아아아아아아!!"

돌격창.
『커어억!!』
칠흑의 칼날이 몬스터의 가슴 한복판에 박혔다.
살점을 꿰뚫는 감촉에 이어, 딱딱한 무언가를 부순 반응.
실버백은 두 눈을 한껏 부릅뜨더니, 지면에 등부터 쓰러
졌다.
"──?!"
돌진의 기세를 죽이지 못했던 벨은 허공으로 떠올라 날아
갔다.
속도도 제어하지 못하고 낙법도 의식 밖으로. 마지막까지
눈앞의 적을 꿰뚫는 것만 생각했던 소년의 몸은 실물 크기
의 인간 포탄으로 변해 허공에 깨끗한 포물선을 그렸다.
그리고 즉시 추락했다.
"꾸엑?!"
요란하게 떨어져 일곱 바퀴 정도 굴렀을 때에야 겨우 멈
추었다. 벌렁 누운 자세가 된 벨은 한동안 고통에 발버둥친
다음 흠칫 눈을 크게 뜨고 뒤를 쳐다보았다.
통로 한복판에서 큰대자로 드러누운 실버백. 단도가 가슴

에 박혀 있던 몬스터는 시간이 멈춘 채, 이윽고 몸의 일부가 부스스 허물어졌다.

마석이 박살난 육체는 재로 돌아가, 바람에 실려 형체도 없이 사라졌다.

덜그렁.

《헤스티아 나이프》만이 남아 돌 바닥 위에 떨어져 자남색 빛을 반짝거렸다.

"――――와아아!!"

그 순간, 환호성이 들끓었다.

벨과 실버백의 싸움을 지켜보던 다이달로스 거리의 주민들이 흥분을 터뜨린 것이다. 인가에 몸을 숨겼던 이제까지의 자세와는 달리 창문으로 몸을 내밀고 환성을 지른다. 미궁거리의 한 모퉁이는 투기장에 뒤지지 않는 열기로 가득 찼다.

자신을 칭찬하는 주위의 갈채에 휩싸여, 벨의 얼굴에도 겨우 웃음이 떠올랐다.

벨은 얼굴을 빛내며, 통로 구석의 헤스티아에게 해냈다고 웃음을 지으려―― 길 위에 쓰러진 조그만 그녀를 발견했다.

"주신님?!"

창백해진 벨은 《헤스티아 나이프》를 회수해 그녀에게 달려갔다.

힘없이 쓰러진 몸을 안아 일으키고, 힘없이 감긴 두 눈을

보며 한층 창백해진다.

　눈 아래 맺힌 커다란 다크서클은 끝까지 알아보지 못한 채,
벨은 그녀를 안고 함성에 축복받으며 쏜살같이 달려갔다.

　"헤스티아에게는 미안한 짓을 했지만…… 정말, 질투가
나는걸."

　어떤 인가의 옥상.

　벨이 있던 부근 일대를 내려다볼 수 있는 높은 위치에서,
프레이야가 중얼거렸다.

　은빛 눈동자의 시선 너머에는 헤스티아를 소중히 끌어안
은 벨의 모습이 있었다.

　푸른 하늘에 에워싸여, 어딘가 토라진 듯한 말을 중얼거
린 여신은 이내 키득 웃었다.

　"축하해. 아직은 조금 못 미덥지만…… 후후, 그래, 멋있
었어."

　곁눈질도 하지 않고 출구를 향해 통로를 뛰어나가는 벨을
뜨겁게 바라보며 프레이야는 눈을 가늘게 떴다.

　햇살을 반사하는 은발을 휘날리며 그녀는 그 자리를 떴다.

　"또 놀자꾸나—— 벨."

『크어어어어어어어어엉!!』

일격에 트롤을 물리친다.

"끝났나?"

"네……."

허공에 한 차례 은색 세이버를 휘두른 아이즈는 매끄러운 동작으로 검신을 칼집에 거두었다. 땅을 울리며 길거리에 쓰러진 트롤을 보며 사방을 에워싼 시민들이 일제히 들끓었다.

아이즈의 뒤에서 지루한 표정으로 서 있던 로키는 머리 뒤로 손을 깍지 끼며 중얼거렸다.

"흐흥…… 와 이리 밍밍하노. 어데 큰일 난 것도 없고, 어째 꼭 이용당한 거 같다 아이가."

시민에게 피해를 주지 않고자 분주하기는 했지만, 막상 뚜껑을 열고 보니 몬스터는 아무에게도 위해를 가하지 않았다. 마치 무언가를 찾듯 투기장 주변을 다소 난폭하게 배회했을 뿐이었다.

하나에서 열까지 그자의 손바닥 위에서 놀아난 것 같다는 기분을 지울 수 없었다.

"이기 전부가?"

"아뇨…… 앞으로 한 마리 남았습니다."

탈주한 아홉 마리의 몬스터 중 앞으로 한 마리, 실버백이 남았다.

아이즈라면 눈 깜빡할 틈도 주지 않고 베어버릴 수 있는 상대였다. 그렇다면 일찌감치 끝내버리자고, 이미 의욕이 사라진 로키는 빠른 걸음으로 이동하기 시작했다. 아이즈도 얌전히 뒤를 따랐다.

피난했던 시민들에게서 실버백 목격 정보를 듣고 동쪽 메인 스트리트로 나갔다.

"아앙? 뭐꼬, 벌써 끝났나?"

대로의 인파는 몬스터에게 겁을 먹은 것이 아니라 활기차게 들떠 있었다.

통로 앞에 형성된 인파에 로키는 다가가 사정을 물어보았다.

"아지매, 몬스터는? 지금 어떤 상황인데?"

"그게 말이우, 그 사내아이가 몬스터를 해치웠다지 뭐유! 다이달로스 거리 사람들이 지금 알려줬는데, 그 미로 안에 몰아넣고 한 방에 없애버렸다나!"

"잉? 자, 잠깐만, 아지매. 그 사내아란 기 누군데?"

"에이, 여기서 싸우는 거 못 봤수? 모험자 소년 말이우. 눈이 빨갛고, 머리가 하얗고…… 맞아맞아, 토끼 같아!"

"이잉?"

곤혹스러워하는 표정을 짓는 로키의 옆에서 엿듣던 아이즈는 흠칫 몸을 떨었다.

'하얀 머리……?'

짐작 가는 구석이 하나.

오늘 아침에도 카페 2층에서 언뜻 그 모습을 보았던 것 같다.

그때, 자기 탓에 상처를 입고 말았던, 루벨라이트와도 같은 눈동자를 가진 백발 소년.

"실례합니다! 좀 지나갈게요!"

그때 느닷없이 앞쪽의 인파가 소란을 피우기 시작했다. 보아하니 그 모험자가 귀환한 모양이었다.

한번 얼굴이라도 보자고 시민들은 흥분하며 밀치락달치락하기 시작했다.

"아, 내도, 내도!"

로키도 관심이 동해 편승했다. 아이즈만 혼자 쓸쓸하게 남았다.

조금 난처해하던 그녀는, 큰맘 먹고 인파 마지막 줄에 서서 열심히 발돋움을 해보았다.

"——실례합니다!"

"!"

그때였다. 자세를 낮춘 소년이 인파를 억지로 뚫고 나와 아이즈의 바로 옆을 지나 달려가버린 것은.

스쳐간 순간, 아이즈의 금색 눈동자가 소년의 모습을 좇았다.

'······정말로.'

이쪽은 알아보지도 못한 채 멀어져가는 소년의 뒷모습을 아이즈는 바라보았다.

틀림없었다. 자신이 미노타우로스에게서 구해준 그 소년.

'실버백을, 쓰러뜨렸어……?'

미숙한 소년이었다. 【파밀리아】의 동료는 지나치게 매도했지만, 아직 서툰 면이 눈에 뜨이는 신출내기 모험자였던 것은 사실이었다.

아이즈의 기억에 있던 소년이라면 무슨 수를 써도 실버백을 당해낼 수 없었다.

'……축하해.'

정신이 들고 보니 그런 말을 입술에 싣고 있었다.

그저 까닭 없이, 그날 수많은 이들에게 매도를 당하고 분함에 눈물까지 흘렸던 소년의 '성장'을 축복해주고 싶었다.

'…….'

어떤 활약으로 몬스터를 쓰러뜨렸는지 관심은 끊이질 않았으나, 어쨌든.

일단은 한 번 만나 사과하고 싶다고, 아이즈는 그렇게 생각했다.

⊡

터엉. 문을 닫는 소리가 울려 퍼졌다.

방에서 나온 시르에게 벨이 황급히 달려간다.

"시, 시르 씨, 주신님은요……?"

"괜찮아요. 그저 과로하신 것 같으니까요."

"과, 과로라고요……? 저기, 그럼……?"

"네, 목숨에는 아무런 지장도 없어요."

해 질 무렵.

벨은 지금 '풍요의 여주인'에 있었다. 그 후 벨은 몬스터 필리아에 왔던 시르와 우연히 마주쳐, 그녀의 권유로 의식을 잃은 헤스티아를 이곳까지 옮겼던 것이다.

몬스터 필리아에서 일어난 소동은 이미 진정된 후였다. 【가네샤 파밀리아】와 길드를 포함한 여러 조직들의 신속한 대처가 피해를 최소한으로 막았다고 한다. 사망자는 물론 부상자도 없었다. 오히려 제일 큰 피해를 입은 것은 벨이라고 할 수 있었다.

소동을 일으킨 범인은 아직 붙잡히지 않았으며, 단서도 없었다고 한다. 범인에게 습격을 당한 것으로 보이는 【가네샤 파밀리아】나 길드 직원들은 마녀의 마법에 걸린 것처럼 아무것도 기억하지 못했다. 범인의 의도가 무엇이었는지는 밝혀지지 않은 채 사건은 수습되고 말았다.

주점 별채 2층. 헤스티아를 방에 눕혀놓고, 벨은 저녁놀에 물든 목조건물 복도에서 시르와 마주하고 있었다.

"다행이다……. 갑자기 쓰러지시는 바람에, 너무 걱정이 돼서요."

"후후. 고생 많으셨어요, 벨 씨."

어깨를 늘어뜨린 벨에게 미소를 지은 시르는, 이윽고 조심스레 말했다.

"오늘은 정말 죄송해요. 제가 지갑을 잊어버리는 바람에 소동에 휩쓸리고 말아서……."

"아, 아뇨, 무슨! 시르 씨 탓이 아니에요!"

황급히 부정하는 벨에게 시르는 그 후로도 한동안 미안해 했으나, 이윽고 표정을 풀며 입가를 누그러뜨렸다. 벨도 그런 그녀의 얼굴을 보고 안도했다.

"하지만 이번 소동에서 시내 사람들이 입을 모아 그러던 걸요. 그 모험자는, 벨 씨는 용감했다고."

"엑……."

"저도 그렇게 생각해요. 사실은 저, 대로에서 벨 씨가 몬스터랑 싸우는 모습을 딱 한 번 봤거든요……."

"무, 무슨 말이에요. 용감하다니! 전 도망치기만 했고, 게다가 몬스터에게도 도저히 상대가 안 돼서……."

낭패하며 말을 이어나가다 벨은 황송하다는 듯 어깨를 움츠렸다.

시르는 그런 벨에게 키득 웃음을 흘리며 자신의 회색 머리카락을 찰랑거렸다.

"그래도 멋있었는걸요?"

"엑?"

"……이런 말은 실례가 되겠지만, 그때 몬스터에게 맞서던 벨 씨를…… 넋 놓고 바라봤답니다."

살짝 다가가 손으로 벽을 만들며 가만히 귓가에 속삭인 말. 벨은 눈을 크게 떴다.

벨에게서 떨어진 시르는 저녁놀에 얼굴을 붉게 물들이면서 조용히, 그리고 요염하게 웃었다.

"가게 일을 도와야 해서요. 이만 실례할게요."

"아, 어, 네……."

"침대는 더 쓰셔도 좋아요. 그럼 벨 씨, 다음에 또 봐요."

오종종 복도에서 모습을 감추는 시르를 지켜본 후, 벨은 뭐라 형언할 수 없는 얼굴로 머리를 긁었다.

"놀린 건가……?"

어딘가 장난스러운 표정과 저녁놀 탓인지 공연히 뜨겁게 보였던 눈동자. 무엇을 믿어야 좋을지 알 수 없었던 벨은 뺨에서 열기를 식히느라 고생한 다음 헤스티아가 있는 방 앞으로 이동했다.

아직 내버려두는 편이 좋을까 싶어 문의 플레이트를 올려다보며 잠시 고민한다.

쿠당탕, 무언가가 쓰러지는 둔탁한 소리가 들린 것은 바로 그 다음이었다.

"?!"

경악해 방으로 돌입하자 시야에 들어온 것은 침대에서 굴러떨어진 것으로 보이는 헤스티아의 모습이었다.

안면부터 바닥에 꽂힌 칠칠맞은……이라기보다는 기상천외한 포즈였다.

비명을 지르며 벨은 그녀에게 달려갔다. 바닥에 무릎을 꿇은 자세로 그 조그만 몸을 옆으로 안아 들어 올렸다.

"주, 주신님, 주신님?! 왜 그러세요? 대체 무슨 일이에요?!"

"아아, 벨……. 아니다, 일어나려 하다가 힘이 들어가질 않아서 말이다……."

"히, 힘이 안 들어가서……. 저기, 과로하셨다고 들었는데, 지난 사흘 동안 대체 무슨 일이 있었나요?"

훗…….

조그만 여신이 먼 기억을 회상하는 표정을 짓는다.

"오체투지였지."

"오, 오체 뭐요?"

"고개를 끄덕여주지 않는 완고한 여신 앞에서, 오체투지를 30시간 계속하는 내구 레이스를……."

"사, 삼십 시간……?! 고, 고문인가요, 오체투지란 게?!"

"아니, 필살기다. 오체투지는 초필살기야……."

헛소리처럼 필살기 필살기 중얼거리는 헤스티아를 보며 벨은 무슨 소린지 몰라 땀을 흘렸다.

"하지만 왜 그런 일을……. 주신님은 파티에 가셨던 거 아니었어요?!"

"……이거."

"네?"

떨리는 동작으로 헤스티아의 손이 벨의 허리로 돌아가, 그곳에 꽂혀 있던 칠흑의 나이프를 꺼냈다.

아.

벨도 깨달았다. 그러고 보니 이 무기에 대해 자세한 설명을 하나도 듣지 못했다.

어떻게 이 나이프를 손에 넣었는지 물어보려다가——숨을 들이마셨다.

단도의 칼집 구석에서 【Hφαιστοs】라는, 【히에로글리프】와도 비슷한 각인을 발견했기 때문이다.

——헤파이스토스.

이것만은 해독할 수 없어도 알아본다.

자신과는 평생 인연이 없을 거라 생각했던, 그 유명한 【헤파이스토스 파밀리아】의 가게에서 늘 보던 로고와 똑같았으니까.

"주, 주신님, 이건……."

"미안하구나, 걱정 끼쳐서. ……하지만 나는, 보기만 하는 건 싫었다. 부양받기만 하는 건…… 도움만 받는 건, 싫어."

벨의 떨리는 손이 칼자루를 쥐고 있으려니, 헤스티아는 천천히 칼집을 뺐다.

새삼 눈앞에 드러나는 칠흑의 검신.

날휨이 없는 직도는 현재 사용하는 단도와 비교할 것까지도 없이 엄청난 명품임을 한눈에 알 수 있었다. 세밀하고도 빼곡하게 새겨진 것은 혹시 【히에로글리프】일까?

칼날 끝에서 자루 끝까지 헤스티아의 머리카락과 똑같은 색으로 물든 나이프는 자남색 빛에 젖어 벨의 손안에서 마치 갓난아기처럼 숨을 쉬는 것만 같았다.

"알고 있었다. 네가 헤파이스토스의 가게 진열창에 늘 이

마를 들이대고 있었던 걸. 네가 원하던 물건은 아닐 테지만, 그래도 이건, 세상에 단 하나뿐인 거다. 어때, 대단하지?"

"그럴 수가, 하지만, 그게…… 헤파이스토스 가게 무기는 엄청나게 비싼데……! 도, 돈은요……?!"

"걱정하지 마라. 내가 다 이야기해놨으니."

목소리도 떨리고 눈동자도 떨렸다.

그런 벨에게 헤스티아는 피로의 기색이 짙은 얼굴로, 그래도 조용히 웃음을 지었다.

"강해지고 싶지?"

"!"

"말하지 않았느냐. 손을 빌려주겠다고. 이 정도 참견은 하게 해 다오."

"흑…… 흐흑……."

"누구보다도 무엇보다도, 나는 네 힘이 되고 싶다. ……왜냐면 나는, 널 좋아하니까."

"……!"

주르륵, 벨의 눈에서 마침내 눈물이 흘러내렸다.

헤스티아는 뺨을 핑크색으로 물들이며 만면에 미소를 지었다.

"언제든 나를 의지하거라. 괜찮다. 뭐니 뭐니 해도 난 너의 여신님 아니더냐?"

벨은 한계를 맞았다.

흘러 떨어지는 눈물을 닦을 생각도 않고, 얼굴을 한껏 일그러뜨리며 헤스티아를 끌어안았다.

"주신니임～!!"

벨은 어린아이처럼 그 조그만 몸에 매달렸다.

"어허, 칼을 뽑고 있는데 위험하지 않느냐."

가슴이 너무나도 따뜻했다. 입으로는 그렇게 말했지만 헤스티아도 벨의 등에 팔을 감았다.

자기보다도 커다란 벨이 목덜미에 얼굴을 묻는 것을 받아들이며, 눈처럼 새하얀 머리를 손으로 쓰다듬었다.

오열과 콧물 훌쩍이는 소리가 귓전을 어루만졌다.

자신 때문에 볼썽사납게, 감정을 감추려고도 하지 않고 엉엉 우는 소년이 헤스티아는 누구보다도 사랑스러웠다.

'아아, 잘됐구나⋯⋯.'

정말로 자신은 굼뜨고 아둔하고 요령도 없고, 소년 앞에서는 한껏 발돋움을 하며 허세를 부릴 뿐이지만.

그래도 이 아이를 위해서라면 조금쯤 멋을 부려도 상관없지 않느냐고.

지금 이 순간을 행복과 함께 곱씹으면서, 헤스티아는 그렇게 생각했다.

'이로써 우리는 서로 좋아하는 사이가 된 거야.'

마지막 순간, 그녀는 거대한 착각에 빠졌다.

【벨 크라넬】

소속: 【헤스티아 파밀리아】
홈: 교회의 비밀 지하실
종족: 휴먼
직업(Job): 모험자
도달 계층: 제6계층
무기: 단도
소지금: 7100발리스

《단도》

• 길드 지급품. 위력은 밑바닥.
• 방어구와 아이템까지 합쳐, 벨이 대출을 받아 구입. 전액 8600발리스.
• 무기, 방어구는 평소에도 정비 비용이 들기 때문에 모두 갚는 데는 보름이 걸렸다.

스테이터스

Lv. **1**

힘: E403   내구: H199   기교: E412   민첩: D521   마력: I0

《마법》

【】

《스킬》

【리아리스 프레제】

- 조숙한다.
- 마음이 이어지는 한 효과 지속.
- 마음의 강도에 따라 효과 향상.

《헤스티아 나이프》

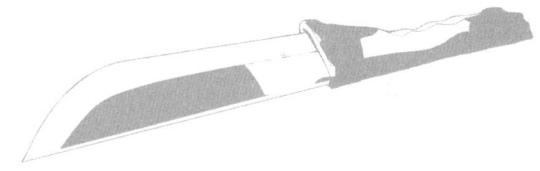

- 35년 만기 420회 분할상환.
- 【헤파이스토스 파밀리아】 바벨 지점에서의 강제노동이 약속된, 헤스티아가 혼을 담아 구입한 물건.
- '신출내기 모험자에게 줄 수 있는 일류 장비'라는 명제에 골머리를 썩던 헤파이스토스가 긴 고민 끝에 고안한 작품.
- 헤스티아의 머리카락과 '이코르', 그녀 자신의 【히에로글리프】를 짜 넣은 특수 제법으로 나이프 자체에 【스테이터스】가 존재한다.
- 장비한 사람의 성장 —— 【엑세리아】 획득 —— 과 연동해 강화되는, 살아 있는 무기.
- 헤스티아의 은혜를 받은 자만이 쓸 수 있다. 그 외의 사람이 다루면 고철로 전락 한다.
- 장비자가 '최강'이 되었을 때 이 나이프도 사실상 '최강'이 된다. 헤파이스토스는 이를 두고 '사도 무기'라 말했다.

에필로그 파밀리아 미스(Familia Myth)

그것은 헤스티아가 정확히 50번째 【파밀리아】 권유에 실패했을 때였다.

어깨를 늘어뜨린 헤스티아의 시야에, 조그맣고 쓸쓸한 등이 비쳤다.

뒷모습으로 추측컨대 종족은 휴먼. 선이 가는 백발 소년은 헤스티아와 마찬가지로 어깨를 늘어뜨린 채 어디랄 것도 없이 시내를 헤매고 있는 것 같았다.

신경이 쓰인 헤스티아는 그의 뒤를 따라가보기로 했다.

일정한 간격을 두고, 들키지 않게, 건물 뒤에 사삭 몸을 숨겨가며, 발소리를 내지 않도록 최대한 주의해, 오종종종 빠른 걸음으로.

보아하니 소년은 【파밀리아】에 입단하고 싶어하는 것 같았다. 여러 【파밀리아】 홈의 문을 두드리고는 문전박대를 당했다. 헤스티아가 헤아린 것만 해도 열 군데에서 면회를 거부당한 후, 소년은 마침내 힘없이 주저앉고 말았다.

길을 오가는 사람들을 멍하니 바라보며, 불안한 듯 자신이 있을 곳을 찾는다. 이대로 내버려두면 쓸쓸해서 죽어버리는 것이 아닐까, 그 새하얀 외견을 보며 생각했다.

"이봐~ 거기 너. 뒷골목은 위험하니 안 가는 게 좋을 텐데?"

정신을 차리고 보니 말을 걸고 있었다.

뒷골목으로 들어가려던 소년은 놀란 얼굴로 돌아보더니

헤스티아를 내려다보았다.

"어, 고마워……. 음, 넌 누구야? 이런 데 혼자 있다니, 미아 아니? 길 잃었어?"

"……미아 같은 표정을 하고 있는 건 네가 아니냐."

첫 만남은 최악이었다. 이번만 그런 것은 아니지만, 헤스티아는 초면인 사람에게는 하나같이 아이 취급을 당했다. 물론 소년은 헤스티아의 정체를 알자마자 황급히 사죄를 반복했다.

"흐응. 그래서 너는 어느 【파밀리아】에서도 문전박대를 당했다, 이거구나."

"네, 네에……."

뻔뻔하게도 지금 막 사정을 알았다는 양 연기한 헤스티아는 풀이 죽은 소년을 흘끔 훔쳐보았다.

못 미더운 풍모였지만 인품에는 문제가 없을 것 같았다. 오히려 호감이 들었다.

좋은 의미로도 나쁜 의미로도 눈앞의 소년이 어린아이라는 것을 얼마 안 되는 대화 속에서 간파했다.

"아— 음음, 사실은…… 나도 지금 【파밀리아】 입단 권유를 하던 참인데, 모험자 조직원이 좀 있으면 좋겠다~ 하고 우연히도 생각했다만, 그 뭐냐, 음, 어……."

직업을 운운하기 전에 조직원을 한 명도 확보하지 못한 헤스티아의 말은 듣는 사람이 괴로울 정도로 필사적이었다. 그러나 소년은 이야기를 듣자마자 펄쩍 매달렸다.

"들어갈게요! 들어가게 해주세요!"

"……괘, 괜찮겠느냐? 정말로, 내 【파밀리아】 같은 데 들어와도?"

"괜찮아요! 완전 괜찮아요! 오히려 제가 묻고 싶은걸요! 저 같은 놈이 들어가도 되나요?!"

그 뒤로는 일사천리였다. 두 사람 모두 기뻐 들뜬 채 착착 자기소개를 마치고, 헤스티아와 벨의 【파밀리아】가 발족된 것이다.

"좋아. 따라와라, 벨! 【파밀리아】 입단 의식을 하자!"

"네!"

두 사람이 향한 곳은 누추한 서점이었다.

가게 안에는 노령의 휴먼이 있었는데, 헤스티아가 들어오는 것을 보자 짧은 백발을 움직였다.

"오, 헤스티아 아니냐. 【파밀리아】 권유라면 사양하겠다."

"아니야! 할아버지, 2층 서고 빌릴게!"

"그래그래, 좋고말고. 다 읽은 책은 원래대로 꽂아놓으렴."

벨의 손을 이끌고 계단을 올라가니, 온통 오래 된 책 냄새가 떠돌았다.

빈틈없이 들어선 책장이 실내 사방을 점령했으며 책장 앞에도 서적의 산이 쌓여 있다.

책을 살 돈이 없는 헤스티아는 주인의 호의에 빌붙어 곧잘

이 서고를 드나들곤 했다.

"자, 옷을 벗고 여기 앉거라."

"오, 옷을요?"

"그래. 웃옷만 벗어도 된다. 이제부터 네게 내 '은혜'를 새겨주마."

헤스티아는 신이 나서 '팔나'를 벨에게 새기기 시작했다.

그녀는 처음으로 아이에게 '은혜'를 내려줄 곳은 이곳으로 하겠다고 전부터 결심한 바 있었다. 책을 좋아하는 자신에게는 이곳에서 첫 순간을 맞는 것이 딱 어울린다고.

'이야기'의 시작은 수많은 이야기에 에워싸인 이곳이 좋겠다고.

"벨, 너는 어째서 모험자가 되고 싶은 게냐?"

"사, 사실은 저요, '던전 오라토리오'에 나오는 운명적인 만남이란 걸 어렸을 때부터 동경했거든요……!"

"운명적인 만나암~? 여자하고 말이냐? 그딴 것 때문에 모험자가 됐다고?"

"그, 그딴 거라뇨! 만남은 위대해요! 남자의 로망이라구요! 절 길러주신 할아버지도 '하렘은 최고!'라고 그러셨어요!"

"넌 보호자를 잘못 만났구나."

잠시 후 '팔나'의 각인이 끝났다.

눈앞에 있는 벨의 등에는 수많은 칠흑색 문자가 새겨졌다. 헤스티아는 살짝 그 문자를 따라 등을 쓰다듬었다.

고대서의 한 페이지를 방불케 하는【히에로글리프】의 나열.

그것은【스테이터스】라는 이름을 가진 한 권의 '책'이었다.

'너는 어떤 이야기를 자아내게 될까.'

【엑세리아】…… 경험을 축적한【스테이터스】는 말하자면 '은혜'를 받은 자들의 역사서다. 권속이 보고 듣고 행한 것을 신이 평가하여, 등에 기록해나가는 것이다.

벨이 걸어온 여정을, 그의 이야기를, 헤스티아가 옮겨 적는 것이다.

"……자, 벨. 앞으로 힘내자. 우리의【파밀리아】는 여기서부터 시작되는 거다."

"아, 네!"

창에서 스며드는 금색 빛이 어렴풋하게 먼지가 쌓인 실내를 비추었다.

방을 에워싼 말없는 수많은 책이 새로운 이야기의 시작을 축복해주는 것 같았다.

벨의 등에 새겨진 아직은 백지인 이야기를 보며, 헤스티아는 미소를 지었다.

그 후 그의 이야기는 그녀의 손에 기록되어갔다.

그것은 아이들이 자아내는 이야기.

먼 옛날부터 되풀이했던 모험담.

신들이 언제나, 언제까지고 지켜보았던 영웅신화.

이것이 소년이 걷고 여신이 기록하는

【파밀리아 미스】.

후기

전에 신세를 졌던 작품 관계자 분께, "만약 자신에게 스킬 (본문에 나오는 특수능력)이 있다면 어떤 스킬일 것 같아요?"라는 질문을 받았습니다.

진지하게 생각하기도 매우 창피한 질문이었지만, 막상 진지하게 생각해 대답하려니, 이게 전혀 떠오르질 않는 거예요.

스킬이니까 어느 정도는 저의 장점과 관계가 있을 테고, 그럼 내 장점은 뭘까, 여기까지 생각한 순간 저에게는 의기양양 남에게 자랑할 만한 것이 없다는 사실을 깨닫고 말았습니다. 단점이라면 금방 열거할 수 있지만 가슴을 펴고 자랑할 수 있는, 그야말로 나만의 스킬이라고 할 만한 것을 도저히 찾을 수 없었습니다.

고민했습니다. 망설였습니다. 차라리 불을 마음대로 조종할 수 있는 스킬이라고, 나중에 엄청나게 후회할 것 같은 발언을 해버릴까도 생각했습니다.

하지만 그때, 마치 신께서 내려주신 것 같은 계시가 번쩍.

영감을 받은 저는 대답했습니다. "만남 스킬입니다!"라고. 약간 의기양양하게.

그때 멍한 표정을 짓던 상대의 얼굴이며 공연히 높았던

제 텐션을 떠올릴 때마다 엄청나게 후회하며 끙끙 앓으며 구멍을 파고 숨고 싶지만, 그래도 제가 자랑할 만한 것이라면 역시 오늘까지 쌓아온 '만남'일 것 같습니다.

이제까지 수많은 분들과 만나 배울 것이 있었습니다. 많은 도움을 받고, 때로는 도와드리기도 하고, 그러다 보면 얻는 것이 있었습니다. '만남'의 수만큼 인연이 있었고, 그것은 틀림없는 저의 재산이 되었습니다.

저는 '만남' 복이 있는 사람입니다.

이번 작품의 수상에서 시작해 수많은 서포트를 해 주신 GA 문고 편집부 여러분, 부족한 저를 끈덕지게 돌봐주시고 항상 이끌어 주신 담당 편집자님, 많은 일러스트를 그려주신 야스다 스즈히토 선생님, 오늘까지 작품을 통해 만난 많은 여러분. 조금 돌이켜봐도 이만한 분들과 만났고 또한 도움을 받았기에 이번 간행에 이를 수 있었습니다. 이 자리를 빌려 감사를 드립니다. 정말 고맙습니다.

그리고 이 책을 들어주신 독자 여러분. 변칙적이기는 하지만 이 작품을 통해 '만날' 수 있었다는 데에 조금 자화자찬을 하고 싶습니다.

여기까지 읽어주셔서 정말 고맙습니다. 또 만나요.

그럼 이만 실례합니다.

오모리 후지노

역자후기

"잘 들어라, 벨. 자신을 믿지 마라. 날 믿어. 너를 믿는 나를 믿어!"

"나를 누구라고 생각하는 거냐!! 나의 단도는 던전을 뚫는 단도다!!"

'던전돌파 헤스패밀' 중에서—

번역에서 로망을 추구하면 안 되는 걸까요.

안녕하세요, 역자입니다.

스포일러가 던전에서 솟아나는 몬스터처럼 득실대는 후기이므로, 아직 본문을 읽지 않으신 분은 첫 페이지로 돌아가시기 바랍니다.

S노벨의 런칭 타이틀이자, GA문고대상 대상을 받으며 작가를 데뷔시킨 작품을 맡아 매우 반갑네요. 게다가 제게는 S노벨과 처음으로 호흡을 맞춘 번역작이기도 해, 처음이 세 개나 겹친 매우 기념할 만한 작품입니다. 넵, 억지로 숟가락 얹어본 거니 마지막 말은 신경 쓰지 않으셔도 됩니다.

저는 평소 번역을 하면서 담당 작품 복이 좀 있다고 생각하는 편입니다. 유명하든 유명하지 않든, 맡은 작품들은 거의 대부분 재미있었거든요. 그리고 이번에도 그런 작품을 만나 신나게 번역할 수 있었습니다. 역시 대상 받을 만하네요.

나름 글밥 먹은 몸이랍시고 건방지게 평가를 하자면, 신인답지 않은 신인의 글이라는 인상이었습니다. 물론 어수룩하고 허술한 부분도 있지만, 쓸데없는 힘을 주지 않고 하고 싶은 이야기를 솔직하게 쓴 좋은 이야기라 생각했거든요. 그래서 번역도 수월했고, 순수하게 내용을 즐길 수도 있었습니다. 이런 좋은 작품과 만나게 해주신 소미미디어에 한 번 감사를.

다만 제목에서도 나오는 '만남'에는 좀 첨언을 하고 싶습니다.

흔히 '만남'으로 번역하는 일본어의 '데아이出会い'라는 단어에는 여러 가지 뉘앙스가 있습니다. 우선 '우연한 첫 만남'이라는 뜻이 있고, '남녀 사이의 애틋한 만남'이라는 의미가 강합니다. 여기서 발전해 밀회나 데이트 같은 뜻으로 쓰이기도 하고요. 그렇다 보니 그냥 '만남'으로 번역할 수밖에 없으면서도 이래저래 아쉬움이 있었습니다. 이런 게 번역의 한계랄까요. 그냥 저의 한계일지도 모르지만⋯⋯.

아무튼 그런 '만남'을 추구해 미궁도시 오라리오에 온 주인공. 그리고 일생일대의 상대와 만나(그야말로 스킬까지 각성하게 해준) 홀딱 반해버렸습니다. 그러나 상대는 속된 말로 지

전 만렙에 한없이 수렴하시는 분. 이뤄지지 않을 것 같은 사랑에 한탄하며 노력……하는데,

사실 이놈이 둔감해서 그렇지, 주위에는 만남이 드글드글 굴러다니고 있더랬단 말이죠. 오동통 귀여우신 주신님에 엄격하고도 자상한 OL 누님에 가련야무진 웨이트리스에 미의 화신 같은 여신님에 오동통 귀여우신 주신님까지(주신님 중요해서 두 번 말함). 이런 불벼락 맞을 놈을 봤나!

아무튼 둔감하지만 천성은 착하고 노력파인지라, 열심히 노력하고 스킬 보정까지 받아 쑥쑥 커나가고 있습니다. 그래서 마지막 에피소드에서 트라우마가 반쯤 고개를 들려는 것도 억누르면서 거대한 괴물에게 시원한 승리를 거두었을 때는 저도 마음속으로 박수를 보냈습니다.

여담이지만 마지막 에피소드의 제목인 '범프 오브 치킨'에는 '겁쟁이의 한 방' 정도의 의미가 있다고 합니다. 마지막 전투의 그 장면은 그야말로 '범프 오브 치킨'이었지요.

이렇게 모험자로서 한 꺼풀 벗는 데 성공……했는지 어떤지는, 앞으로의 모험을 보면 알 수 있을 겁니다. 이미 웹으로는 상당한 분량이 연재되었지만 GA문고대상 수상과 함께 모두 내려갔고, 일본 현지에서는 현재 2권이 발매되고 있고, 오는 5월 중순에는 3권도 나온다고 합니다. 저는 소재본으로 2권까지 읽었고 3권을 기다리는 참입니다만, 2권도 기대하셔도 좋을 겁니다. 벨을 기다리는 새로운 성장과

새로운 시련, 그리고 새로운 만남······ 이런 불벼락 (이하생략).

기세등등해 작가님보다도 더 긴 후기를 써버렸습니다만, 아무튼 본문을 재미있게 읽으셨고 제 후기에 공감하셨다면 안심하시고 이어지는 이야기도 구입하셔서 후회는 없을 겁니다!

그러면 저는 다음 작품에서 뵙겠습니다.

2013년 4월
김완

DUNGEON NI DEAI WO MOTOMERUNOWA MACHIGATTEIRUDAROUKA
by Fujino Omori
Copyright © 2013 by Fujino Omori
Illustrations Copyright © 2013 by Suzuhito Yasuda
All rights reserved.
Original Japanese edition published in 2013 by SOFTBANK Creative Corp.
Korean translation rights arranged with SOFTBANK Creative Corp.
through Eric Yang Agency Co., Seoul.
Korean translation rights © 2013 by Somy Media. Inc.

던전에서 만남을 추구하면 안 되는 걸까 1

2023년 11월 30일 1판 25쇄 발행

저   자 오모리 후지노
일 러 스 트 야스다 스즈히토
옮 긴 이 김완
발 행 인 유재옥
이   사 조병권
출판본부장 박광운
담 당 편 집 정영길
편 집 1 팀 박광운
편 집 2 팀 정영길 조찬희 박치우 정지원
편 집 3 팀 오준영 이해빈 이소의
디자인랩팀 김보라 박민솔
디지털사업팀 박상섭 김지연 윤희진
라이츠사업팀 김정미 맹미영 이윤서
영업마케팅팀 최원석 박수진 박소연
물 류 팀 허석용 백철기
경영지원팀 최정연
인쇄제작처 ㈜코리아피엔피
발 행 처 ㈜소미미디어
등   록 제2015-000008호
주   소 서울시 마포구 토정로222, 403호 (신수동, 한국출판콘텐츠센터)
판매 및 마케팅 (070) 8822-2301

ISBN 979-11-950162-1-1 04830
ISBN 979-11-950162-0-4 (세트)